물비공포라디오 더 레드

인트로

"오늘도 사연이 많이 왔네? 어디 보자, 오늘의 공포 이야기는……."

시청자의 사연을 바탕으로 한 공포 이야기 채널을 운영하는 돌비는 오늘도 메일함에 가득 쌓인 사연을 죽 훑었다. 장난스러운 것도 있고, 별로 무섭지 않은 것도 있었다. 그 가운데 '실제로 겪은 일입니다'라는 제목에 호기심이 돌아 한 메일을 클릭했다.

"오, 좋아. 오늘은 이거다!"

사연을 읽은 그는 바로 원고를 작성하고, 사연자의 연락처를 확인했다. 그런 후 사연자에게 문자를 보내 통화하기로 했다.

어두운 방. 조명이 서서히 밝아졌다.

"안녕하세요!"

여느 때와 마찬가지로 자정에 맞추어 화면을 연 돌비가 인사했다.

미리 들어와 잡담을 나누던 시청자의 채팅 속도가 돌비의 인사 후 무서울 정도로 빨라졌다. 돌비는 입술을 살짝 끌어 올려 웃는 것으로 만족감을 표했다.

투둑, 투둑.

언제부터인가 창밖에는 비가 내리고 있었다. 간혹 유리창에 부딪히는 빗방울 소리는 마치 작은 손으로 노크하는 것처럼 들렸다.

"밖에는 지금 비가 내리고 있습니다. 분위기 끝내주네요. 오늘은 시청자 ○○○님께서 찾아오셨습니다."

돌비는 약속된 사연자와 전화를 연결했다.

"안녕하세요, ○○○님!"

잠시 침묵이 이어졌다. 숨이 얕게 떨리는 것이 느껴졌다. 마치 뭔가를 두려워하는 듯했다. 돌비는 화면을 응시하며 잠자코 기다렸다. 시청자들도 함께 긴장하는지 채팅이 올라오는 속도도 조금 느려졌다. 고요한 공기 사이로 빗소리가 이어졌다. 돌비 자신까지도 긴장이 되기 시작했다.

마침내 사연자가 짧게 자기소개를 했다. 아직도 목소리의 떨림이 완전히 사라지지는 않았다. 돌비는 사연자의, 그리고 자신의 긴장을 풀려고 일부러 밝은 목소리로 입을 열었다.

"자 그럼 시작해 볼까요? 레츠가……."

사연자가 대답했다.

"기릿입니다."

차례

인트로 · 2

1부
무속편

01 할머니가 친손녀에게 한 짓 _김펠트 · 9

02 무당집 마당에서 춤추는 여자 _릴나스 · 27

03 절대 풀려서는 안 될 귀신을 봉인하는 산과 귀신 붙은 친구 _혼피 · 48

04 숙희의 영안이 트인 이유 _옥수수짬바 · 70

05 귀신에게서 나를 구해 준 박수할아버지 _계란과자 · 91

06 김수영 사주 바꾸기 _개깍남 · 117

07 신을 버린 무당이 받는 신벌 _육오빠 · 145

2부
인간편

01 수상한 여아 입양 사건 _플렉스 · 163

02 공장에서 만난 정체불명의 언니 _팔레트 · 180

03 베트남 여사장의 저주 _과자과자 · 202

04 피를 말리는 사랑, 스토킹 _고비 · 222

05 수상한 공인중개사 _제진석 · 243

06 수상한 지하 중고 명품샵 _동네꼬마 · 261

07 무서운 이야기 세 편 _버몬트 · 283

08 사이비 종교 이야기 _이세계여행자 · 307

아웃트로 · 337

일러두기
1. 도서 내의 모든 이야기는 〈돌비공포라디오〉 시청자의 제보 사연을 참고해 일부 변형, 창작했습니다.
2. 도서 내에 등장하는 모든 이야기는 실제 사건, 인명, 지명과 관계 없습니다.

1부

무속편

할머니가
친손녀에게 한 짓

김
펠
트

펠트의 친구 영미(가명)는 대구에서 꽤나 잘나가는 집안의 딸이었다.

영미의 부모님은 직업을 따로 가지고 있으면서도 아파트를 여러 채 가지고 있어서 세를 놓거나 투자에 이용하는 등 취미로 부동산에 투자를 할 정도의 재력가였다. 특히 친가에 재산이 엄청나게 많아 그 위세가 대단했다. 시쳇말로 돈 놓고 돈 먹기를 하는 집안이었다.

영미의 할머니는 그 당시 부잣집 마나님인 데다 아들만 셋을 낳은 덕에 콧대가 하늘을 찌르는 분이었다. 그 시절, 부잣집에 아들만 셋이니 아쉬울 게 없을 만도 했다.

그런데 그 잘난 아들들을 장가보낸 후에 문제가 생겼다. 삼형제가 모두 결혼은 잘했는데 이상하게도 아이를 낳기만 하면 딸이었다. 하나도 아니고 세 아들이 모두 딸만 낳으니 콧대 높던 할머니의 자존심에 금이 가기 시작했다.

"내 잘난 아들들이 뭐가 모자라서 계집애만 낳아! 이건 모두 못난 며느리들 때문이야!"

할머니는 자신의 친구나 지인을 만나기만 하면 며느리 흉을 보곤 했다. 아들도 못 낳는 돌밭이라느니, 몹쓸 계집이라는 둥, 아주 막말을 예사로 해대곤 했다. 게다가 며느리들이 아주 작은 실수만 해도 크게 트집을 잡으며 불호령을 내리기 일쑤였다.

"아들도 못 낳는 것이니, 뭐 하나 제대로 하는 게 없구나!"

영미의 큰어머니나 둘째 큰어머니나 아들을 못 낳았다는 죄로 기도 한번 못 펴고 구박을 감내해야 했다. 그녀들은 시어머니 앞에서 늘 죄인이었다. 할머니는 큰며느리와 둘째 며느리가 딸만 낳자 막내며느리인 영미 어머니에게 크게 기대를 걸었다. 마침 초음파 검사로 태아 성별을 감별할 수 있었던 시기였다.

"네 배 속에 든 게 계집애면 지워 버려라. 필요도 없는 계집애 따위 낳아서 뭐 한다니!"

서슬 퍼런 시어머니의 압박을 견디지 못한 영미의 어머니는 초음파 검사를 받았다. 그러나 안타깝게도 그녀의 뱃속에 있던 아이는 여자아이였다. 시어머니한테 어떻게 알리나 고민했는데 어디서 어떻게 듣고 온 건지 시어머니는 낙태를 종용했다. 결국 시어머니의 손에 끌려 피눈물을 머금고 낙태를 해야 했다.

"좀 쉬었다가 몸 추스르거든 다시 아이를 가지거라. 아들을 낳아야지 않니."

"……."

멀쩡한 아이를 낙태한 충격에 하염없이 눈물만 흘리는 며느리에게 한 말이란 게 바로 임신하라는 종용이었다. 얼마 후 영미 어머니는 다시 임신을 했다. 초음파 검사가 가능해지는 시기가 되자 또 시어머니의 손에 끌려 초음파 검사를 받았다.

"딸이네요."

매정한 산부인과 의사의 말에 영미 어머니는 절망하고 말았다. 시어머니는 길길이 날뛰었고 감당할 재간이 없었다. 그렇게 또 두 번째 낙태 수술을 받았다.

그사이 큰어머니와 둘째 큰어머니에게는 영 아이가 들어서지 않아, 그들은 구박을 두 배로 당하고 있었다. 할머니는 애도 못 가지는 쓸모도 없는 것들이라는 막말을 늘 입에 달고 다닐 정도였다. 그 때문에 할머니는 더욱 영미의 어머니에게 집착하게 됐다.

마침내 영미 어머니는 세 번째 임신을 했고 할머니는 영미 어머니를 데리고 또 산부인과에 갔다. 할머니와 영미 어머니의 기대에 찬 눈빛도 무색하게 산부인과 의사는 건조한 목소리로 말했다.

"딸이네요."

"그깟 계집애는 왜 자꾸 들어서누!"

영미 어머니는 절망했지만, 할머니는 마치 당연하다는 듯이 낙태 수술을 시키려던 찰나였다. 그 꼴을 보다 못한 의사가 한마디 쏘아붙였다.

"저, 이 산모님은 이번에 낙태하시면 더는 아이를 못 가지실 수도 있어요."

"계집애만 낳을 바에야 아이를 못 낳는 게 낫지."

시어머니의 독한 말에 극심한 충격을 받은 영미 어머니는 비명을 질렀다.

"아아아악! 제발! 제발 그만하세요!"

그리고 그때까지 묵묵히 제 어머니가 하는 짓을 방관하고 있던 영미 아버지까지 대들었다.

"어머니! 이제 그만 좀 하세요! 이 사람 몸이 얼마나 더 망가져야 속이 시원하시겠어요!"

처음 보는 아들의 격한 모습에 놀란 할머니는 그 기세에 눌려 그만 병원에서 도망치듯 나오고 말았다. 그렇게 영미는 무사히 태어날 수 있었다.

그처럼 힘들게 태어난 영미가 여섯 살이 될 때까지도 그 집안에는 끝내 아들이 단 한 명도 태어나지 않았다.

'할마시, 잘난 척하면서 며느리들한테 모질게 굴더니 꼴좋네.'

'그러게. 재산 있고 아들 셋이라고 거들먹거리더니. 이제 대가 끊어지겠네.'

대놓고 말하지는 못하지만, 은근히 고소해하는 험담과 비웃음이 할머니의 귀에 들어가기 시작했다.

영미가 여섯 살이 되던 해의 일이다.

그날은 첫째 큰아버지의 생신날이었다. 모처럼 삼형제가 할머니를 모시고 사는 첫째 큰아버지의 댁에 모두 모였다. 온 가족이 모이는 일은 흔치 않은 일이라 다들 기분이 퍽 좋아졌다. 술도 얼큰히 취하고 흥도 오른 김에 다 함께 노래방에 가자는 이야기가 나왔다.

"얘들아, 우리 오랜만에 노래방에 가자! 제수씨들 우리 함께 가시죠!"

"아, 이거 우리 형님 취하셨네. 노래방 타령 하는 거 보니."

"아이들은 어쩌고요? 애들도 데리고 가기엔 너무 시끄러울 텐데."

영미 아버지가 딸과 조카들을 걱정스레 바라보았다. 영미 어머니가 남겠다고 하려던 순간이었다.

"저……."

"애들은 내가 보고 있을 테니, 놀고들 오려무나. 모처럼인데 삼형제가 재미있게 놀고들 와."

평소 그토록 아들 타령을 하며 손녀딸들을 거들떠보지도 않던 어머니가 갑자기 아이들을 봐 주겠다고 하시니 다들 의아하기만 했다. 놀란 영미 아버지가 어머니께 물었다.

"어머니가 웬일로요? 손녀라 싫어하시는 거 아니었어요?"

"내가 아무렴 내 친손녀를 진심으로 미워하겠니? 얼른 노래방이나 다녀오렴. 너무 늦지 말고."

할머니는 정말로 인자한 표정을 지으며 아들과 며느리들을 내보냈다.

큰아버지들과 큰어머니들, 부모님까지 다 가고 나니 커다란 집이 어쩐지 무서울 정도로 조용해졌다.

"으으…… 추워……."

어린 영미는 저도 모르게 팔에 돋아난 소름을 문질렀다. 그런데 갑자기 메마른 손이 뻗어 와 영미의 팔뚝을 스윽 문질렀다.

"힉!"

"원, 애두. 왜 그리 놀라니? 할미다. 춥니?"

"아, 아니요."

영미는 할머니가 자신에게 웃어 주는 모습을 처음 보았다. 항상 자신만 보면 눈살을 찌푸리거나 입술을 비죽이곤 하던 분인데, 이렇게 웃는 모습을 보니 어색하면서도 참 좋았다. 영미는 저도 모르게 할머니를 보며 마주 웃음 지었다.

"영미야, 할미랑 좋은 곳에 가지 않으련? 언니들은 두고 너랑 나랑, 둘만 재미있는 곳에 가자꾸나."

"나랑 할머니만요? 좋은 곳 어디요?"

"가 보면 안단다. 아주 재미있고 예쁜 곳이야. 할미가 너만 예뻐서 특별히 데려가려는 거란다."

어린 나이의 아이들은 자신이 특별하다고 해 주면 그저 믿고 좋아하게 마련이었다. 더구나 항상 차가운 눈길만 주던 할머니가 영미에게 다정하게 웃어 주며 꾀니 어린 영미로는 홀랑 넘어갈 수밖에 없었다.

살금살금, 영미가 먼저 현관문을 열고 나갔다. 할머니도 곧 따라 나온다고 했는데 금세 나오지 않았다. 영미가 집으로 다시 들어가려는데 마침 할머니가 얼른 현관문을 닫으며 나오셨다.

"기다렸지? 우리 얼른 가자!"

대문을 열고 나오니 이미 해가 넘어가서 서쪽 하늘이 붉게 물들어 있었다. 영미가 잠시 멍하니 하늘을 바라보고 있는데 어디선가 택시 한 대가 나타났다. 택시 문을 연 할머니가 다그치듯 영미를 불렀다.

"얘, 영미야, 이리 오렴."

할머니가 부르자 영미는 얼른 택시 안으로 다람쥐처럼 조르르 뛰어 들어갔다. 영미가 차에 올라타자 할머니는 기사에게 주소 하나를 알려 주었다.

"여기, 이 주소로 데려다줘요."

할머니가 기사와 무슨 이야기를 나누든 영미에게는 상관없었다. 그저 할머니와 단둘이 좋은 곳에 간다는 생각에 들떠 있었다.

'얼마나 재미있는 곳일까?'

어린 영미는 차창 밖을 내다보며 앞으로 갈 곳에 대해 상상했다.

차는 꽤 오랫동안 달렸다. 커다란 건물이 잔뜩 서 있는 도로를 지나자 점점 집들이 작아지더니 나중에는 아예 집 자체가 드문드문 잘 보이지 않게 됐다. 그러곤 밤하늘이 새까맣게 되어서야 비로소 어떤 산의 입구에 차가 멈추었다.

"영미야, 내리렴."

"할머니, 좀 무서워요……."

왠지 겁이 난 영미는 차에서 내리고 싶지 않아 버티고 있었다. 그러자 할머니는 영미를 붙잡아서는 밀어내다시피 내리게 했다.

영미가 내리고도 할머니는 기사에게 뭐라 말하며 바로 내리지 않았다. 깜깜한 주위가 무서웠지만 영미는 참을성 있게 할머니를 기다렸다.

잠시 후 할머니가 내렸지만, 영미는 여전히 무섭기만 해 움직일 수가 없었다.

"자, 가자."

"할머니, 저 안 갈래요."

조금 칭얼거리듯 영미가 말하자 아까 보았던 인자한 할머니는 어디로 가고 갑자기 악귀처럼 무서운 얼굴로 변한 할머니가 영미의 **뺨**을 때렸다.

철썩!

"말 안 들으면 여기다 버리고 가겠다!"

"아아앙!"

영미는 놀라고 무서웠지만, 할머니 손에 질질 끌리다시피 한 채 한참을 걸어야 했다. 얼마간 걷다 보니 깜깜한 와중에 불빛

하나가 보였다. 가까이 가니 웬 집이 한 채 서 있었다. 돌로 만든 담이 쳐진 오래된 양옥집이었다. 그 앞에 어떤 중년 여자가 서성거리며 있었다. 마치 할머니와 영미를 기다리는 듯한 눈치였다.

"이 아이인가요?"

"맞아요."

차가운 목소리로 대답한 할머니가 꼭 잡고 있던 영미의 손을 중년 여자에게 던지듯 건네주었다.

"잘 들어라. 이제 이 아줌마가 네 엄마다."

"네에? 무슨? 나는 엄마가 있는데? 나 이 아줌마 몰라요!"

영미는 필사적으로 발버둥 쳤지만 어른의 힘을 이길 수는 없었다.

'할머니가 왜 저러시지? 내가 또 뭔가를 잘못했나?'

새파랗게 질린 영미가 할머니에게 가려고 했지만 할머니는 뒤도 돌아보지 않고 왔던 길을 되돌아갔다.

"할머니! 할머니이이!"

영미가 울며불며 거세게 반항하자 중년 여자는 영미의 뒷목을 세게 때렸다.

퍽!

'아…… 할머니…….'

어린 영미는 이내 정신을 잃고 말았다.

얼마나 시간이 지났을까, 영미가 정신을 차렸다. 그런데 뭔가 좀 이상했다. 어둡고 좁았다. 몸도 불편했다. 조금씩 움직여 보려 했지만 잘 움직여지지 않았다. 손가락 발가락을 꼼지락거려 보고 팔다리를 움직여 보려 했다. 그러던 중 자신이 다리를 굽힌 채 앉아 다리 사이에 머리를 묻고 팔로는 다리를 안고 있는 자세라는 것을 깨달았다. 목도 아프고 팔다리도 저렸다.

눈을 떠 보려 했지만, 모래인지 뭔지 모를 것이 자꾸만 눈에 들어오려 해서 눈을 뜰 수가 없었다. 게다가 발아래에도 뭔가 자그락자그락 밟혔다. 머리 위에는 뭐가 얹힌 건지 꾹 내리누르고 있어 머리를 들 수도 없었다.

"아아아앙!"

소리를 지르니 입안으로 뭔가 쏟아져 들어와 소리를 지를 수도 없었다. 영미는 입을 다문 채 울어야 했다.

'아앙! 엄마아아아! 할머니이이이! 아빠아아아아!'

그러나 영미가 아무리 소리 지르고 울어도 어떤 반응도 돌아오지 않았다. 마치 전래동화책에서 보았던 지옥 같은 두려움과 공포, 배고픔이 영미를 덮쳐 왔다.

울다 소리 지르다 까무러치기를 몇 번이나 했는지 모른다. 영미는 어느 순간 완전히 정신을 놓고 말았다.

자정 즈음에야 삼형제가 집에 돌아왔다. 시간이 늦어 아이들을 깨울까 조용히 들어가 각자 방으로 들어가려 했다. 그런데 할머니가 울면서 아이들 자는 방에서 나왔다.

"어쩌면 좋으니? 영미가 사라졌구나. 내가 아이들 재우느라 곁에 있었는데, 잠시 잠든 사이에 영미가 나가 버린 모양이야. 아무리 찾아도 없구나. 이 일을 어쩌니?"

혼비백산한 삼형제와 아내들은 집 밖으로 뛰쳐나갔다. 밤새도록 온 동네를 뒤졌지만, 영미는 발견되지 않았다.

"영미야!"

"영미야아!"

영미의 큰아버지들과 아버지, 큰어머니들은 새벽까지 아이를 찾다 집으로 돌아왔다. 영미 어머니는 반 실성 상태로 울고 있었다. 그런데 문득 영미 아버지가 제 어머니를 추궁하기 시작했다.

"어머니, 몇 시까지 깨어 있으셨어요? 정말로 나가는 소리도 못 들으셨어요?"

"나는 모른다. 아이들 셋 재우고 나도 옆에 잠시 누웠는데 눈 떠 보니 영미가 없었어. 난 언제 잠들었는지도 모르겠다."

할머니는 모른다고 딱 잡아뗐다. 모른다는데 더는 추궁하기도 어려웠다. 밤새 찾고도 발견되지 않았으니 아무래도 경찰에 신고하는 게 나을 것 같았다.

"집 근처에는 없는 것 같아."

"경찰에 신고하는 게……."

영미 아버지가 경찰에 신고하려고 전화기를 드는 순간이었다. 막 깨어난 큰아버지의 열 살 난 큰 딸 영주가 입을 열었다.

"영미, 할머니랑 나갔어요. 둘이 나갔는데 올 땐 할머니 혼자 왔어요."

영주의 말에 주변이 차갑게 얼어붙었다. 모두의 시선이 할머니에게 모였다. 할머니는 하얗게 질린 얼굴로 손을 내저었다.

"아니, 아니다! 영주야, 그게 무슨 말이니?"

"할머니가 말하지 말라고 하셨잖아요. 영미랑 둘이서만 어디 갔다 온다고. 동생들한테도 말하지 말라고 했잖아요."

평소 할머니한테 눈칫밥을 먹던 영주는 모질게도 사실을 다 말했다.

"아니야! 이런 어린애가 하는 말을 믿니? 너 꿈꾼 거 아니야?"

그러나 할머니의 말을 믿는 사람은 아무도 없었다. 늘 영미를 눈엣가시처럼 여기던 분이 갑자기 영미만 데리고 어디에 간다니? 반실성한 채로 있던 영미 어머니는 뭔가 생각난 듯 전화기로 달려가 재다이얼 버튼을 눌렀다. 확인해 보니 시어머니가 애용하던 택시 회사의 전화 번호였다. 짐작되는 시간대에 콜을 받아 나간 기사와 수소문 끝에 연결이 됐다.

"저기, 기사님 어제 저녁쯤 저희 어머니랑 어린애 하나 태워다 주지 않으셨어요?"

[아, 기억납니다. 저녁 무렵쯤, 여사님과 손녀분 모셔다 드렸습니다. 무슨 일 있으세요?]

"지금 당장 와 주세요!"

잠시 후 택시 기사가 도착했고, 식구들은 어제 간 곳으로 데려다 달라고 했다.

도착해 보니 산의 입구였다. 영미 아버지는 차가운 목소리로 말했다.

"어머니는 여기 계세요!"

꽤 외진 곳이고 길이 잘 닦여 있지는 않았다. 노인이랑 아이가 밤중에 길도 없는 곳을 걷지는 않았을 거라는 추측으로 주로 길이 있는 곳 위주로 찾아 다녔다. 그러던 중 마침내 집 하나를 찾아냈다.

"실례합니다. 혹시 어젯밤에서 오늘까지 어린 여자애 하나 못 보셨습니까?"

"못 봤수."

집을 찾아낸 둘째 큰아버지가 물었지만, 집주인은 뚱한 표정으로 못 보았다고 대답할 뿐이었다. 아무리 물어도 대답은 똑같았다. 결국 형제들이 모여서 의논을 했다.

"시간을 계산해 보면 이 부근이 맞고, 영미를 이 근처에 버렸다면 그 집에서 아무 소리도 못 들었을 리가 없어."

형제들과 아내들은 다시 그 집으로 돌아가서 일단 쳐들어가 보기로 했다.

콰당탕!

"아니! 이게 무슨 짓이에요!"

집주인인 듯한 중년 여자가 기겁하여 막으려 했지만, 삼형제는 아랑곳하지 않고 집 안 구석구석을 뒤집어엎었다. 함께 간 여자들은 날뛰는 중년 여자를 붙잡고 있었다. 그러던 중, 첫째 큰어머니의 눈에 이상한 것이 보였다.

'장독이 왜 맨흙바닥에 뒤집혀 있지?'

장을 담아 두는 장독은 항상 입구가 위로 향해 있어야 하는 법이다. 그런데 멀쩡한 장독이 뒤집혀 있는 건 몹시 수상한 일이었다. 첫째 큰어머니는 얼른 그 장독을 들어 올려 보았다. 그런데 그 안에 좀 더 작은 장독이 또 하나 나왔다.

'이게 뭐지?'

불길한 예감이 든 첫째 큰어머니가 작은 장독을 뒤집어 들여다보았다.

"에구머니나! 영미야!"

그 순간 날뛰던 중년 여자의 발악이 딱 멈추었고, 집 안을 뒤집던 남자들도 부리나케 뛰어 나왔다.

쌀이 가득한 장독 안에 머리카락 몇 가닥이 비죽이 솟아 있었다. 그것을 걷어 내니 온몸을 둥글게 만 영미가 모습을 드러냈다. 영미는 기절한 채 숨만 겨우 붙어 있었다.

영미는 그렇게 목숨을 건졌다.

그 일이 발각된 후, 할머니는 미안해하지도 않고 도리어 적반하장으로 나왔다.

"저년이 우리 큰아들을 망쳤어! 큰아들이 아들을 낳아야 했는데!"

할머니는 영미에게 폭언을 하더니 영미 엄마에게도 참혹한 극언을 서슴지 않았다.

"저 무당이 그랬다! 막내며느리의 기가 너무 세다고. 그러니 애 셋을 잃어야 기가 죽을 거라고! 저년 기가 죽어야 내 아들들이 기를 편다고!"

할머니의 폭언에 놀란 아들들이 깜짝 놀라 되물었다.

"어머니! 무당 말을 믿으세요?"

"저 무당한테 빌어서 너희가 잘된 거야! 여태 한 번도 틀린 적이 없다! 쓸모도 없는 계집애 하나 없어지는 게 무에 그리 대수란 말이냐!"

할머니가 악귀 같은 얼굴로 악다구니를 하고 그 꼴에 놀란 가족들이 멍해진 동안 무당은 달아나 버리고 말았다.

"영미야! 괜찮니? 엄마 보여?"

눈꺼풀을 깜박깜박하던 영미가 마침내 눈을 바로 뜨고 엄마를 올려다보았다. 엄마의 얼굴이 눈물범벅이었다. 영미는 말라 버석한 입술을 조금 움직여 보았다.

"엄마……."

"그래, 엄마야!"

엄마의 얼굴을 확인한 영미는 다시 잠에 빠졌다. 이번에는 안도의 잠이었다.

시간이 많이 흐르고 난 후, 듣기로 영미는 반나절 동안 행방불명이었다고 한다.

그날 이후 영미네 가족은 할머니와 연을 끊어 버렸다. 그 사건을 겪은 후, 영미는 귀신을 보게 됐다. 어린 나이에 너무 끔찍한 경험을 한 탓에 정신적 충격을 받은 거라 여긴 어른들은 영미를 정신병원에 데리고 다녔다.

어린 영미는 자신이 보는 게 귀신인지도 몰랐고 주변 사람들은 그걸 볼 수 없다는 사실도 몰랐다.

"엄마, 여기 여자 아기가 둘 있어."

"……!"

나중에 엄마에게 사실을 들은 영미는 그제야 그 여자 아기가 바로 제 언니들의 귀신임을 알았다.

영미 엄마는 영미가 그런 말을 하고 난 후 교회에 다니기 시작했다.

자라면서 영미는 자신이 보는 게 귀신인 것과 그걸 본다는 말을 말하면 사람들에게 정신병자 취급당한다는 걸 깨달았다. 성인이 되어서도 영미는 계속 귀신을 보았다. 부모님께 이야기도 해 봤지만 병원에 데려가거나 교회에 보내는 게 전부라 어느 순간부터 더는 보이지 않는 척하기로 했다.

영미가 성인이 되고 얼마 지나지 않아 할머니가 시름시름 앓더니 돌아가셨지만, 그녀는 조금도 슬프지 않았다.

아직도 그녀는 어디에 갇히는 꿈을 꾸곤 한다. 그게 트라우마가 된 건지 밀폐된 공간에는 갈 수 없게 됐다. 지하철도 탈 수 없을 만큼. 성인이 되어서야 엘리베이터는 겨우 탈 수 있게 되기는 했지만, 여전히 10층 이상은 힘들다.

최근 영미는 새로운 꿈을 꿨다. 웬 중년 여자가 영미더러 딸이라고 부르며 쫓아와서는 자기 입에서 나온 쌀을 영미의 입에 쏟아붓는 꿈…….

영미는 자신이 겪은 일이 대체 무엇이었는지 알아보고 싶었다. 대체 할머니는 왜 그녀를 무당에게 넘겼는지, 무당이 자신에게 하려 한 짓은 무엇이었는지. 그러나 그 일이 할머니와 관계되어 있기 때문인지 부모님이나 다른 어른들은 좀처럼 이야기해 주려 하지 않았다. 친구들에게도 귀신 본다는 이야기를 하기에는 꺼려졌다. 혹시나 따돌림을 당할 수도 있었기 때문이다.

그러던 중, 한 친구가 어느 날 영미에게 책을 한 권 건네주었다. 영미가 귀신을 본다는 사실을 유일하게 알고 있는 친구였다.

"영미야, 내가 도서관에서 재미있는 책을 찾았어. 너도 한번 읽어 봐."

우리나라 무속신앙에 관한 내용을 다룬 책이었다. 친구가 왜 이 책을 보라고 주었는지는 몰랐지만, 영미는 홀린 듯 책을 읽어 내려갔다.

"태자귀? 이거……!"

태자귀에 관한 설명을 보니 그녀가 겪었던 일과 매우 비슷했다. 쌀을 가득 채운 장독에 어린아이를 묻어 두었다가 아이가 죽으면 혼은 날아가고 백만 남아 무당에게 붙는다. 태자귀가 붙은 무당은 귀신을 부려 천 리 밖의 일도 보게 된다는 거였다. 만드는 방법이 워낙 악랄하고 지독하여 제대로 정신이 박힌 무당이라면 절대 손대지 않을 짓이다. 그러나 그런 짓을 저지를 정도라면 그 끝이 좋을 수가 없다. 끝까지 한 글자도 빠짐없이 읽던 영미의 표정이 아주 조금 누그러졌다.
"할머니도, 그 무당도 좋은 곳에는 못 갔을 거야."
어떤 종교든 신앙이든 남에게 위해를 가하는 사람의 말로가 좋다고 가르치지 않는다. 그날 밤, 영미는 처음으로 편안하고 깊은 잠을 잘 수 있었다.

무당집 마당에서
춤추는 여자

릴
나
스

릴나스의 아버지는 꽤나 큰 사업체를 운영하고 있었다. 덕분에 퍽 풍족한 생활을 누릴 수 있었다. 또래 중에서 가장 좋은 학용품이며 옷, 신발 등을 가지고 있었고 그게 당연한 줄 알고 살았다.

그런데 얼마 지나지 않아 아버지의 사업이 크게 휘청거리더니 경영이 빠른 속도로 어려워졌다.

결국 빚이 산더미처럼 커졌고 집은 순식간에 망했다.

하지만 릴나스의 아버지는 좌절하지 않고 닥치는 대로 일을 했다. 회사의 사장님이던 그가 공장 인부 일이며 허드렛일, 거친 일 등 온갖 잡일을 다 해야 했다. 그러나 재기는 쉽지 않았다.

커다란 아파트에 살다가 지하 단칸방에 들어와 살던 어느 날, 릴나스가 초등학교 2학년 때였다.

아버지가 비장한 표정으로 릴나스와 엄마를 앉혀 놓고 무거운 입을 열었다.

"원양 어선을 타면 단기간에 큰돈을 벌 수 있다고 하는구나. 고생스럽겠지만, 조금만 버텨 주렴. 여보, 부탁해."

"그렇게 힘든 일을……."

"몇 년만 고생하면 재기할 돈을 모을 수 있을 거요. 아직 젊으니까, 힘이 있을 때 바짝 벌어야지. 언제까지나 이런 곳에서 살 수는 없잖아."

엄마는 눈물을 글썽였지만, 마지못해 고개를 끄덕였다.

"아빠, 멀리 가?"

"음, 한 몇 년만 아빠가 돈 벌러 가려고. 우리 아들, 엄마 말씀 잘 듣고 기다려야 한다?"

"네."

그렇게 릴나스의 아버지는 집을 나가 원양 어선을 탔다. 릴나스의 어머니도 손 놓고 있지만은 않았다.

"아빠가 열심히 일해서 돌아오신다고 했지만, 그동안에는 엄마랑 너랑 둘이 열심히 살아야 해. 엄마도 돈을 벌어야 한단다."

주부라고는 하지만, 가정부를 두고 살았던 덕분에 손에 물 한 번 묻힐 일이 없었던 릴나스의 어머니도 식당 주방과 주점 주방에서 설거지하는 일을 구하게 됐다. 다만 그렇게 되니 어린 릴나스가 문제였다.

궁리 끝에 엄마는 가까이에 사는 동네 친구에게 아이를 맡기기로 했다.

"언니, 사정이 이렇게 됐어요. 우리 아들 좀 부탁드릴게요."

"그래. 내가 큰 도움은 못 줘도 애야 봐 줄 수 있지. 조심하고."

"릴나스가 학교에 가야 하니까 제가 늦게라도 데리러 올게요."

"그래, 그래. 걱정하지 마."

그렇게 엄마는 새벽까지 일하고 그를 데리러 오기로 했다. 어린 릴나스는 그냥 그게 불편하고 힘들었지만 엄마를 봐서 꾹 참기로 했다.

시간이 지나고 어느덧 여름방학이 되었다. 여름방학이 된 후에는 그래도 좀 여유로웠다. 학교에 가지 않아도 되니 엄마가 아예 이모네 집에 릴나스를 맡겼기 때문이다. 놀다가 쓰러지듯 잠들어도 중간에 깰 필요가 없어서 좋았다. 엄마도 여름에는 일거리가 더 많은데 릴나스에게 신경을 덜 쓸 수 있어서 다행인 눈치였다.

이모네 집은 산골짜기 근처였다. 집 주변의 약 1킬로미터 안에는 그야말로 아무것도 없었다. 심지어 가로등도 없었다. 오로지 길과 나무뿐. 반면 여기저기 동산처럼 솟은 무덤은 흔하게 보였다. 덜덜거리는 고물차를 타고 한참이나 달린 후에야 비로소 이모네 집에 도착했다.

"자, 도착이다. 여기가 이모네 집이야."

그런데 그런 인적 드문 풍경과는 어울리지 않게 릴나스의 이모네 집은 어린 그가 보기에도 기이할 정도로 커다랬다.

'우와! 무슨 집이 저렇게 크지? 이상한데?'

이모의 직업은 무당이라고 했다. 그러나 어린 릴나스는 무당이 뭔지 몰랐다. 간혹 엄마랑 아빠랑 가곤 했던 절에서 본 보살님이랑 이모의 옷차림도 비슷하고 무엇보다 불상 같은 걸 모신 방이 있는 것으로 보아, 아마도 이모는 보살님 같은 것인가 보다 짐작할 뿐이었다.

널따란 땅에는 1층짜리 주택이 세 채 앉아 있었다. 그중 하나는 이모와 이모부가 거처하는 살림집이고, 하나는 불상이라든가 화려한 꽃이며 촛대, 과일 등으로 장식된 법당이었다. 나머지 하나는 낡은 불상이라든가, 모형 칼, 이상한 옷 등 용도를 알 수 없는 물건들을 모아 둔 창고 같은 곳이었다. 어린 릴나스의 눈에는 화려한 옷이나 종이꽃들이 그저 예뻐 보이기만 했다.

"아이구, 우리 릴나스 왔어? 방학 동안 이모랑 재미있게 지내자꾸나."

"네!"

"언니, 잘 부탁해요."

비록 아빠 엄마를 오랫동안 볼 수 없었지만 엄마 아빠만큼이나 자신을 예뻐해 주는 이모와 이모부 덕분에 릴나스는 풍요롭게 살던 그때처럼 즐겁고 행복하기만 했다. 자식이 없는 이모네 부부는 릴나스에게 맛있는 것도 많이 해 주시고 자주 놀아 주시기도 했다.

릴나스가 이모네 댁에 머무른 지 일주일 정도 지난 어느 날이었다. 여름이라 저녁은 늦게 오고 아침은 일찍 왔다. 다만 산골짜기다 보니 주변에 인가가 없고, 가로등마저 없어서 해가 떨어지면 아무것도 보이지 않을 정도로 깜깜해졌다. 그래서인지 이모와 이모부는 잠자리에 드는 시간이 매우 빠른 편이었다.

"릴나스야, 이제 잘 준비 하자. 아이구! 벌써 7시 30분이 넘었네? 너무 늦었구나. 이모는 벌써 졸리네."

아직 놀고 싶었지만, 하품까지 하는 이모를 보니 그도 뭐라 할 수가 없었다. 아니, 평소라면 군말 없이 잠자리에 들었을 것이다. 그러나 그날은 무슨 생각이었는지 릴나스는 반항을 했다.

"이모, 나 텔레비전 더 보고 싶어요. 만화영화도 더 보고 싶고……."

"안 돼! 너 지금 안 자면 엄마한테 못 가."

그저 가벼운 투정 같은 반항이었는데 뜻밖에 이모는 한 번도 본 적 없는 무서운 얼굴로 릴나스를 다그쳤다. 너무나 단호한 어조에 놀란 그는 잔뜩 쫄아서 고개를 끄덕였다. 슬쩍 벽의 전자시계를 보니 이제 8시까지 몇 분 정도가 남아 있었다. 아쉬웠지만, 릴나스는 이모부가 깔아 주신 이부자리에 꾸물꾸물 기어들어 갔다.

'자자. 할 것도 없는데…….'

릴나스는 억지로 잠을 청했다.

"우웅……."

곤하게 자던 릴나스가 얕은 숨소리를 내며 잠에서 깨었다. 주변은 아직 깜깜했다. 이부자리에 누운 채 눈을 깜박이던 그는 벽에 걸린 전자시계를 올려다보았다.

"3시네. 왜 꼭 이 시간만 되면 깨는 거지? 윽! 오줌 마려워!"

아무래도 소변이 마려워서 깬 모양이었다.

"우웅…… 쉬 싸겠다. 어쩌지?"

이모네 집은 크기에 어울리지 않게 화장실이 밖에 있었다. 푸세식은 아니지만, 일단 집 밖으로 나가야 한다는 게 문제였다. 한밤중이라 깜깜한데 화장실에 가려니 용기가 나지 않았다. 참아 보기로 했다. 그러나 한번 오줌이 마렵다는 생각이 들고 보니 도저히 참을 수가 없었다.

'바지에다 싸면 이모가 화낼 텐데…….'

점점 더 오줌이 마려워졌고, 결국 참을 수 없는 지경에 이르렀다. 마침내 릴나스는 용감히 일어났다.

"양 백 마리만 세면서 다녀오자!"

행여 바지에 지릴까 싶어 사타구니를 잔뜩 움츠린 채 종종걸음으로 방에서 나갔다. 화장실로 가는 길목에는 어두컴컴하고 음침한 기운이 도는 곳이 있었다. 그곳에 사람 형체의 석상이 서 있었다. 남자인지 여자인지는 모르겠지만, 매우 인자한 웃음을 짓고 있는 낡은 석상이었다. 엄마 아빠를 따라 간혹 가던 절에서도 그런 석상은 자주 보았다.

"부처님인가? 보살님인가?"

릴나스는 오줌이 급해 무서운 것도 잊고 재빨리 화장실을 다녀왔다. 방으로 돌아올 때도 석상을 한번 힐끔 쳐다보았다. 그러나 그냥 대수롭지 않았다.

'우으으. 얼른 돌아가서 다시 자야지.'

다음 날 아침, 이모는 여전히 맛있는 반찬을 잔뜩 해 놓고 릴나스를 깨우셨다. 어제 본 무서운 이모의 얼굴은 생각도 나지 않을 정도였다.

"릴나스야, 아침 먹자!"

그런 일상이 반복되었다. 아침에 일어나 맛있는 반찬과 함께 따스한 밥을 먹고 하루 종일 이모나 이모부와 놀거나 방학 숙제를 하며 시간을 보냈다.

릴나스가 이모네 집에서 지낸 지 2주 정도가 지났을 무렵이었다. 평소와 마찬가지로 일찍 일어나서 하루를 보내고 일찍 잠자리에 들었던 날이다. 그날은 유난히 더워서 산속인 이모네 집도 꽤나 더웠다. 그래서 그는 좀 더 시원한 거실에 이부자리를 깔고 자던 중이었다.

둥…… 둥…… 둥…….

"응…… 뭐지…… 또 이모 일하나?"

아직 동이 트지 않은 새벽이었다. 희미하게 들리는 북소리에 릴나스가 잠에서 깼다. 평소에도 이모와 이모부가 새벽에 일하는 것을 알고 있었던 그는 법당에서 들리는 북소리에 별 신경을 쓰지 않고 도로 자려 했다. 그런데 거실 미닫이문 너머로 웬 여자가 춤을 추는 모습이 보였다.

"어? 이모인가? 오늘은 밖에서 일하시는 모양이네."

그런데 자세히 보니 이모가 아니고 처음 보는 젊은 여자가 하얀 옷을 입은 채 춤을 추는 것이었다.

"누구지? 한복은 아닌데, 하얀 옷이네?"

젊은 여자는 마치 고전 무용을 하듯 팔을 휘저으며 춤을 추고 있었다.

잠시 멍하니 그 모습을 보던 릴나스는 문득 화장실에 가고 싶어졌다. 이번에도 참아 볼까 싶었지만, 역시 참을 수가 없어 현관문을 벌컥 열었다. 그때, 갑자기 뒤에서 이모의 목소리가 들렸다.

"너 지금 어디 가니? 어디 가? 어디 가? 어디 가? 어디 가? 어디 가? 어디 가? 어디 가? 어디 가? 어디 가?"

"어, 어? 이, 이모."

한 번만 물어도 될 텐데 이모는 열 번도 넘게 물었다. 그게 왠지 몹시 오싹하게 느껴졌다. 릴나스가 두려움에 제대로 대답을 하지 못하자 이모는 다시 한번 무서운 어조로 다그치듯 물었다.

"너! 어디 가! 말도 안 하고 어디 가느냐고!"

마치 협박하는 듯한 이모의 말투에 릴나스는 겁을 잔뜩 집어먹었다. 그래도 용기를 짜내어 더듬더듬 대답했다.

"어, 저 지금, 화장실…… 가려고요."

"안 돼! 지금은 안 돼! 나가지 마!"
"나 쉬 마려운데⋯⋯."
"차라리 바지에 싸! 지금은 절대로 안 돼!"
이모가 얼마나 무섭게 소리를 지르는지 이쯤 되니 릴나스는 더 이상 화장실에 가겠다고 고집을 부릴 수가 없었다.
'내가 뭐 또 잘못했나⋯⋯.'
결국 그는 풀이 잔뜩 죽은 채 억지로 다시 잠자리에 기어들어 갔다.

그러고 맞이한 아침이었다. 평소와 마찬가지로 이른 아침이었고 상에 둘러앉아 밥을 먹던 중이었다. 문득 릴나스가 뭔가 떠오른 듯 말했다.
"아, 근데 희한하네? 새벽에 마당에서 어떤 여자가 춤을 추고 있었는데? 누구지? 이모 아는 사람이에요?"
릴나스는 아무 생각 없이 떠오른 걸 이야기했을 뿐이었다.
탁!
그런데 이모와 이모부가 거의 동시에 숟가락을 밥상에 내려놓더니 릴나스를 아무 말 없이 바라보았다.
얼마나 지났을까. 실제로는 고작 30초 정도였지만, 그에게는 마치 30분처럼 길게 느껴지는 시간이 지났다. 힐끔, 눈동자를 굴려 벽에 걸린 시계를 보았지만, 채 1분도 지나지 않았다. 그 짧은 정적이 릴나스에게는 길게만 느껴졌다.

'어? 왜들 저러시지?'

갑자기 이모부가 벌떡 자리에서 일어나더니 부엌으로 성큼성큼 걸어갔다. 그러더니 생쌀을 한 주먹 가지고 와 릴나스에게 내밀었다.

"이거 먹거라!"

"네에?"

릴나스는 얼떨결에 두 손으로 쌀을 받았다. 이모부는 릴나스의 손에 생쌀을 쥐어 주고는 마당 우물에서 물을 한 바가지 길어 왔다. 그러곤 릴나스에게 내밀며 말했다.

"얼른 쌀 먹고 이 물 마셔라!"

"왜요! 내가 이걸 왜 먹어요! 정수기 물 있잖아요!"

"먹으라면 먹어!"

이모부는 무서운 얼굴로 바가지를 내민 채 릴나스를 계속해서 다그쳤다. 겁에 질린 그는 더는 반항할 수 없었다. 쌀을 꾹꾹 씹어서 억지로 삼키고 바가지에 담긴 물을 벌컥벌컥 마셨다.

"크아…… 이제 됐어요? 나 밥 먹어도 돼요?"

그러자 이제는 조용히 있던 이모까지 합세하여 이모부와 함께 릴나스를 다그쳤다.

"너 지금 **빨리 절해라**."

"그래, **빨리 절해라**."

"어디다 절을 해요?"

"그냥 지금 이 자리에서 이모가 그만하라 그럴 때까지 계속

절해."

 이모와 이모부의 서슬 퍼런 기세에 눌린 릴나스는 무엇에 대고 절을 하는지도 모른 채 일단 시키는 대로 절을 시작했다. 쭈뼛쭈뼛 몇 번 절하는 시늉만 내면 되겠거니 했는데 이모는 도통 그만하라는 말을 하지 않았다.

 '그래도 하다 보면 그만하라고 하시겠지.'

 릴나스는 이모를 믿고 계속해서 절을 했다. 절하는 틈틈이 시계를 훔쳐보며 이제나저제나 이모가 그만하라는 말을 해 주기를 기다렸다. 두 시간이 지나도록 두 분은 아무 말도 하지 않았다. 땀을 뻘뻘 흘리며 릴나스는 계속 절해야 했다.

 결국 기진맥진한 그는 절을 하다 말고 옆으로 고꾸라지고 말았다.

 '잘했다고 해 주시겠지……?'

 그러나 이모와 이모부는 그에게 끝내 아무런 말도 하지 않고 자리를 떠났다. 칭찬 듣는 걸 좋아했던 그는 몹시 실망했다. 그렇다고 일어나서 두 분을 따라갈 엄두는 낼 수 없었다. 허리를 펼 수도 없었고, 다리에 힘이 빠져 도저히 움직일 수 없었다.

 '뭔가 이상해. 아무래도 지금 상황이 별로 좋지는 않은 것 같은데……'

 도대체 무슨 일이 일어나고 있는 건지 짐작조차 할 수 없었다. 생각에 생각을 거듭해 봤지만 알 수 있는 건 없었다. 릴나스는 까무룩 잠들고 말았다.

그 후 이모는 릴나스에게 이상한 요구를 하기 시작했다. 화장실 옆에 서 있는 석상을 반짝반짝 빛나게 닦아 놓으라거나 창고 정리를 해 놓으라는 등 초등학교 저학년인 릴나스가 하기에는 벅찬 일들을 시키는 거였다. 하지만 무서운 이모의 말을 거역할 수는 없었다.

'내가 뭐 잘못했나 봐. 며칠만, 며칠만 벌 받으면 될 거야.'

그는 이모가 시키는 대로 석상도 닦고 창고 정리도 열심히 했다. 그러나 릴나스의 믿음과는 달리 일주일이 지나도록 벌은 계속되었다. 그쯤 되자 그도 심통이 나기 시작했다.

'엄마가 나 데리러 오면 다 일러바쳐야지. 아니, 지금 당장 이모한테 못 하겠다고 말을 할까?'

그렇게 영문도 모르는 벌을 받으면서 시간을 보냈다.

시간은 흘러 방학이 끝날 즈음, 엄마가 릴나스를 데리러 오기 하루 전날 밤이었다. 여느 때와 마찬가지로 일찍 잠자리에 든 그가 이모와 이모부 이야기 소리에 잠을 깼다. 그런데 이상하게도 몸이 말을 듣지 않았다.

'어? 뭐지? 왜 몸이 안 움직이지? 분명히 소리는 들리는데?'

마치 뭐가 누르는 듯 눈도 뜨지 못한 채 릴나스는 꼼짝없이 그대로 누워 있을 수밖에 없었다.

"……석준이는 어떻게 할 거예요?"

'석준이 형아가 누구지? 친척 형 중에 그런 이름이 있었나?'

아무리 기억을 되짚어 봐도 석준이라는 이름은 없었다. 평소 조카들을 예뻐하는 이모는 자주 조카들 이름을 말하며 이야기하시곤 했다. 그러나 석준이라는 이름은 처음 들어 보았다.

릴나스가 한참이나 석준이라는 이름을 기억 속에서 찾고 있는데 갑자기 이모와 이모부가 언성을 높이더니 싸우는 소리가 들렸다. 겁에 질린 릴나스는 자세히 이야기를 들을 생각도 못 하고 있다가 다시 잠들어 버렸다.

다음 날 아침. 릴나스의 어머니가 오기 전 이모는 여전히 무서운 얼굴로 그에게 말했다.

"너 오늘 집에 돌아갈 거니까 가기 전에 마지막으로 화장실 옆의 석상 깨끗이 닦아 놓고 가라. 이모가 꼼꼼히 검사할 거야. 먼지 하나라도 묻어 있으면 가만두지 않을 거야!"

"알겠어요. 닦으라면 닦아야죠."

아무리 무서워도 평소엔 장난도 잘 치고 잘 놀기도 했던지라 릴나스는 가볍게 대꾸했다.

이른 아침밥을 먹고 잠시 쉬던 중, 이모가 석상을 닦으라고 했던 것을 떠올렸다. 그는 석상을 닦을 물수건을 찾으러 부엌으로 갔다. 항상 부엌에서 물수건을 빨고 그 자리에 두곤 했는데 그날따라 물수건이 제자리에 없었다.

"이모, 이모부! 여기 수건이 없어요!"

제법 큰소리로 말했는데 아무도 대답하지 않았다.

"뭐야, 어디 가셨나. 다른 데 계시나?"

릴나스는 이모와 이모부를 찾으러 창고 쪽으로 걸어갔다. 그런데 갑자기 이모가 어디선가 툭 튀어나왔다.

"너 왜 여기로 와? 여기 왜 왔어?"

그때 이모의 눈은 마치 술에 취하기라도 한 듯 붉게 충혈되어 있었다. 그런 무서운 몰골로 계속 왜 여기 왔느냐는 질문만 반복해서 했다.

"저 수건 찾으러 왔어요."

철썩!

"……!"

이모가 갑자기 릴나스의 뺨을 때리며 욕설을 퍼붓기 시작했다.

"이모……?"

"이 못된 새끼! 죽일 놈의 자식!"

이모는 어린아이에게 차마 할 수 없는 무서운 쌍욕을 퍼부으면서 이상한 말도 함께 했다.

"네가 그분을 봐? 네가 그분을?"

초등학교 저학년인 릴나스와 체구 차이도 별로 나지 않고 여리여리한 이모가 갑자기 돌변하여 릴나스를 구타하기 시작했다. 그런데 그 힘이 마치 성인 남자가 때리는 것처럼 묵직하고 몸이 울리는 느낌이었다.

"아악! 이모! 왜 이래요!"

릴나스가 비명을 지르며 피하려 했지만 이모는 들리지 않는 듯 여전히 그를 흠씬 두드려 팼다.

'이모 이상해. 아무래도 큰일 나겠어!'

릴나스는 이모가 잠시 주춤하는 사이 힘껏 몸을 굴려 자리에서 도망쳤다. 이모부에게 가서 이모를 말려 달라고 할 생각에 이모부를 찾았다. 이모부는 마당에 있는 텃밭에서 고추를 따고 있었다. 그가 허겁지겁 이모부에게 달려가 울며불며 매달렸다.

"엉엉! 이모가 갑자기 나를 때렸어요! 내가 뭐 잘못했는지도 모르겠는데, 이모가 화났나 봐요!"

그러나 이모부는 릴나스가 보이지도 않는 듯 계속해서 고추만 따고 있었다.

"이모부! 나 안 보여요? 내 말 안 들려요?"

아무리 소리 지르고 펄펄 뛰어도 이모부는 미동도 하지 않았다.

순간 릴나스의 등골이 서늘해졌다.

'설마 내가 안 보이나? 이상해. 정말…… 이상해…….'

넋이 나간 릴나스의 다리 사이로 뜨끈한 액체가 흘러내렸다. 놀란 나머지 바지에 오줌을 지린 것도 모른 채 그는 이모부 앞에 망연자실 서 있었다.

잠시 후, 평소의 다정했던 모습으로 돌아온 이모가 릴나스에게 달려와 확 끌어안으며 사과했다.

"미안하다! 이모가 갑자기 뭐에 홀렸었나 봐. 요새 이모 일이 잘 안 돼서…… 뭐 홀렸나 봐. 미안하다, 미안해."

"으아앙! 흐흐흑!"

이모가 다정했던 모습으로 돌아오자 안심된 릴나스는 저도 모르게 울음을 터뜨렸다.

'아, 다행이다. 이모가 정신을 차렸나 봐. 이모는 원래 착한 분이니까 이젠 안 때리겠지.'

그 순간은 다정했던 이모의 모습을 보자 안도가 됐다. 그러나 얼마간 시간이 지나고 나자 슬슬 화가 치밀어 올랐다. 그렇다고 어린 그가 할 수 있는 일은 없었다.

'엄마한테 다 말하자. 다 일러바칠 거야.'

정오 무렵 엄마가 덜덜거리는 고물차를 몰고 릴나스를 데리러 왔다.

"아가! 릴나스야! 엄마 왔어!"

"엄마!"

엄마를 본 릴나스는 북받쳐 오르는 감정을 이기지 못하고 엄마를 보자마자 달려가 안기며 이모와 이모부가 제게 한 짓을 낱낱이 일러바쳤다.

"이모가 갑자기 막 나를 때리고…… 생쌀 먹이고 어디 절하라 그러고 석상 닦으라 그러고…… 엉엉."

"뭐라고?!"

릴나스는 엄마가 그토록 크게 화내는 모습을 평생 처음 봤다. 엄마는 몸을 부들부들 떨며 그를 차에 데려가 앉혀 두고 돌아갔다. 거리가 좀 있어서 자세한 내용을 들을 수는 없었지만, 이모와 이모부 그리고 엄마가 엄청나게 큰 소리로 싸우는 소리는 들렸다.

한참을 큰소리로 싸우더니 엄마가 씩씩거리며 차로 돌아왔다. 그런 엄마의 뒤로 이모부의 노한 목소리가 들렸다.

"너희들, 조만간 천벌 받을 거다!"

이런 저주의 말을 이모부가 큰소리로 되풀이했다. 그러거나 말거나 엄마는 싹 무시하고 차에 시동을 걸었다. 차가 움직이려는 순간 아예 산이 떠나가라 큰 목소리로 고함지르는 소리가 들렸다.

"너희들, 조만간 천벌 받을 거다—!"

그런데 분명 이모부의 목소리인데 이상하게도 그게 한 사람의 목소리가 아니라 두 사람의 목소리가 겹친 듯한 소리였다. 엄마는 그 소리도 전혀 들리지 않는 듯 무시하고 그곳을 떠났다.

그렇게 집으로 돌아온 후, 릴나스는 두 번 다시 이모댁에 가지 않았고 이모의 소식은 완전히 끊어졌다.

†

성인이 된 어느 날, 릴나스는 엄마에게 그때 자신이 겪은 게 무슨 일이었는지를 여쭤보았다. 어린 시절에도 몇 번 물어보려고 했지만, 엄마는 의도적으로 그 이야기를 피하는 눈치였다. 그러나 이제 성인이 된 릴나스가 진지한 태도로 물었다.

"엄마, 사실 난 아직도 그때 기억이 나요. 좀 자세히 설명해 주시면 안 돼요?"

"……잊을 줄 알았는데 기억하고 있구나."

엄마는 포기한 듯 오랜 이야기를 시작하셨다.

"네 외할머니는 살아 계실 때 아주 용한 무당이셨어. 자식 중 한 명한테는 신내림을 하고 싶어 하셨지. 그중 선택된 게 이모였어. 이모는 일곱 살 때부터 수업을 받았는데 몹시 학대를 당했던 모양이야."

이모는 결국 열아홉 살이 되던 해 집을 나갔고, 정확히 5년 후 같은 날 이모부와 갓난아이를 데리고 돌아왔다. 게다가 놀랍게도 다른 곳에서 이미 신내림을 받고 돌아온 것이었다. 충격을 받은 외할머니는 그 길로 집을 나가셨고 오랫동안 행방불명이었다. 그러다가 몇 년 전에야 경찰에게서 외할머니의 사망 소식을 들었다고 한다. 이모가 데리고 왔던 갓난아이는 자라던 중 교통사고를 당했는데 즉사하지는 않았지만, 후유증으로 죽고 말았다고 한다.

'석준이가 그 아기 이름이었나 보다. 어린 시절에 죽은 내 사촌 형.'

아마도 릴나스가 죽은 아이와 닮았었는지 이모와 이모부는 유난히 릴나스를 더 예뻐했었다. 옛 기억을 떠올리던 중 문득 머릿속 깊숙이 가라앉아 있던 장면 하나가 부유물처럼 떠올랐다.

'그렇다면 마당에서 춤을 추던 그 여자는 도대체 누구였을까?'

†

 이후 릴나스는 영적인 존재와 마주치기 시작했다. 처음에는 그것이 무엇인지 몰랐는데 자라면서 점점 그것이 인간이 아니라는 정도는 알 수 있었다. 그런가 하면 길을 걷다가 어떤 모르는 할머니가 '너도 나랑 같은 길을 걷겠구나' 하는 말을 하길래 돌아보니 할머니의 모습이 보이지 않아 깜짝 놀라는 일도 있었다.
 릴나스는 믿을 수 있는 친구 병훈에게 제 이야기를 털어놓기로 했다.
 "……내가 어릴 때 그런 일을 겪었거든. 그래선가 좀 이상한 일을 겪어."
 여태 릴나스가 하는 말을 조용히 듣고 있던 친구 병훈이 물었다.
 "릴나스, 그러니까 너는 그 춤추는 여자가 누구였다고 생각하는 거야?"
 "지금 내 생각으로는 아마 이모가 모셨던 신이 아니었을까, 그냥 추측만 해."
 "얼굴이나, 모습을 정확히 본 거야?"
 병훈의 질문에 릴나스는 잠시 기억을 더듬다가 고개를 가로저었다.
 "새벽이니까 어두워서 자세히는 못 봤지. 그런데 그, 여자들 똥머리라고 하잖아? 올림머리. 거기에 젓가락 같은 비녀를 한 세

개? 꽂은 채였어. 옷은 하얗다기보다는 약간 누르스름한, 삼베 색깔? 춤을 추는데 발은 안 보였고. 키는 한 160쯤 되어 보였던 것 같다. 어쩌면 '그분'이라는 게 그 춤추던 여자고 그걸 내가 본다니까 그렇게 화를 내시고 쌀을 먹이고 그랬던 게 아닐까 싶어."

"아, 그럴 수 있겠다."

잠시 미세한 침묵이 이어졌다. 마치 눈치를 보는 듯하던 릴나스가 계속해서 말했다.

"전에 엄마한테 이 얘기를 먼저 했어. 그랬더니 엄마가 엄청 화를 내시면서 우시더라고. 무속 때문에 엄마랑 언니를 잃었는데 너까지 왜 그러느냐고. 그래서 엄마한테는 더 이상 말을 못 하고 가슴은 답답하고…… 그래서 너한테 털어놓는 거야. 나, 미친놈 같으냐?"

"아냐. 살다 보면 이상한 일 겪을 수도 있지."

"실은, 그 일 이후 내가 1년에 한두 번 정도 영적인 존재가 보여. 생일 무렵에만 잠깐 보여. 이게 이상해서 병원에 갔더니 아무것도 안 나오고, 무당집에 갔더니 이야기가 다 다른 거야. 나더러 박수무당이 돼야 한다는 무당도 있었고, 그냥 심신이 허하다는 무당도 있었고. 보이긴 보이는데, 거기서 끝이니 달리 할 말이 없기도 하고."

병훈이 자세를 바로 하고 앉아 릴나스의 말을 이어받았다.

"네가 어떤 선택을 하고 어떤 일을 하든 난 네 친구야. 나를 믿고 이야기해 줘서 고맙다."

믿음직한 병훈의 말에 릴나스는 비로소 안심할 수 있었다. 릴나스는 자신이 본 것이 무엇이든 이 친구와 함께라면 무서울 게 없을 것 같았다.

'그런데 진짜 그 여자는 뭐였을까……?'

절대 풀려서는 안 될 귀신을 봉인하는 산과
귀신 붙은 친구

혼
파

혼파의 외가 쪽 가문은 대대로 신줄이 내려오는 집안이었다. 그녀는 어린 시절 외할아버지, 외할머니와 함께 외가 소유의 산속에 있는 집에서 살고 있었다. 산에는 외가 식구가 사는 집 외에는 버려진 폐가와 기도터 말고는 아무것도 없고 아무도 살지 않았다.

한편 산 아래에는 혼파의 외가 선조가 땅을 내어 줘서 생긴 작은 마을이 있었다.

"할머니, 왜 할머니랑 할아버지는 저기 마을에서 안 살고 산속에서 살아요? 여긴 아무도 없고 무서운데."

혼파가 묻자 외할머니는 담담한 표정으로 이유를 설명해 주셨다.

"우리는 이 산을 지키는 거란다."

"네에? 산을 누가 훔쳐 가는 것도 아닌데 왜 지켜요?"
"이 산은 귀신을 가두는 산이란다."
"귀신을 가둬요?"

할머니의 대답에 혼파가 눈을 동그랗게 뜨고 되물었다. 혼파는 더 이야기해 달라며 할머니를 졸랐다. 잠시 망설이던 할머니는 혼파에게 조용히 되물으셨다.

"혼파야, 우리 집안이 뭘 하는지는 알지?"
"네! 나쁜 귀신을 없애는 일이요!"
"그래, 우리 집안은 그런 일을 한단다. 하지만 모든 귀신을 다 없앨 수는 없거든. 그래서 없애지 못하는 귀신들은 어딘가에 가둬 놓고 도망치지 못하게 감시를 해야 하는 거란다. 그래야 다른 사람들을 해치지 못하거든."
"와! 그럼 할머니는 귀신을 잡는 경찰이군요!"

어린 혼파는 해맑게 웃으며 제가 이해한 대로 말했다. 할머니는 흐뭇한 표정으로 그런 혼파를 내려다보셨다.

"그래, 맞다. 우리는 나쁜 귀신을 가둬 놓고 감시하기 위해 이 산에 사는 거야."

그래서일까, 혼파네 가족이 사는 산의 입구에는 장승이 서 있었는데 보통 장승이 마을 어귀 바깥쪽을 향해 서 있는 것과 달리 그 장승은 온갖 비방(祕方)을 한 채 산 쪽을 바라보고 있었다. 또한 산까지 올라오는 길목에는 동자상이라든가 신령을 새긴 조각상 따위가 놓여 있기도 했다. 분위기가 이렇다 보니 마을 사람들도 산으로는 잘 올라가지 않게 되었고 혼파의 할머니네도 산속에서 조용히 살 수 있었다.

 혼파가 여덟 살이 되던 해 여름이었다. 유명한 말괄량이였던 혼파는 집에서 키우는 진돗개 여러 마리 중 강아지 한 마리를 데리고 산책을 나갔다.
 "얘! 함부로 돌아다니지 말래도!"
 "괜찮아요!"
 할머니가 말렸지만, 혼파는 강아지만 데리고 산속을 돌아다녔다. 산에는 작은 시냇물이나 개울가가 많았다. 한여름이라 날씨는 덥고 평소에도 물장난을 좋아했던 혼파는 폭포가 떨어지는 절벽 모양의 개울가에 앉아 물장구를 치며 놀았다. 그곳은 절벽 쪽으로 가까워질수록 수심이 깊어지는 곳이었다.
 한참 물장구를 치며 놀던 중이었다. 어디선가 물장구치는 소리가 들려왔다.
 찰박찰박.
 "어? 뭐지? 여긴 나 말고 아무도 없는데?"
 혼파가 두리번거리며 물장구 소리가 나는 곳을 찾아봤다. 찾고 보니 수심이 가장 깊은 그쪽에서 물이 빙빙 돌며 소용돌이치는 것이 보였다. 혼파가 홀린 듯 그곳을 바라보는데 곁에 있던 강아지가 마치 불안한 듯 끙끙거리기 시작했다.
 "낑낑."

"너 왜 그래? ……어, 어? 저게 뭐야?"

소용돌이치는 곳에서 약 한 뼘 정도 되어 보이는 검은 천 같은 것이 불쑥 위로 올라왔다. 멀리 있어서 잘 보이지 않은 탓에 혼파는 조금 더 가까이 가서 보기로 했다. 그러곤 수심 깊은 쪽으로 슥 머리를 내밀고 보니…….

"머리? 사람 머리인가……?"

천이라고 생각했던 것은 머리카락이었다. 그것은 소용돌이 위로 올라왔다가 잠기고 올라왔다가 잠기기를 반복하며 서서히 혼파 쪽으로 다가왔다. 마치 홀린 듯 혼파는 그것을 바라보며 점점 더 물속으로 걸어 들어갔다.

"예쁘다…… 더 자세히 보고 싶어."

혼파의 무릎이 잠겼을 무렵이었다. 서서히 다가오던 머리는 갑자기 뒤로 멀어지기 시작했다.

혼파의 발걸음도 그것을 따라 점점 깊은 곳으로 향했다.

딸랑딸랑딸랑딸랑—!

"캉캉캉! 캉캉! 캉캉!"

갑자기 어디선가 할머니의 무구인 방울소리가 들렸다. 순간 정신이 번쩍 들었다. 동시에 강아지가 짖는 소리도 들리기 시작했다.

"흐악!"

무서워진 혼파는 급히 물에서 뛰쳐나와 뭍으로 가 숨을 몰아쉬었다. 그러곤 뒤를 돌아보았다.

"히익!"

물속에 잠겨 있던 머리가 물 밖으로 나와 있었다. 그리고 앞을 온통 가리고 있던 머리카락이 커튼 열리듯 조금 걷혀 있었는데, 그 사이로 흰자위 없이 온통 새까만 검은자위로만 된 눈이 혼파를 노려보고 있었다.

"아아악!"

무서워진 혼파는 아직도 들려오는 방울소리를 따라 정신없이 뛰었다.

딸랑딸랑딸랑딸랑—!

'할머니! 할머니!'

혼파는 방울소리가 있는 쪽에 할머니가 있을 거라 생각하고 뛰었다. 한데 방울소리가 가까워졌을 때쯤 문득 깨달았다.

'우리 할머니는 이쪽으로 안 오시는데?'

혼파가 강아지와 놀러 갔던 개울가는 집에서 오른쪽으로 10분 정도 걸어오면 있는 곳이었다. 그런데 혼파는 당황한 나머지 집이 아니라 반대쪽으로 뛰었고 그 결과 집이 아닌 산 위쪽으로 향한 것이었다.

'할머니는 마을 입구에서 집으로 가는 길만 다니시는데, 왜 방울소리가 산 위쪽에서 들린 거지?'

덜컥 겁이 난 혼파는 뛰던 것을 멈추고 잠시 상황을 살폈다.

딸랑딸랑딸랑딸랑—!

쓰으으, 쓰으으—

방울소리는 점점 가까워지고 있었다. 그리고 방울소리 외에 무슨 천 같은 것이 바닥을 쓰는 소리도 함께 들렸다. 보고 싶지 않았지만, 눈길이 본능적으로 소리가 나는 쪽으로 향했다.
'……!'

"혹시 산을 돌아다니다 '그것'을 만나거든 절대 도망치지 말고 가만히 숨죽이고 숨어 있어야 한다."

할머니가 조심하라고 신신당부를 하던 영가가 있었다. 옛날 어떤 박수무당이 행해서는 안 될 짓을 궁에서 한 적이 있다고 했다. 그는 후궁의 사주로 왕비에게 살을 날렸고 그 결과 왕비가 죽고 말았다. 그러나 그런 짓을 한 게 들켜 눈이 뽑히고 코와 귀, 혀가 잘리는 형벌을 받은 후 지방으로 유배를 당했다. 끝내 유배지에서 신벌을 받아 죽었다던가. 그 무당은 영가가 되고도 자신의 죄를 인정하지 못해 악귀가 되었고 근방에 사는 사람들을 괴롭혀 내쫓거나 사는 사람들을 몰살시키려 했단다. 그러다 혼파의 선조한테 걸려 이 산에 갇히게 되었다고 한다.

할머니는 그 영가를 만나면 숨도 쉬지 말고 그저 가만히 있으라고 했다. 보기 전에는 몰랐는데 실제로 보고 나니 할머니의 당부를 이해할 수 있었다.

박수 영가는 현대의 무복과는 다른 옷을 걸치고 있었다. 옷이라기보다는 오방색 천을 아무렇게나 두른 것에 더 가까웠다. 머리에는 하얀 고깔처럼 생긴 모자를 쓰고 고개를 숙인 채 한 손에 무구 방울을 쥐고 흔들고 있었다. 살아생전 혀가 잘린 탓인지 말은 하지 못하고 목이 막힌 듯 '컥컥' 하는 이상한 소리를 낼 뿐이었다.

'듣기 싫어……'

귀라도 막거나 도망가고 싶었지만 아무것도 할 수 없었다. 행여 움직였다가 귀신이 쫓아오기라도 하면 큰일이었다. 혼파는 무서웠지만 꾹 참고 귀신이 지나가기를 기다렸다.

'할머니 말씀이 맞네. 눈이 없어서 일직선으로만 다닌다더니.'

귀신은 일직선으로만 움직였다. 그런데 공교롭게도 귀신이 지나갈 길목이 바로 혼파의 앞이었다. 무서웠지만 꾹 참고 귀신이 얼른 지나가기만을 기다렸다.

쓰으으, 쓰으으—

'윽, 이게 무슨 냄새야? 뭔가…… 썩는 냄새? 향……?'

귀신이 혼파의 앞을 지나가는데 생전 맡아 본 적 없는 고약한 냄새가 풍겼다. 토할 것만 같고 무섭기도 했지만 입을 틀어막고 눈물을 줄줄 흘리는 것 말고는 할 수 있는 일이 없었다.

휘유웅—

그때 갑자기 바람이 불었다. 하필이면 귀신이 혼파의 바로 앞을 지날 때였다. 귀신의 몸에 걸친 오방색 천 중 하나가 바람에 날려 혼파의 다리에 얽혔다. 그 탓에 앞으로 나아가던 귀신의 움직임이 뭐에 걸린 듯 멈추었다. 귀신은 제 팔에 감긴 오방색 천을 잡아당기며 혼파 쪽으로 다가왔다.

'조금만, 조금만 참으면 지나갈 거야.'

너무나 무서웠지만 혼파는 필사적으로 움직이지 않으며 이 순간이 지나기만을 기다렸다. 마침내 귀신이 혼파의 바로 앞에 섰다. 그러고는 뭔가에 걸린 오방색 천을 갑자기 세게 잡아당겼다.

홱!

"으악!"

고작 여덟 살 어린애에 불과했던 혼파는 그만 버티지 못하고 소리를 내며 엉덩방아를 찧고 말았다.

"으으, 아파."

아픈 손과 엉덩이를 문지르며 고개를 든 혼파는 소스라치게 놀랐다. 귀신의 얼굴과 정면으로 마주한 것이다. 귀신의 얼굴은 눈 뜨고 볼 수 없을 정도로 참혹하고 처참했다.

눈이 파인 지 얼마 되지 않은 듯 뻥 뚫린 구멍 두 개에서 피눈물이 철철 흐르고 있었고, 코도 칼로 베인 듯 잘려 나가고 없어서 콧구멍만 흉하게 두 개 뚫려 있었다.

"으악!"

소스라치게 놀란 혼파는 그대로 기절하고 말았다.

†

"어? 왔어?"

평소 혼파와 사이가 좋았던 오빠가 대문을 열어 주며 집에 돌아온 혼파를 마중했다. 그런데 갑자기 혼파가 괴성을 지르며 그에게 달려들었다.

"으악! 야! 왜 이래! 너 왜 이래!"

마치 짐승이나 악귀처럼 혼파는 오빠의 얼굴을 잡아 뜯으려 하거나 이빨로 물고 손톱으로 할퀴었다. 본래 신줄이 좀 있던 오빠는 직감적으로 혼파에게 뭔가 씌었다는 것을 깨달았다. 그래서 도망치려 했지만 도무지 도망갈 수가 없었다.

"아악! 저 살려 줘요!"

"뭐냐! 아니, 이게 무슨 일이야!"

오빠의 비명을 들은 아빠가 마당으로 나와 보니 혼파가 아들을 마구 공격하는 모습이 보였다.

깜짝 놀란 아빠가 혼파를 떼어 내고 막아서자 그녀는 마구 욕설을 내뱉으며 아빠의 팔을 피가 나도록 깨물고 걷어찼다.

"끼에에에에에엑!"

"이 녀석, 왜 이러냐? 응?"

평범한 사람인 아빠가 당황하여 아들에게 소리 지르듯 물었다. 그사이에도 혼파는 계속하여 짐승 울음소리 같은 것을 내면서 아빠와 오빠를 공격해 댔다. 이렇게 마당에서 소란이 일어나자 집 안에 있던 사람들이 모두 마당으로 뛰쳐나왔다. 그중 할머니가 혼파를 유심히 보더니 소리 지르셨다.

"저 애 얼른 그대로 묶어서 신당에 데려다 놓으시게!"

"아? 예!"

할머니의 말씀에 사람들이 달려들어 발버둥 치는 혼파를 묶은 후 신당에 옮겨 놓았다. 그런 후 묶인 채 누워 있는 혼파의 몸 위에 신장 칼을 올려 두었다. 놀랍게도 신장 칼은 혼파가 아무리 몸부림을 쳐도 떨어지지 않았다. 그사이 준비를 마친 할머니가 혼파에게 씐 귀신을 몰아내려는데 그녀는 짐승 울음소리 같은 것을 내고 있었다.

"키에에에에엑!"

"이런 못된 것을 보았나!"

일갈한 할머니는 과격하게 혼파의 머리채를 휘어잡았다. 그러자 또 혼파가 킥킥 웃으며 고양이 울음소리를 냈다.

"에오오옹."

"안 되겠구나. 명수만 남고 다른 사람들은 신당에서 다 나가거라."

신줄이 있어서 장래 박수무당이 될 혼파의 오빠만 남기고 다른 가족은 신당에서 내보냈다.

"좀 충격적일 테지만, 어차피 너는 보아야 할 일이니 잘 봐 두어라."

명수는 겁에 질려 있었지만 마음을 단단히 하고 고개를 끄덕였다.

식구들이 나간 후 할머니는 묶여 있는 혼파의 얼굴에 물을 뿌리며 고함을 질렀다.

"네 이름을 말해라! 네가 누구인지 바른대로 말해라! 나는 네 놈이 그 안에 숨어 있는 것을 다 안다! 짐승 따위로 가린다고 가려질 것 같으냐!"

"냐아아옹!"

"네 이놈! 계속 거짓을 말할 테냐!"

"꿀꿀, 꿀꿀!"

"……말로 해서는 안 되겠구나."

말로 해결해 보려 했으나 짐승 귀신을 앞세워 속이려는 귀신 때문에 할머니도 화가 치밀었다.

그래서 그녀는 할 수 있는 모든 수단과 방법을 쓰기 시작했다. 옷처럼 만들어진 부적을 입혀서 때리기도 하고 팥을 뿌리기도 했다. 그렇게 혼파의 몸 안에 있는 짐승 영가는 모두 천도를 해 주고 마침내 귀신 하나만 남았다.

"대체 왜 그 아이한테 들어갔느냐?"

〈나는 잘못한 게 없다. 그저 먹고살려고 시키는 대로 했을 뿐인데 나를 이처럼 처참하게 죽였다. 나는 억울하다!〉

같은 무당인 입장에서 듣자니 기가 찰 노릇이었다. 누구는 저주를 할 줄 몰라 안 하던가. 그런 짓에 손대지 않고도 잘 살 수 있는데, 제가 제 손으로 사술에 손을 대서 형벌을 받아 놓고는 억울하다니. 하지만 얼마나 오래 묵은 악귀인지 알 수도 없는 상황에 함부로 퇴마를 할 수는 없었다.

"그래서 네가 원하는 것이 무엇이냐?"

〈죽어! 너도 죽고 그냥 다 죽어! 다 함께 지옥으로 가자!〉

'참으로 분과 악만 남은 악귀로구나, 말로는 안 되겠다. 저건 어떻게든 없애야겠다.'

그러나 오랜 세월 묵은 원한을 안고 떠돈 귀신은 만만한 상대가 아니었다. 그동안 있었던 수많은 무당이 이 악귀를 없애지 못한 이유가 있었다. 결국 할머니는 완전히 없애는 것을 포기하고 봉인을 하기로 마음먹었다.

"가거라!"

〈으아아! 이게 끝이 아니다! 내가 네 후손을 모조리 죽이리라! 나와 같은 꼴로 만들어 주리라! 네 손자! 가장 마지막에 처참하게 죽이리라! 네년은 하루라도 빨리 죽어 그 꼴을 지켜만 보아라!〉

끔찍한 저주의 말과 함께 귀신은 그렇게 봉인당했다.

"으음······."

시간이 지나고 혼파가 정신을 차렸다. 둘러보니 집이 아니라 할머니의 신당이었고 자신의 주변에 가족이 빙 둘러서 있는 것이 보였다.

"우웨!"

혼파는 갑자기 토하기 시작했다. 그렇게 몇 번이나 토하기를 반복하다가 또 기절하고 말았다.

혼파가 만난 귀신은 혼파의 할머니 신당 주위를 맴돌곤 했다.

그러다 몇 번이나 신당에 들어오려 시도했고 할머니는 항상 그걸 막아 냈었다. 그러던 중 마침 혼파를 만난 귀신이 그녀에게 붙어 집으로 들어올 수 있었던 것이다.

얼마 후 완전히 안정을 취한 후에야 아버지에게서 무슨 일이 있었는지 들을 수 있었다. 봉인 후 할머니는 귀신을 천도하려 했다. 그러나 애초에 신벌을 받아 죽은 것이라 천도 굿을 했다가는 할머니도 잘못될 수 있다고 했다. 그래도 혹시 싶어서 할머니가 모시는 신령님께 물어보니 그 흉측한 것을 왜 천도시키느냐며 노발대발하셨다고 한다.

그 후에도 할머니는 그 귀신을 몇 번이나 소멸시키려 했지만, 완전한 소멸은 할 수가 없었다. 산에 사는 귀신을 마치 수하처럼 부리는 통에 쉽지 않았던 것이다. 결국 할머니는 매년 그 영가들의 기운을 누르는 굿을 하는 정도로 대신하기로 하셨다.

나중에 혼파가 할머니에게 듣기로 그 귀신은 아마 윗대 조상 중 한 분이었던 것 같다고 한다. 신벌을 받아 죽은 무당의 자손에게 신바람이 불어 자손에게 내려오며 죽이다가 결국 혼파의 대까지 내려온 것 같다고…….

†

그 일 이후 혼파는 귀신을 보게 되었다. 그녀가 초등학생이던 무렵 한창 귀신 영상, 몰카, 흉가 체험 이런 것이 유행할 때였다.

평소 장난기가 많은 친구 하나가 함께 어울리던 아이들에게 제안했다.
"우리도 귀신 보러 갈래?"
평소 보고 싶지 않아도 귀신을 보던 혼파 입장에서는 좀 한심하게 느껴졌다.
'그거 별거 아니야. 그냥 보이는 거지.'
"그래, 우리 해 보자."
말려 볼까 생각도 했지만, 친구들은 한창 그런 것에 흥미를 가지던 때라 혼파의 말을 들을 것 같지 않았다. 결국 읍내에 있는 버려진 아파트에 가 보기로 했다.

"야, 저기 귀신 나올 것 같지 않냐?"
친구들과 읍내에 놀러 나갔다 돌아가던 혼파의 눈에 흉물스러운 아파트가 한 채 보였다.
옛날에 건설업자가 중간에 고의로 부도를 내고 도망가는 바람에 완공도 못 하고 어정쩡하게 서 있다가 그냥 버려진 곳이었다. 다른 친구들은 모르지만 혼파의 눈에는 그 아파트에 붙어 있는 몇몇 귀신이 보였다.
"……이, 나올 것 같다."
"야, 우리 들어가 볼까? 진짜 귀신 나오나 안 나오나?"
친구들은 킬킬거리며 아파트에 들어가느네 마네 떠들고 있었다. 문득 혼파는 궁금증이 일었다.

'나는 보이지만, 쟤들도 들어가면 보일까? 보면 놀랄까?'

옆에서 호기롭게 떠드는 친구들을 보노라니 가소롭기도 하고 우습기도 하고 뭔지 모를 우월감도 들었다.

그러다 보니 어물어물 다들 어두컴컴한 아파트 안으로 들어갔다. 친구 하나가 주위를 둘러보며 겁먹은 목소리로 말했다.

"야! 여기 진짜 있나?"

"저기! 저기 귀신 있다!"

"뭐? 에이! 없잖아!"

친구들은 아파트 이곳저곳을 둘러보며 와자지껄 떠들었다. 그러나 혼파는 그게 별 현실감이 없이 마치 무슨 유튜브나 영화 같은 것을 보는 느낌이었다.

저녁 8시. 귀신이 나오기엔 이르고 집에 들어가기엔 다소 늦은 시간에 친구들은 아파트 안을 헤매고 있었다. 아무리 구석구석 돌아다녀도 귀신 비슷한 것은 보이지 않았다.

'역시 쟤들은 안 보이는구나. 1층에서 3층까지 여자 귀신, 아기 귀신 있었는데.'

혼파의 눈에는 보이지만 친구들 눈에는 귀신이 보이지 않았다. 계속해서 지저분한 복도와 거미줄 등만 보일 뿐이었다. 슬슬 지루해진 친구들은 옥상까지만 갔다가 내려가기로 했다.

그런데 한 층, 한 층 올라갈 때마다 혼파의 눈에 보이는 귀신의 숫자가 늘어났다. 그 귀신들은 저들끼리 모여 이쪽을 바라보며 뭐라 속닥거리고 있었다.

'아이, 기분 이상해. 괜찮으려나……? 남들 못 보는 걸 본다는 게 그다지 즐거운 일은 아니구나…….'

친구들은 여전히 왁자지껄 시시덕대며 올라가는데 혼파 혼자 늘어나는 귀신을 보며 무서워지고 있었다.

"에이! 아무것도 없잖아!"

"그러게! 시시하다!"

친구들은 투덜거리듯 떠들었지만 혼파는 점점 겁을 먹고 있었다.

'맨 위층에 최종 보스 있는 거 아냐? 보통 제일 센 게 제일 위에 있는데.'

옥상이 가까워질수록 혼파의 몸에도 반응이 오는 것 같았다. 머리가 아파 오고 코피라도 쏟을 듯 콧속이 아려 왔다.

올라가는 내내 어린애 귀신 몇 마리만 뛰어다니는 게 보였다. 마치 춤이라도 추는 듯 신나게 뛰어다니는 모습에 혼파는 안심했다. 도중에 혼파의 눈에는 귀신 같지만 귀신은 아닌 뭔가가 수많은 귀신들에게 뜯어 먹히고 있는 모습이 보였다.

'힉! 저, 저게 뭐지? 뭔데 귀신이 귀신을 잡아먹지?'

정확히는 귀신이 아닌 뭔가를 귀신들이 잡아먹고 있는 거였지만, 아무래도 상관없었다. 역시나 다른 친구들에게는 그 끔찍한 장면이 보이지 않는 눈치였다. 그렇다고 여기서 혼자 비명이라도 지르고 무서워하면 친구들이 겁을 먹을 것 같아 그녀는 꾹 참기로 했다.

옥상이 가까워질수록 귀신의 수도 많아지고 기괴함의 정도도 심해졌다.

〈끼끼끼끼, 키키키.〉

괴상하게 웃는 소리라든가 시끄럽게 떠드는 소리도 점점 커졌다. 머리를 풀어헤친 나체의 귀신들은 남녀노소 다양하게 있었다. 그들이 춤이라고 추는 것은 인간의 입장에서 보면 끔찍하고 기괴한 몸짓일 뿐이었다.

게다가 처음에는 인식하지 못했는데 위로 올라갈수록 귀신들이 혼파를 빤히 쳐다보는 일이 많아졌다. 그것을 혼파는 고스란히 느껴야 했다. 아무래도 여기서 고이 나가지 못할 것 같다는 예감이 들었다.

17층 정도를 오르던 무렵이었다. 마침내 혼파는 친구들을 설득하기로 했다.

"야, 야. 우리 나가자. 그냥 내려가자. 아무것도 없잖아."

"왜? 이제 와서 무섭냐?"

"그러게? 같이 가자고 할 땐 언제고?"

속도 모르는 친구들은 혼파를 비웃기 시작했다. 그런 친구들을 보자 화가 불끈 치솟았다.

"가자고! 더 올라가면 뭐 해!"

혼파가 벌컥 화를 내자 그제야 친구들도 뭔가 심상치 않음을 느꼈는지 당황하며 어물거렸다. 친구들이야 당황하거나 말거나 그녀는 혼자 먼저 계단을 뛰어 내려갔다. 올라오는 동안 본 귀신들이 벽에 붙어서 혼파가 내려가는 모습을 바라보았다. 다행히 귀신들은 그녀를 따라오지는 않았다. 혼파의 뒤를 따라 친구들도 내려갔다. 귀신들은 친구들 역시 빤히 바라보았다.

'혹시 내 친구들한테 뭐 해코지하는 건 아냐?'

마음이 급해진 혼파는 친구들을 재촉하여 급히 계단을 뛰어 내려갔다.

〈끼끼끼끼, 키키키.〉

가는 동안 아까 들었던 기괴한 귀신 웃음소리가 다시 들리기 시작했다. 웃음소리가 들리는 쪽으로 문득 고개를 돌리니 귀신들이 혼파와 친구들을 보며 꺅꺅거리며 웃고 있었다. 그러던 중 혼파와 눈이 딱 마주쳤다. 그때까지 재미난 일이라도 있는 듯 웃고 떠들던 귀신들이 웃음을 딱 멈추고 무표정으로 변했다.

'헉! 이거 진짜 뭔 일 나겠다.'

다행히 혼파가 마지막으로 1층에 도착할 때까지 별다른 일은 없었다. 다만 혼파와 눈이 마주친 귀신은 웃지도 않고 계속해서 혼파를 따라왔다.

"야! 너 왜 갑자기 잘 올라가다 우리 잡고 내려온 거야? 뭐 봤어?"

"헉헉, 힘들어 죽을 뻔했네. 야! 뭐라고 말 좀 해 봐!"

친구들이 혼파에게 따졌지만 혼파에게는 그런 것이 들리지도 보이지도 않았다. 혼파의 눈은 아파트의 창문에 고정돼 있었다. 정확히는 창문에 달라붙어 그들을 노려보는 귀신들에게 고정돼 있었다.

'아, 저기서 나오지는 못하는 모양이네. 엇?!'

한숨 돌리던 혼파는 깜짝 놀랐다. 위층에서 웃으며 그들을 구경하던 귀신들 네 마리 정도가 현관에 서서 말했다.

〈너희 여기 다시 오지 마라. 다시 오면 죽여 버릴 거야. 다 밀어서 떨어뜨릴 거야.〉

"너, 너네! 우리 할머니 모셔 와서 다 없애 버릴 거야! 다 소멸시켜 버릴 거야!"

아무것도 없는 허공에 악을 쓰며 고함을 지르는 혼파를 보고 여태 투덜거리던 친구들이 의아하게 여겼다.

"쟤 왜 저러냐?"

잠시 후 어느 정도 진정된 혼파가 친구들에게 자초지종을 설명했다. 이야기를 마치고 가려는데 마침 버스가 도착했다.

"야, 차 왔다. 빨리 타자!"

그들의 작은 모험은 그렇게 끝나는 듯했다.

일주일 후, 친구 영아에게서 전화를 받았다. 그날 함께 있었던 친구였는데 며칠 전부터 학교도 나오지 않아 걱정하던 참이었다.

[나 거기 갔다 온 뒤로 자꾸 머리가 아프고 코피가 나. 학교에 못 나간 건 집 밖에 나가려고만 하면 자꾸 기절을 해서야.]

"내가 갈게."

그러나 영아는 한사코 오지 말라고 거절했다. 혼파는 직감적으로 귀신 하나가 영아에게 붙었음을 알았다.

허둥지둥 영아네 집에 갔지만, 영아는 문도 열어 주지 않았다. 한 시간을 기다리고 나서야 문이 열렸다. 영아는 바닥에 엎드린 채 울고 있었다. 영아의 등에는 혼파에게 욕을 퍼부었던 귀신 하나가 붙어서 마치 뭔가를 파먹는 듯한 시늉을 하고 있었다.

"야, 너 괜찮아? 흐익!"

엎어져 있는 영아를 일으킨 혼파는 깜짝 놀랐다. 영아가 제 눈 부근을 얼마나 긁었던지 눈 주위에 벌건 손톱자국이 나 있었다. 영아에게 붙어 있는 귀신은 마치 개구리처럼 커다란 눈과 큰 입, 작은 코를 가지고 있었다. 거기에 머리카락을 산발로 흐트러뜨린 채 계속 영아의 등에서 뭔가를 꺼내 씹고 있었다.

〈어때? 내가 말한 게 이거야.〉

귀신이 히죽거리며 혼파에게 소곤거렸다. 너무 화가 났지만 영아가 몹시 힘들어하는 것이 먼저 보였다.

"혼파야…… 나, 너무 아픈데 너무 괴로운데 너무 행복해……."

"……!"

아무래도 귀신이 영아의 정신 상태까지 조종하는 지경에 이른 것 같았다. 혼파는 더는 생각할 것도 없이 영아를 붙잡고 나와 할머니께 데려갔다.

"할머니! 제가 잘못해서 친구한테 귀신이 붙었어요. 뭐든 시키는 건 다 할 테니까, 애 좀 살려 줘요!"

혼파의 말을 들은 할머니가 영아를 슥 살피더니 말씀하셨다.

"자살귀로구나."

폐아파트에는 노숙자도 간혹 들어가 잠을 자곤 했다. 그중에 여자 노숙자 하나가 있었는데 남자 노숙자들에게 몹쓸 짓을 당하고 그 자리에서 목숨을 끊은 사고가 있었다고 한다. 작은 동네인 데다 노숙자끼리의 사고다 보니 경찰은 쉬쉬하며 덮어 버리고 말았단다. 그 탓에 여자 노숙자는 한을 품은 귀신이 되고 말았다.

할머니는 그 여자 귀신의 원한을 풀어 주려 하셨다.

〈나는 세상 남자들이 다 사라지기 전까지는 절대 갈 수 없어! 다 죽여 버릴 테야!〉

"네 이년! 말도 안 되는 소리 지껄이지 말고 곱게 저승으로 가거라!"

〈나는 못 가!!〉

할머니와 자살귀는 한참 실랑이를 하는 것 같았다. 마침내 할머니가 부적에 자살귀를 봉인해 버리셨다. 그러곤 바로 그 부적을 불태워 버리셨다.

그런 후 혼파는 영아를 데리고 영아의 집으로 돌아갔다. 마침 영아의 부모님은 집에 돌아와 계셨고 영아를 찾느라 정신이 없으셨다.

"어머나! 혼파야! 영아가 너랑 있었구나!"

"네, 아줌마. 실은 제가 말씀드릴 게 있어요."

혼파는 영아와 친구들과 함께 버려진 아파트에 갔던 일부터,

거기서 본 귀신 중 하나가 영아에게 붙었다는 것까지 이야기했다. 영아의 부모님은 영 미심쩍은 표정이었다.

"아무튼 제 할머니께서 영아한테 붙은 귀신을 떼어 내셨어요. 안 믿기시겠지만, 그런 일이 있었어요. 죄송합니다."

괜히 자기가 귀신을 보는 탓에 영아가 이런 일을 겪는 듯한 죄책감을 느낀 혼파는 허리를 숙여 사죄했다. 영아의 부모님은 혼파의 머리를 쓰다듬으며 말씀하셨다.

"잘 믿기지는 않지만, 어쨌든 해결이 된 거라니 다행이구나. 네 덕분이다. 고맙다."

순간 혼파의 가슴속에 뭔가 울컥 치밀어 오르는 기분이었다. 영아의 부모님은 영아를 살펴보았다. 영아는 한결 좋아진 모습이었다. 손톱으로 긁어 온통 상처투성이였던 얼굴도 많이 깨끗해졌고, 더는 코피도 쏟지 않았다.

"혼파야, 고마워. 나 이제 머리도 안 아파."

영아의 안색도 매우 좋아졌다. 그제야 혼파는 비로소 마음이 놓였다.

영아의 집에서 나온 혼파는 밤하늘을 올려다보며 중얼거렸다.

"내가 귀신을 볼 수 있어서 영아를 도울 수 있었구나…… 그건 다행이다."

집으로 발걸음을 옮기는 혼파의 입가에 예쁜 미소가 걸렸다.

숙희의 영안이
트인 이유

옥수수짬바

1980년대에서 1990년대 무렵에는 어린이나 젊은 여성의 납치 사건이 꽤 비일비재했다. 걸핏하면 뉴스에서 유괴, 납치사건이 보도될 정도였다. 그 때문에 당시에는 어머니나 아는 어른이 아이들 하교 시간에 맞춰 학교 앞에 와서 기다리는 모습을 흔히 볼 수 있었다.

그런데 막 초등학교에 입학한 숙희는 조금 예외였다. 왜냐하면 집에서 학교까지의 거리가 어린아이 걸음으로도 5분 정도밖에 안 걸릴 만큼 가까웠기 때문이다. 게다가 숙희의 부모님은 동네 근처에서 작은 가게를 운영하셔서 숙희를 데리러 갈 시간이 없었다. 늘 일찍 나와 장사 준비를 하고 늦게야 퇴근을 하는 생활이다 보니 어린 숙희는 오빠들과 함께 학교에 가고 하교도 오빠들을 기다려서 함께 하곤 했다.

그날도 먼저 수업이 끝난 숙희가 오빠들의 수업이 끝나기를 기다리며 혼자 운동장의 놀이기구를 타면서 놀고 있었다. 평소이 시간이면 체육 수업이 있어서 학생들이 나와 피구나 달리기 등을 하는 모습을 볼 수 있었다. 그런데 그날따라 운동장에는 숙희 혼자밖에 없었다.

득득.

숙희가 운동장 바닥에 그림을 그리며 놀고 있을 때였다.

"어?"

숙희가 그린 그림 위로 긴 그림자가 드리워졌다. 숙희는 반사적으로 고개를 들어 그림자의 주인을 올려다보았다.

"우와!"

깔끔하게 쪽진 머리와 다홍빛 예쁜 한복, 그 위에 회색 모피 같은 것을 걸친 아름다운 여성이 숙희를 내려다보면서 생긋 미소 짓고 있었다. 어린 숙희의 눈에도 그 여자는 마치 연예인처럼 하얀 얼굴에 빨간 입술이 몹시 아름답게 보였다.

'그런데 왜 날 보며 웃지?'

숙희가 고개를 갸우뚱하며 의아해했다. 그러면서도 숙희는 그 여자에게서 눈을 뗄 수 없었다.

눈앞의 아름다운 여자가 입술을 열어 다정한 목소리로 물었다.

"안녕? 너 ○○가게 딸 숙희지?"

"네, 맞아요. 제가 숙희예요."

"나 엄마 친구 민자 이모야. 엄마가 짜장면 시켜 놓는다고 너 데리고 오라고 하셨어."

민자 이모의 말에 숙희는 의심도 없이 자리에서 일어났다. 부모님 가게 이름도 알고 있고, 자기 이름도 알고 있으니 분명 엄마가 보낸 사람이 맞을 거라 생각했다. 게다가 저렇게 예쁜 사람이 나쁜 사람일 리가 없었다.

'우와, 정말 예쁘다.'

숙희는 아무 의심도 없이 민자 이모의 손을 잡고 학교에서 나와 언덕을 내려갔다.

숙희네 학교는 얕은 동산 하나를 깎아서 지은 건물이라 학교 정문에서 도로까지 가려면 내리막길을 걸어야 했다. 그 내리막길을 걷는 내내 민자 이모는 숙희의 손을 꼭 잡은 채 계속해서 숙희가 좋아하는 주제의 이야기를 재미있게 해 주었다.

"숙희는 인형 좋아하니? 마론 인형 같은 거, 이모는 그런 걸 참 좋아한단다."

"와, 정말요? 저도 인형 정말 좋아해요."

서로 좋아하는 인형이며 만화영화 이야기를 하다 보니 어느새 내리막길 끝의 도로였다. 도로에는 웬 남자 한 사람이 오토바이를 세워 놓고 있었다. 아마도 민자 이모와 아는 사이였던 모양이다.

"숙희야, 이 아저씨 오토바이 타면 빨리 갈 수 있어. 얼른 타."

민자 이모는 숙희가 뭐라 대답하기도 전에 아저씨 뒤에 숙희를 태우고 숙희 뒤에 자신이 올라탔다. 그러다 보니 숙희는 마치 샌드위치처럼 끼인 모양새였다. 덩치 큰 어른 사이에 낀 숙희는 주변을 잘 볼 수가 없었다.

붕붕, 부아아아앙.

오토바이가 신나게 달리기 시작했고 시원한 바람이 숙희의 얼굴에 부딪혔다.

'구경하고 싶은데. 풍경이 안 보여.'

어른들 사이에 꼭 끼어 움직이지 못한 채로 숙희는 오토바이가 달리는 대로 가야 했다. 얼마 가지 않아 오토바이가 멈추었고, 민자 이모는 숙희를 안아서 내려 주었다. 그제야 시야가 트인 숙희가 두리번거리는데 눈앞에 파란 대문이 보였다.

"어? 여기 우리 아빠 가게 아닌데요?"

"응, 여기서 조금만 기다리면 아빠랑 엄마랑 짜장면 사 가지고 오실 거야. 들어가자."

끼익―.

대문을 열고 마당에 들어가니 조그마한 마당이 펼쳐졌다. 마당에는 꽤나 큰 나무가 한 그루 서 있었다. 나무 오른쪽으로는 연탄이나 작은 공구 따위를 넣어 두는 창고가 있었다. 그 창고 정면에 2층 집이 있었는데 벽을 따라 오방색 끈이라든가 용도를 알 수 없는 물건들이 쌓여 있었다.

"들어가자."

이모의 손을 잡고 집 안으로 들어갔는데 뭔지 모를 냄새가 코를 확 찔렀다.

'응? 이게 무슨 냄새지?'

어쩌다 집에서 제사를 지낼 때 맡았던 냄새와 비슷했다.
'햐, 향냄새인가······?'
매캐한 냄새에 숙희가 이맛살을 찌푸리며 주춤거렸다.
"뭐 하니? 안 들어오고. 얼른 들어와. 괜찮아."
이모는 숙희를 집 안으로 데리고 들어갔다. 거실을 지나 방으로 들어가니 커다란 장롱과 텔레비전이 있었다. 숙희를 방에 앉힌 이모가 다정하게 물었다.
"잠시 텔레비전 보고 있으련? 이모가 가서 엄마 모셔 올게."
"네에······."
민자 이모는 만화영화 비디오테이프를 틀어 주고는 밖으로 나갔다. 숙희는 약간 입이 불퉁해진 채 주저앉아 비디오를 봤다.
'웅······ 재미없다. 뭐야, 짜장면 준다더니 짜장면도 안 주고, 엄마도 없고.'
낯선 집에서 혼자 비디오테이프를 보자니 집중도 안 되고 재미도 없었다. 지루해진 숙희가 기지개를 길게 켜던 중이었다.
달그락, 달그락.
방문 밖에서 뭔가 소리가 들려왔다. 호기심이 생긴 숙희는 방문을 살며시 열고는 고개만 쏙 내밀고 밖을 살펴보았다. 그런데 민자 이모가 부엌에서 등을 돌린 채 뭔가 분주히 하고 있었다.
'뭐 하시는 거지?'
좀 더 자세히 보니 큰 스텐 냉면그릇 같은 것에 손가락을 넣고 빙글빙글 돌리고 있었다. 숙희는 더 자세히 보고 싶어 몸을 더 내밀고 빤히 바라보았다.

어느 순간 이모의 몸짓이 딱 멈추었다. 그러곤 고개를 홱 돌렸다. 순간 숙희와 이모의 눈이 마주쳤다.

"왜? 만화 보면서 기다리라고 했는데, 숙희 왜 나왔니?"

눈이 마주친 이모는 싱긋 웃으며 숙희에게 다정하게 물었다. 그러곤 그 냉면그릇을 들고 숙희에게 다가왔다. 그런데 그 모습이 이상하게 거부감이 들었다.

'이상해…… 뭔지는 모르겠지만, 이상해!'

이모의 웃음과 그 상황이 너무도 이상하고 이질감이 느껴졌다. 본능적인 위화감을 느낀 숙희가 저도 모르게 뒷걸음질 쳤다. 마치 도망치듯 숙희가 방으로 들어가자 이모도 냉면그릇을 든 채 따라 들어왔다. 얼굴에는 아직도 기묘한 미소를 지은 채였다. 민자 이모가 그릇을 내밀며 말했다.

"자, 마시렴. 미숫가루야. 배고프잖아. 배고프니까, 얼른 마시도록 해."

이모가 내민 그릇 안에는 분홍색이 도는 액체가 담겨 있었다.

'미숫가루 색이 왜 이렇지? 미숫가루는 나무색인데. 이상해.'

아무리 분홍색을 좋아하는 숙희라지만 분홍색 미숫가루라는 건 들어 본 적도 없었다. 뭔지는 몰라도 마시고 싶지 않아 망설이고 있었다.

"뭐 해? 얼른 한 모금 마셔야지."

이모는 분명 웃고 있는데 어딘지 모르게 몹시 싸늘한 느낌이

들었다. 게다가 거역하면 안 될 것 같은 단호함도 엿보였다. 숙희는 할 수 없이 냉면그릇을 받아 들고 한 모금 삼켰다.

'윽.'

달달한 미숫가루 맛 사이에서 뭔지 모를 역한 맛이 느껴졌다.

"아이, 저 안 마실래요."

숙희는 그릇을 손으로 밀어냈다. 그러자 이모가 갑자기 숙희의 얼굴을 붙잡고 억지로 그릇 안에 든 것을 먹이려 했다.

"먹어!"

"으아악! 싫어요! 나 안 먹어! 안 먹을래요!"

강압적인 이모의 행동에 놀란 숙희가 울고 불며 안 먹는다고 소리를 질러 댔다. 그러자 그토록 예쁘던 이모의 얼굴이 한순간에 정말 귀신처럼 표독스러운 표정으로 변했다.

"이렇게 울면 안 돼! 너는 울지 않을 아이라는 걸 알아! 이렇게 울면 안 돼, 넌 이렇게 울면 안 돼……."

계속해서 알 수 없는 말을 중얼거리던 이모는 숙희를 방 안쪽으로 더욱 깊숙이 밀어 넣었다.

"너! 울지 않을 때까지 이 방에서 나올 수 없어."

이모는 숙희를 방 안에 밀어 넘어뜨리더니 문을 닫고 나가 버렸다. 놀란 숙희가 따라 나가려 해 봤지만, 이미 방문은 잠긴 후였다.

쾅! 쾅! 덜컹덜컹!

"으아앙! 문 열어 줘요!"

아무리 숙희가 울고 문을 두드려도 밖에서는 아무 소리도 들리지 않았다. 마치 방 밖에서 잠그기라도 한 듯 문도 꿈쩍하지 않았다.

"흑흑, 흑흑, 흐흐흑……."

한참이나 방에 갇힌 채 울던 중이었다. 여태 틀어져 있는지도 몰랐던 비디오테이프에서 '아유아유야' 하는 이상한 소리가 흘러나왔다. 평소에는 재미있게 보던 만화였는데 그 소리가 반복해서 들리자 극도의 공포에 질리고 말았다. 어느 순간 숙희는 지쳐 잠들고 말았다.

"으음……."

얼마나 지났을까. 숙희가 눈을 떠 보니 저녁 무렵이었다. 방은 어둑어둑했고 창문으로 약한 빛이 새어 들어오고 있었다. 숙희는 혹시나 문이 열렸을까 싶어 천천히 무릎걸음으로 기어 방문 앞으로 갔다.

그런데 방바닥 장판에 길게 파인 자국 같은 것이 있었다. 마치 끌려가지 않으려고 발버둥 치다가 남은 손톱자국처럼 보였다. 숙희는 그 홈처럼 파인 자국을 무심코 만지작거렸다.

벌컥.

"어?"

갑자기 방문이 열리고 민자 이모가 예쁜 얼굴로 나타났다. 아까의 무서웠던 얼굴은 마치 거짓말처럼 사라져 있었다.

"저녁 먹자."

숙희가 미처 대답도 하기 전에 이모는 숙희의 겨드랑이에 손을 넣고 달랑 들어 올려 거실로 데리고 나갔다.

"어? 이모. 아까는 붕대가 없었는데? 손 다쳤어요?"

"그래. 저녁 하다가 손을 조금 다쳤어."

이모의 손에는 붕대 같은 것이 감겨 있었다. 그 붕대 감긴 손으로 숙희의 머리를 쓰다듬어 준 이모는 거실 테이블 앞에 숙희를 앉혔다. 그러고 보니 여태 보이지 않았던 액자들이 여러 개 보였다.

한 액자에 한 사람의 사진이 담겨 있었는데, 어떤 것은 흑백 사진이고 어떤 것은 컬러 사진이었다. 숙희가 사진들을 바라보고 있는데 이모가 숙희의 옆에 앉았다.

"왼쪽부터 차례대로 이분은 철수 할아버지야. 그리고 이분은 춘자 할머니고."

이모는 사진 하나하나를 가리키며 이름을 알려 주었다. 환하게 웃으면서 친절하게 이야기를 해 주니 숙희의 경계심도 슬그머니 풀어졌다. 사진 속의 사람들도 환하게 웃고 있는 것을 보니 별로 이상한 느낌도 들지 않았다. 그렇게 이모는 계속해서 이름을 알려 주고 숙희는 고개를 끄덕였다.

잠시 후, 이모가 한 사진을 가리키며 숙희에게 물었다.

"자, 이분 이름이 뭐야?"

"춘자 할머니요."

"옳지, 우리 숙희 정말 똑똑하구나."

숙희가 이름을 맞히자 마치 상이라도 주는 듯 이모는 불고기에 비빈 밥 한 숟가락을 숙희의 입에 넣어 주었다. 배고프던 숙희는 그 밥을 얼른 받아먹었다. 그러면서 이모가 또다시 사진을 가리키며 물었다.

"이분 이름은 뭐지?"

"철수 할아버지요."

"어머나, 정말 똑똑하네."

이모는 칭찬을 하며 또 밥을 한 숟가락 입에 넣어 주었다. 그런 식으로 이름을 묻고 밥을 넣어 주기를 반복했다. 그렇게 총 여덟 명의 이름을 들었다. 이름을 맞힐 때마다 밥을 먹기를 반복했더니 숙희는 금세 배가 차고 말았다.

"저 배불러요. 그만 먹을래요."

"그래? 그럼 이거 마시렴."

그릇을 들여다보니 낮에 먹은 그 비리고 역한 미숫가루였다. 먹고 싶지 않았지만 안 먹으면 또 무서운 얼굴로 야단맞고 혼자 방에 갇혀 있어야 할지도 몰랐다. 숙희는 결국 그것을 꿀꺽꿀꺽 마셔 버렸다. 이모는 그 모습을 흐뭇하게 지켜보았다.

어느덧 밤이 되었다.

"이모, 엄마는 언제 와요? 엄만 항상 어두워지기 전에 돌아오셨는데."

"아, 아까 이모한테 엄마가 전화했는데, 오늘 집에 무서운 삼촌들이 온다고 숙희는 이모네 집에서 하룻밤 자래. 그러면 내일 엄마가 데리러 온다고 하시더라."

"나 그냥 갈래요. 엄마 보고 싶어요. 지금 데려다주세요."

"아니야! 지금 가면 아주아주 무서운 삼촌들이 화를 많이 낼 거야!"

이모는 마치 도깨비나 괴물 같은 것을 이야기하는 듯 무서운 표정을 지었다. 지금 가면 그들에게 잡아먹히기라도 할 듯 숙희에게 겁을 잔뜩 주었다.

'안 되겠다. 오늘은 못 가나 봐. 내일 엄마가 온댔으니······.'

결국 체념한 숙희는 순순히 이모가 하자는 대로 하기로 했다. 숙희는 이모를 따라 방으로 들어가 함께 텔레비전을 보았다. 집에서는 늦게까지 볼 수 없는 텔레비전을 보니 재미있고 좋기는 했다. 그런데 민자 이모가 시계를 보더니 말했다.

"자, 이제 잘 시간이야."

반사적으로 숙희의 눈도 시계로 향했다. 숙희가 봐도 시간이 좀 늦기는 했다. 이모는 방 한가운데에 이부자리를 펴 주었다.

마치 구름처럼 폭신한 이부자리에 쏙 들어가니 기분이 꽤 좋았다. 그러나 낮에 울다 지쳐 잠들었던 것 때문인지 좀처럼 잠이 오지 않아 눈을 끔뻑거리고 있었다. 이모가 옆에 누워서 토닥토닥 두드려 주며 자장가를 불러 주었다.

'아까 보던 텔레비전 뒷이야기 궁금한데······.'

잠이 들지 않을 것 같았는데 어느새 숙희는 스르르 잠속에 빠지고 말았다.

　딸랑…… 딸랑…… 딸랑…….
　'우웅…… 갑갑해…….'
　잠에 빠졌던 숙희는 무언가 몸을 짓누르는 감각에 허리를 비틀고 괴로워하다 눈을 떴다. 그런데 이상하게도 눈앞에 보이는 게 없었다.
　귓가에는 방울 소리가 들리고 뭔가 주변에 있는 느낌은 들지만 뿌연 안개 같은 무언가가 숙희를 둘러싸고 있는 것 같았다. 숙희가 몸을 움직여 보려 했다. 그러나 손가락조차 뜻대로 움직이지 않았다.
　'몸이, 안 움직여.'
　딸랑…… 딸랑…… 딸랑…….
　눈을 뜬 것 같은데 제대로 보이는 것은 없고 뭔지 모를 것만 뿌옇고 불길하게 어른거렸다. 또 방 안에 이모는 없는 것 같은데 방울 소리는 들렸다. 아무래도 이모는 방 밖에 있는 모양이었다.
　무서워진 숙희는 이모를 불러 보려 했지만 목소리도 나오지 않았다.
　딸랑…… 딸랑…… 딸랑…….
　'괴로워…… 저거 보기도 듣기도 싫어. 이모!'
　한참이나 괴로워하고 있는데 갑자기 방울 소리가 뚝 끊기더니 눈앞에서 어른거리던 것들이 순식간에 사라져 버렸다.
'없어졌다!'
잔뜩 긴장하고 있느라 온몸에 힘을 주고 있다가 긴장이 풀리자 숙희는 그만 다시 잠에 빠져들고 말았다.

"어?"
비몽사몽한 채로 눈을 뜬 숙희가 눈을 굴려 방 안을 살폈다. 창문으로 아침 햇살이 들어와 반짝이고 있었다. 숙희는 다시 눈을 굴려 옆을 보았다. 민자 이모가 숙희의 옆에 누운 채 바라보고 있었다.
"숙희, 잘 잤니?"
숙희는 반사적으로 고개를 끄덕였다. 그러자 이모가 환하게 웃으며 일어나더니 텔레비전을 틀어 주었다.
"아침 먹을 준비 할 테니까 만화영화 보고 있으렴?"
이모가 방을 나가고 숙희는 부스스 일어나 앉아 텔레비전을 보았다.
잠시 후, 아침상을 다 차린 듯 이모가 들어오더니 숙희를 안아 올렸다. 그러곤 거실로 나가 어제 보았던 액자 앞에 섰다.
"자, 이분들이 누군지 이야기해 볼까?"
이모는 숙희를 안은 채 액자 하나를 가리키며 물었다.
"이분 이름은 뭐지?"
갑자기 물으니 이름이 떠오르지 않았다. 숙희는 당황해서 입만 오물거렸다. 이모는 다시 다른 액자 하나를 가리키며 물었다.

"그럼 이분 이름은 뭐지?"

숙희는 큰 죄라도 지은 듯 잔뜩 얼어 아무 말도 하지 못했다. 그러자 예쁘기만 했던 이모의 얼굴이 순식간에 귀신처럼 표독스럽게 변했다.

"어제는 알았잖아! 왜 오늘은 몰라?"

이모가 숙희에게 다그치듯 묻자 놀란 숙희가 그만 울음을 터뜨리고 말았다. 그러나 이모는 숙희가 울건 말건 계속 소리를 질렀다.

"너 어제는 분명히 다 알았잖아! 그런데 왜 오늘은 모르는 거야! 왜!"

"으아앙!"

한참이나 화를 내던 이모는 마음을 고쳐먹은 듯 또다시 한순간에 표정을 바꾸었다. 이모는 다시 친절한 얼굴로 액자를 가리키며 이름을 읊었다.

"이분은 철수 할아버지, 이분은 춘자 할머니……."

그런 이모의 모습이 숙희에게는 몹시도 괴기스럽게 보였다.

'나 가고 싶어. 빨리 집에 가고 싶어. 이상해, 다 무서워!'

숙희는 이름을 다 맞히면 집에 보내 줄까 싶어서 이모가 하는 그대로 이름을 따라 읊었다.

"어, 그래. 우리 숙희 너무 잘한다. 숙희야, 너 할 수 있었잖아. 왜 아는데 모르는 척했어."

숙희가 이름을 다 맞히자 이모는 몹시 기뻐했다. 이모의 얼굴이 밝아진 걸 본 숙희가 조심스레 물었다.

"저, 이거 다 맞혔으니까 엄마 보러 집에 가도 돼요?"

"숙희야, 내가 네 엄마잖아. 너 지금 엄마 보고 있잖아. 내가 네 엄마야. 하, 하, 하!"

민자 이모는 마치 찢어지듯 앙칼진 소리로 웃으며 숙희에게 어제의 그 분홍빛 도는 미숫가루를 내밀었다.

"자, 우리 숙희 착하지, 이거 마시자."

'아무래도 이상해. 도망쳐야겠어. 갈 수 있을 거야.'

숙희는 아무래도 뭔가 잘못되고 있음을 감지했다. 그러곤 차분하게 이모에게 말했다.

"저 지금은 배가 안 고파서 그러는데 좀 이따가 먹어도 돼요?"

"숙희, 약속 지킬 거니?"

"네, 지금은 정말로 배가 안 고파요."

이모에게 말하면서도 숙희는 문이 잠겨 있는지 힐끗거렸다. 아무래도 잠겨 있는 눈치였다. 숙희는 머리를 굴렸다. 아무렇지 않은 척 액자를 손으로 만지작거리며 이모를 안심시켰다.

"마당에 나가서 놀고 싶은데…… 엄마랑 나뭇잎을 물에 띄워서 시합을 했었잖아요. 나 그거 하고 싶어요."

"……엄마랑 놀고 싶어?"

"네."

"그럼 엄마가 나뭇잎을 주워 올게. 여기 있으렴."

이모는 안고 있던 숙희를 거실에 앉혀 두고 현관문을 열었다. 그 순간만을 노리던 숙희는 문이 열리자마자 잽싸게 밖으로 빠져나갔다. 당황한 이모를 뒤로하고 마당을 달려 파란 대문 앞에 섰지만, 무거운 잠금장치를 열 수가 없었다.

철컹철컹! 탕탕탕!

이모는 뒤에서 씩씩거리며 쫓아오고 공포에 질린 숙희는 소리를 질렀다.

"으아아악! 살려 주세요, 살려 주세요!"

그러자 밖에 지나다니던 사람들이 웅성거리는 소리가 들렸다.

"응? 이게 무슨 소리야?"

"저기 대문을 누가 두드리는데? 누가 있니?"

"살려 주세요!"

숙희는 계속 소리를 질렀고 그사이 이모가 다가와 숙희의 입을 막았다.

"우읍읍!"

탕탕탕!

"얘! 무슨 일이니!"

"읍읍!"

"아무것도 아니에요! 가던 길 가세요!"

대문을 사이에 두고 민자 이모의 앙칼진 음성과 숙희의 발버둥 치는 소리, 지나가던 사람들의 고함소리가 오갔다.

탕탕!

"빨리 문 여세요! 경찰 부릅니다!"

그제야 민자 이모가 마지못해 대문을 열었다. 바로 그때 자유로워진 틈을 타 숙희가 밖으로 뛰쳐나가 아무 어른에게나 안겨 울며 살려 달라고 했다. 이모는 그 모습을 보고는 얼른 대문을 탕 하고 닫아 버렸다. 어른들이 대문을 두드리며 옥신각신하는 소리가 들리고 숙희는 어느새 긴장이 풀려 스르르 쓰러져 버렸다.

"어? 애야! 정신 차려!"

누군가가 기절한 숙희를 업고 파출소로 달려갔다.

경찰은 실종신고가 된 숙희를 집에 데려다주었다.

숙희가 사라진 사이 집은 난리가 났었다. 학교 갔던 애가 감쪽같이 사라졌으니 말이다. 다행히 집에 돌아오기는 했지만 명백한 납치사건이었다. 그러나 아이가 별로 해를 입지 않고 돌아왔기 때문인지 조사는 흐지부지되어 버렸고, 숙희는 그렇게 그 사건을 조금씩 잊어 갔다. 그러던 어느 날이었다.

〈숙희야, 숙희야.〉

"……뭐지? 누구지? 누구세요?"

자고 있는데 누군가가 숙희를 부르는 바람에 잠에서 깼다. 반투명 간유리 문 너머에서 누군가가 자꾸만 숙희의 이름을 불렀다.

〈숙희야, 민자 이모야.〉

"……!"

깜짝 놀란 숙희가 얼어붙어 있는데 잠에서 깬 엄마가 물었다.

"숙희야! 너 왜 그래? 어디 아프니? 왜 자다 말고 앓는 소리를 내?"

"엄마, 그 이모가 문밖에 서 있었어. 문 밖에서 자꾸 내 이름을 불렀어."

숙희의 말에 엄마가 밖으로 나가 봤지만, 사람의 흔적은 보이지 않았다. 놀란 엄마는 그날 이후 숙희에게 몹시 신경을 쓰셨다.

낮에는 그런 엄마의 보살핌 덕분에 아무렇지 않았지만 밤만 되면 민자 이모가 자꾸만 문 밖에서 숙희를 불러 댔다. 숙희는 그게 잘못된 일이라는 걸 알고 대답하지 않고 버텼다.

〈숙희야, 숙희야.〉

"왜 자꾸 부르세요!"

그동안 꾹 참고 참던 숙희가 대꾸했다.

〈숙희야, 엄마가 숙희 너무 보고 싶어⋯⋯ 문 좀 열어 주면 안 될까?〉

"엄마 아니잖아!"

이런 꿈이 몇 날 밤이나 계속됐다. 결국 어느 날 밤, 지친 숙희는 문을 열어 주었다. 민자 이모는 예쁜 얼굴로 기다렸다는 듯이 숙희를 안으려 했다.

〈숙희야, 엄마랑 가자.〉

"안 가요. 난 우리 엄마랑 있을 거야. 안 가요!"

숙희의 거절에 민자 이모의 얼굴이 보기 흉하게 일그러졌다. 그리고 눈이 새빨갛게 변하더니 다시 숙희에게 다그치듯 물었다.

⟨정말로 안 갈 거야?⟩

"네."

숙희의 단호한 대답을 들은 이모의 입이 쩍 벌어지더니 울컥 피가 쏟아져 나왔다. 이모의 예쁜 얼굴이 시뻘건 피로 얼룩졌다. 여전히 입에 피가 가득 담긴 채로 이모가 다시 물었다.

⟨저마로 안 가 거야?⟩

"네."

순간 이모의 입에서 새카만 머리카락 덩어리 같은 것이 꿀렁 솟아나오더니 바닥에 철퍽 떨어졌다. 이모는 피로 물들어 새빨개진 치아를 드러낸 채 또다시 물었다. 이번에는 꽤 또렷한 발음이었다.

⟨정말로 안 갈 거야?⟩

"네! 안 가! 안 간다고!"

숙희가 울부짖으며 대답했다.

부그륵, 부글, 보글.

이모에게서 마치 물이 끓는 듯한 기묘한 소리가 들리더니 모든 구멍에서 까만 무언가가 쏟아져 나왔다. 검은 액체는 땅에 떨어져서 순식간에 연기처럼 변해 집 안으로 스멀스멀 들어왔다.

"숙희야!"

놀란 숙희는 꿈에서 깼다. 눈을 떠 보니 부모님과 이모가 곁에서 숙희를 걱정스레 내려다보고 있었다. 숙희는 엉엉 울며 꿈 이야기를 해 주었다. 어느 정도 숙희가 진정되고 난 후, 친이모가 이야기를 해 주셨다.

숙희는 하루 동안 잠에서 깨지 않았고 아무래도 예삿일이 아니다 싶어 무속 일을 하는 친이모를 불렀다고 한다. 무당은 아니지만 약간의 신기가 있었던 친이모는 굿판에서 악기를 연주하는 악사였다. 이모는 숙희와 자주 놀아 주곤 하셔서 숙희가 몹시 좋아했었다.

어느 날 굿판이 있어서 가야 했는데 숙희가 도무지 떨어지려 하지 않았고, 할 수 없이 굿판에 숙희를 데리고 가야 했다. 거기서 민자 이모가 숙희를 보게 된 모양이라고 했다.

"아마 그 여자는 아이를 낳지 못하는 사람이었던 것 같은데 숙희를 데려다가 세뇌하여 자기 자식으로 만들려고 했던 모양이야. 그러나 실패했지."

민자 이모는 경찰 조사가 시작되고 얼마 지나지 않아 극단적인 선택을 하고 말았다고 한다. 숙희가 꿈을 꾸던 무렵엔 이미 이 세상 사람이 아니었는데, 그런 사람이 숙희의 꿈에 나온다고 하니 보통일이 아니라 생각하여 친이모를 부른 것이라고 했다.

그 후 숙희는 영안이 틔어 버렸다. 보고 싶지 않은 것이 보였다. 아무리 무시하고 살려 해도 견딜 수가 없었다. 결국 무당을 찾아갔다. 숙희를 빤히 들여다보던 무당이 고개를 젓고 한숨을 짧게 내쉬며 말했다.

"휴, 이건 손쓸 방법이 없네. 안됐지만 그냥 모른 체하고 살아

라. 그것들은 너한테 절대 해코지를 하지는 못하니까 그냥 못 본 척하고 살아. 그럼 돼."

그 후 숙희는 20년 가까이 영 존재를 보며 살아야 했다. 숙희의 구원자가 될 남편을 만날 때까지는.

시간이 흐르고 숙희는 오랜 친구 명주와 만나 이야기를 나누었다. 이런저런 이야기를 나누던 중 명주가 조심스레 숙희에게 물었다.

"숙희야, 너 요즘도 귀신⋯⋯ 보니?"

"이제는 괜찮아. 연애를 하면서부터 안 보이기 시작하더라고."

"아, 이제는 안 보이는 거구나. 대체 어떻게 그게 된 거야?"

명주는 안도의 한숨을 내쉬며 물었다. 숙희는 픽 웃으며 대답했다.

"남편 기가 세서 다 눌러 준다고 하더라. 갑자기 안 보이는 게 이상해서 무당한테 찾아갔더니 그래."

"그거 다행이다. 그 민자 이모인가 하는 사람은 대체 왜 그랬던 걸까? 아이가 필요했다면 입양을 하면 됐을 텐데."

"그러게 말이야. 아무튼 마지막으로 무당한테 찾아갔을 때 그러더라. 민자 이모는 결코 좋은 곳에는 못 갔을 거라고. 남한테 나쁜 짓을 하는 사람은 결코 좋은 곳에 가지 못한다고⋯⋯."

말끝을 흐리는 숙희의 눈길이 카페 너머 먼 곳을 향했다.

귀신에게서 나를 구해 준
박수할아버지

계란과자

계란이 초등학교 1학년 무렵이었다. 그는 방학이라 시골에 있는 외가댁에 머무르는 중이었다.

어느 날 저녁, 해 질 때쯤 달리 할 일이 없었던 계란은 심심한 나머지 혼자 밖에 나가 산책을 하기로 했다. 고즈넉한 시골 흙길을 죽 걷고 있노라니 해가 뉘엿뉘엿 지고 있었다. 한참을 그저 걷던 계란은 집에서 걱정하실 어른들을 떠올리고 왔던 길에서 뒤로 돌아 집으로 향했다.

그런데 맞은편에서 낯익은 동네 할아버지 한 분이 걸어오셨다.
"안녕하세요?"
"오냐, 계란이구나. 어디 가는 중이냐?"
"네, 집에 가요. 안녕히 가세요."
간단한 인사를 하고 할아버지는 가시던 길을 계속 걸었다. 그런데 계란은 할아버지의 뒷모습을 보던 중 문득 이상한 점을 발견했다.

'할아버지 그림자가 왜 저렇게 길지?'

그동안 보아 왔던 보통의 그림자와 달리 할아버지의 그림자는 유난히 길고 짙고 커다랬다. 순간 이상한 느낌이 든 계란은 정면을 바라보았다.

이미 해가 넘어가서 주위가 어두웠다. 그림자가 지려면 햇빛이든 가로등 빛이든 있어야 했는데 할아버지는 단 하나 있는 가로등을 이미 지나쳐 있었다. 그렇다면 그림자는 빛의 반대쪽으로 져야 하는데 이상하게도 할아버지의 그림자는 빛 쪽으로 길게 늘어져 있었다. 게다가 이미 가로등에서 꽤 멀어져 있어 그림자가 옅어지거나 사라졌어야 정상인데 여전히 그림자는 가로등 쪽으로 길고 진하게 드리워져 있었다.

'헤에, 신기하네……'

어린 계란은 그저 그게 신기하기만 해서 그림자를 계속 바라보고 있었다. 그러던 어느 순간. 갑자기 그림자에서 손이 쑥 나오더니 그를 향해 흔들어 주었다.

'어? 인사하시나?'

할아버지가 인사라도 하시는가 싶어 고개를 들어 할아버지의 뒷모습을 보았다. 그러나 할아버지는 앞만 보고 계속 휘적휘적 걸어가고 계실 뿐이었다.

'으아아……'

순간 등을 뱀의 혓바닥 같은 것이 스윽 훑고 지나가는 기분이 들었다. 서늘한 공포를 느낀 계란은 얼른 집으로 뛰어갔다.

그날 밤, 자리에 누운 계란은 기묘한 꿈을 꾸었다.

†

'어? 할아버지네?'

꿈에서 계란은 저녁때 만났던 동네 할아버지를 보았다. 할아버지는 농지 수로 곁의 좁은 길에 서 있었는데 혼자가 아니었다. 웬 여자 하나가 할아버지 곁에 딱 붙어 서서는 계란을 마주 보며 씩 웃었다. 그것만으로도 충분히 괴기스러웠는데 그 여자가 갑자기 계란이 보란 듯이 할아버지를 수로로 확 밀쳐 버렸다.

'헉! 할아버지!'

할아버지는 마치 무슨 볏단처럼 아무 저항도 못 한 채 여자가 밀치는 대로 밀려 수로에 빠져 버리고 말았다.

풍덩!

그러고 할아버지는 얼굴을 물속에 처박은 채 등을 위로 하여 물에 둥둥 떠 있었다. 그 모습에 놀란 계란이 어쩔 줄 몰라 하는데, 어느새 여자가 계란에게 다가와서 귓가에 속삭였다.

〈이제 시작이야.〉

그 순간 계란의 눈이 번쩍 뜨였다.

†

"헉!"

잠에서 깬 계란의 온몸이 으슬으슬 떨렸다. 단순한 악몽이라 치부하기에는 꿈이 너무 실감나고 괴기스러웠다. 그렇다고 아무한테나 떠벌리기에도 애매했다. 한참 고민하던 계란은 외증조할아버지께 말씀드리기로 했다.

"할아버지, 나 어제 밖에 나갔다가 저쪽 건너편 집에 사시는 할아버지를 만났거든요? 근데 집에 와서 자다가 꿈을 꿨는데 꿈에서 어떤 여자가 그 할아버지를 물에 빠뜨리는 거예요. 너무 이상한데, 그 할아버지한테 말이라도 해야 하는 거 아닐까요?"

계란 딴에는 꽤 심각하게 이야기를 꺼낸 것인데 외증조할아버지의 반응은 심드렁했다. 외증조할아버지는 대수롭지 않게 대답하셨다.

"이놈! 네가 저녁때 잠 안 자고 돌아다니니까 그런 꿈을 꾼 게다. 그러니 밤 되거든 돌아다니지 말고 바로 자려무나."

"그런가…… 네, 알겠어요."

어른이 하시는 말씀이라 계란은 더는 토 달지 않고 그러마 대답했다.

그런데 그날 저녁, 동네가 시끄러워졌다. 경찰도 보이고, 여기저기 사람들이 모여 불안한 얼굴로 웅성거렸다.

"아이고, 그 영감님 어쩌다가 그랬대?"

"그러게 말이에요. 어떻게 그 얕은 물에 빠져 돌아가셨대? 고작 어린애 무릎 정도밖에 안 되는 깊이인데."

"죽으려면 접싯물에도 코 박고 죽는다더니, 참……."

어른들이 수군거리는 이야기를 들어 보니 어제 계란이 만난 그 할아버지가 농지 근처 얕은 하천에 빠져 돌아가셨다는 거였다. 그것도 물 쪽으로 엎드린 채. 만약 얼굴이 하늘을 향했다면 최소한 익사는 면했을 거였다. 그만큼 깊지 않고 얕은 물이었다.

'뭐야, 꿈이랑 똑같잖아…….'

계란은 어떻게 된 일인지 궁금했지만, 어른들은 계란에게 자세한 이야기를 해 주지 않았다. 할 수 없이 그 할아버지의 손자인 중학생 형에게 사건에 관해 물어보기로 했다.

"형아, 대체 이게 어떻게 된 일이야? 나 어제 할아버지 봤는데, 무슨 일이야?"

중학생 형은 할아버지를 잃은 슬픔에 울먹이면서도 이야기를 해 주었다.

"흑, 진짜 무슨 일인지 모르겠어. 우리 할아버지 완전 건강하셨거든. 지병도 없고 농사도 혼자 척척 다 지으셨단 말이야. 술을 드신 것도 아니고…… 친구 만나러 가신다고 나가셔서는 저렇게…… 흑……."

형은 잠시 울먹이고는 조심스레 이어 말했다.

"진짜 이상한 건 어떤 흔적도 없다는 거야. 누군가 원한을 가지고 있어서 할아버지를 밀어 버린 거면 밀어 버린 사람 발자국이나 흔적이라도 남아 있어야 하는데, 그런 것도 없었대. 전혀 아무런 흔적도 없이 할아버지가 물에 빠졌다는 거야. 경찰은 그냥 할아버지가 발을 헛디딘 거고 운 나쁘게 물 쪽으로 얼굴이 향하는 바람에 익사한 거래."

그렇게 할아버지의 죽음은 유야무야되었다. 정확한 원인을 밝힐 수도 없고 그나마 경찰의 설명이 가장 그럴듯했기 때문이었다.

방학이 끝나고 계란은 집으로 돌아왔다. 충격적인 사건이지만 계란은 곧 잊어버렸다.

그다음 해, 방학을 맞이한 계란은 또 외가댁에 내려갔다. 어린 아이답게 옛날 일은 잊고 예전처럼 동네를 돌아다니곤 했다. 그러던 어느 날, 계란의 어머니가 계란을 불렀다.

"얘, 계란아. 엄마가 지금 바빠서 그러는데 저기 푸줏간에 가서 고기를 좀 사 오렴."

"푸줏간요?"

"저기 정육점 말이야. 거긴 가게 이름이 푸줏간이더라. 얼른 가서 고기 한 근만 사 와."

"네에."

계란은 동네 정육점 '푸줏간'으로 갔다. 푸줏간의 주인은 아주머니와 아저씨 두 분이었다. 아저씨는 정육점 일 말고 사냥도 하시는 분이었다. 들짐승이 다니는 길목에 올무 따위를 놓거나 하여 멧돼지를 잡은 적도 있을 정도였다. 그런 이유로 가게 한쪽 벽에 올가미들이 죽 걸려 있었다.

주문을 받은 아주머니가 고기를 꺼내러 냉동고로 등을 돌리고 있었다. 계란은 그 올무와 올가미들을 신기한 눈으로 구경하고 있었다.

'헉! 저게 뭐야?'

벽에 걸린 올가미 중 하나에서 갑자기 손이 하나 쑥 뻗어 나오더니 냉동고를 향한 아주머니의 뒷덜미를 콱 붙들었다. 그러나 아주머니의 뒷덜미를 잡자마자 손은 스르르 사라져 버렸다.

'어? 뭐지? 내가 잘못 봤나?'

잠시 계란이 눈을 비비며 어리둥절해 있는데 아주머니가 오셔서 고기를 건네주셨다. 계란은 고기를 받아 들면서도 몹시 찝찝했다.

'이야기를 해 드려야 하나?'

하지만 어린아이가 꺼내기에는 너무 무서운 말이라 아무 말도 하지 못하고 가게에서 나왔다. 몇 걸음 걷는데 아주머니가 계란을 불렀다.

"애! 내가 깜빡하고 안 준 게 있네, 이거 가져가렴."

아주머니는 계란에게 호미를 하나 건네주었다. 계란이 호미를 받는 순간이었다.

'저게 뭐지? 실내라 그림자가 저렇게 질 수가 없는데.'

작년에 돌아가신 그 할아버지 때와 마찬가지로 진하고 커다란 그림자가 아주머니의 뒤에 길게 드리워졌다.

"아, 안녕히 계세요."

"잘 가라."

이상했지만 계란은 호미를 받아 들고 가게에서 나왔다. 그러면서 곁눈으로 아주머니를 훔쳐보았다.

'힉! 또 그림자가 손을 흔드네!'

놀란 계란이 뒤돌아서 보니 아주머니는 이미 다른 일을 하는 중이라 그를 보고 있지 않았다.

'으아아! 무서워!'

계란은 오싹한 기분이 들어 얼른 뛰어 집으로 돌아왔다. 그러곤 고기와 호미를 엄마에게 건네 드린 후 잠시 숨을 가다듬었다. 그러고 보니 작년에 있었던 일이 떠올랐다.

'작년에 돌아가신 그 할아버지 때랑 똑같잖아!'

작년 일까지 떠오르니 몹시 두려워진 계란은 밤새 잠을 이룰 수가 없었다. 또 꿈을 꾸면 뭔가 무서운 일이 생길 것만 같아 억지로 잠을 참고 버텼다.

'자면 안 돼.'

다행히 여름밤은 짧았다. 마침내 아침 해가 떴다. 그제야 안심한 계란은 긴장이 풀렸고 저도 모르게 잠에 빠지고 말았다.

†

"여기가 어디지?"

계란이 주위를 둘러보았다. 계란의 곁에는 커다란 나무가 서 있었다. 그리고 바로 정면에 사람의 다리 같은 것이 허공에 떠 있었다. 계란의 시선이 자연스레 다리를 따라 위로 올라갔다.

"이게 뭐……! 으악!"

높은 나뭇가지에 정육점 아주머니가 대롱대롱 매달려 있었다. 너무 놀란 나머지 몸이 굳은 채 그 모습을 쳐다보던 중이었다. 큰 나무 뒤에서 작년에 보았던 여자가 슥 나타나더니 계란을 보며 씩 웃었다.

〈기다리고 있어.〉

그러곤 여자는 아주머니의 다리를 잡고 확 잡아당겼다.

우두둑! 우두둑! 뚜두둑!

뭐가 부러지는 듯 꺾이는 듯 기괴한 소리에 놀란 계란은 크게 비명을 질렀다.

"으아악!"

†

"으악!"

비명과 함께 잠에서 깨어난 계란은 놀란 가슴을 부여잡고 큰 숨을 내쉬었다. 아직 한낮이었다.

"헉, 헉. 낮이네. 괜찮아, 괜찮을 거야."

그래도 안심할 수 없었던 계란이 얼른 푸줏간으로 뛰어갔다. 가게에 도착해 보니 아주머니가 일을 하고 계셨다.

'아, 다행이다.'

"어? 너 계란이 아니니? 뭐 또 심부름 왔어?"

"아? 네, 네. 그런데 제가 돈을 안 가지고 왔어요. 다시 갔다 올게요."

안심한 계란은 안도의 한숨을 내쉬며 천천히 집으로 돌아왔다. 그러곤 이내 잊어버렸다.

그날 저녁, 동네에 또 한 번 소란이 일었다.

"아이고, 이게 무슨 일이래. 어찌 그리 끔찍한 모습으로……."

"쯧쯧, 그게 어쩌다 목에 걸려서…… 주변에 사람이라도 있었으면 좋았을 텐데, 저녁 시간이라 아무도 오지도 않고……."

"아니 그런데, 그거 걸렸다고 목뼈가 그렇게 다 부러져? 막 누가 밑에서 잡아당겨서 빠진 것처럼 그렇게 다 부러져 있었다며?"

어른들이 나누는 이야기를 들은 계란의 온몸에 소름이 쫙 돋았다. 계란이 꿈에서 본 것과 똑같은 모습으로 아주머니가 돌아가셨기 때문이다.

경찰이 와서 하나하나 조사했다. 올가미는 범죄의 도구로 사용될 수도 있는 물건이라 집집마다 철저히 조사해야 했다. 그 아주머니는 동네에서도 성격 좋기로 유명한 분이라 원한은커녕 평판이 좋기만 했다. 또 집에 빚이 있거나 다툼의 소지가 될 만한 일도 전혀 없었다. 아주머니의 남편과 딸은 그 시간에 읍내에 장 보러 가 있어서 알리바이도 확실했다. 조사에 조사를 거듭해도 오리무중인 채 사건이 종결되었다. 그냥 재수 없게 올가미가 아주머니 목에 걸렸는데 그걸 벗겨 내지 못해서 안타까운 죽음을 맞이한 것으로 끝났다.

 이런 사건이 일어나자 동네 분위기가 아주 흉흉해졌다. 작년에도 할아버지 한 분이 의문사를 당했는데, 이번에도 의문사를 당한 사람이 또 생겼으니까 당연한 일이었다. 계란은 무서워진 나머지 다시 외증조할아버지께 말씀드렸다.

 "할아버지, 나 꿈에서 아주머니 돌아가시는 장면을 봤어요."
 "이놈! 그런 말 하는 거 아니다. 네가 사고 나기 전에 그 아주머니를 봐서 그리 생각할 수는 있지만 그런 거 아니다. 그런 생각하지 마라!"

 할아버지의 무서운 야단에 계란은 입을 다물었다. 어린 그가 할 수 있는 일은 없었다.

 시간이 흘렀다. 그 일 이후에는 다행히 의문사를 당하는 사람이 없었다. 그저 우연이었나 보다 하며 잊어버리고 살 수 있었다. 그사이 외증조할아버지도 노환으로 돌아가셨고, 계란은 전처럼 자주 외가댁에 가지 않게 되었다.

 외증조할아버지께서 돌아가시고 얼마 후 고인의 유품을 정리하려고 외가댁에 가족이 모두 모였다. 초등학교 3학년인 계란은 바쁜 어른들과 달리 할 일이 없었다. 심심해서 동네를 돌아다니던 중 그는 동네 형 영수와 마주쳤다. 공부하기 싫어하고 놀기 좋아하는 형이지만 아이들에게는 친절해서 아이들은 좋아하는 형이었다. 오토바이를 타고 어딘가 가려던 중이었던 형이 계란에게 말을 걸었다.

"할아버지 돌아가셔서 이제 자주 못 오겠구나. 그래도 얼굴 봐서 반갑다. 참, 이거 먹어. 난 이제 친구들이랑 놀러 가거든."

영수 형은 가방에서 초콜릿과 사탕을 꺼내 주었다. 그러고 오토바이 시동을 걸려는데 갑자기 또 계란에게 이상한 것이 보였다.

'형 혼자 오토바이 타고 있는데, 왜 그림자에는 두 사람이……?'

순간, 예전의 일이 떠오른 계란은 덜컥 겁이 났다. 그는 얼른 형의 팔을 붙잡고 매달렸다.

"혀, 형! 오늘 안 가면 안 돼? 나랑 놀아 줘. 나 너무 심심해. 이번에 돌아가면 더는 여기 안 올지도 몰라. 마지막으로 나랑 놀아 주면 안 돼?"

계란이 매달리자 난처하다는 듯한 표정을 지은 영수가 대답했다.

"아이고, 이 일을 어째? 이번 약속은 너 오기 전에 잡은 거라 깨기가 어렵네. 미안. 그래도 너 내일 저녁에 올라가니까 내일 낮에 놀자. 안녕!"

부릉, 부아아앙.

영수는 쏜살같이 오토바이를 타고 가 버렸다. 미처 막을 수 없었던 계란의 눈에 길게 드리워진 그림자에서 또 손이 나와 흔드는 게 보였다.

'정말 큰일 났다. 어떡하지?'

형을 살려야 한다는 생각에 급히 형네 집에 들어가 형의 어머니에게 말했다.

"저, 아줌마! 형이 또 오토바이 타고 읍내로 놀러 갔어요."

"뭐? 내 이놈의 자식을! 알았다. 마침 읍내에 형 아버지가 나가 계시니까 연락해서 잡아 오라고 해야겠구나. 말해 줘서 고맙다."

비록 형이 놀러 가는 걸 일러바친 꼴이 되기는 했지만, 형이 사는 게 먼저였다. 집에 돌아왔지만 여전히 어른들은 정리하느라 바빴다. 심심해진 계란은 혼자 놀다가 어느새 스르르 잠에 빠져 버렸다.

†

"어? 안개가 껴 있네."

계란이 손을 휘저어 보았지만, 안개 때문에 제대로 보이는 것이 없었다. 그런데 안개 사이로 형의 뒷모습이 보였다. 이상하게 여긴 계란이 다가가 형의 등을 톡톡 쳐 보았다. 그러나 형은 여전히 가만히 있을 뿐이었다.

"왜 그러지?"

갑자기 형이 뒤를 돌더니 계란을 바라보았다. 그 모습을 본 계란은 너무 놀라 비명도 못 지르고 자리에 주저앉고 말았다.

"혀, 형, 얼굴이…… 가슴이……!"

뒤돌아본 형의 얼굴은 반쪽이 날아가 버린 상태였다. 게다가 가슴도 움푹 파여 있었다. 반만 남은 입에서는 케첩인지 뭔지 알 수 없는 붉은 것을 줄줄 흘리고 있었다. 계란이 놀라 말도 못 하고 있는데 형의 뒤에서 예의 그 여자가 불쑥 튀어나오더니 박장 대소했다. 한참이나 웃던 여자가 계란에게 다가와서 귓가에 조용히 속삭였다.

〈오래 기다렸지? 이제 네 차례야.〉

음산한 말을 지껄인 여자는 계란을 향해 씩 웃고는 형의 손을 붙잡고 안개 속으로 사라져 버렸다.

†

"헉!"

잠에서 깬 계란이 주위를 둘러보았다. 아직 해가 뜨지 않은 새벽이었다. 다시 잠들 수도 없고 밖에 나갈 수도 없어 해가 뜨기만을 기다렸다.

마침내 해가 뜨고 형네 집에 가려던 중이었다. 집이 어제와는 다른 분위기로 부산스러웠다. 마침 부모님이 밖에 나가려 하시길래 계란이 함께 나가려고 물었다.

"어디 가세요? 나도 나가고 싶은데."

"너 그 영수 형 알지? 그 형네 가려고 그래."

"어? 나도 갈래."

"안 돼. 그 형이 어젯밤에 세상을 떠났대. 오토바이 사고가 났다더라. 에휴, 어쩌니……."

영수 형은 평소대로 오토바이를 타고 가던 중이었단다. 그런데 평소보다 안개가 많이 끼었고 시야가 가려진 상황에 중앙선을 넘은 화물트럭과 충돌했다고 한다. 충돌한 형의 몸이 붕 떠서 날아올랐다 떨어지면서 가드레일 기둥에 가슴이 박혀 함몰되었고 다시 땅에 떨어진 충격으로 얼굴 절반이 박살 나 버렸단다.

'내가 꿈에서 본 거랑 똑같아……!'

또 꿈에서 본 일과 똑같은 사건이 벌어졌다. 그런데 이번에는 다른 의미로 두려워졌다. 꿈에서 그 여자가 계란에게 한 말이 떠올랐다.

〈오래 기다렸지? 이제 네 차례야.〉

머리털이 쭈뼛 설 정도의 두려움이 덮쳐 왔다. 계란은 부모님을 졸라 얼른 집으로 가자고 했다. 집에만 가면 괜찮을 거라 믿었다. 실제로 한동안은 아무 일도 없었다. 그렇게 사건을 잊어갈 즈음이었다.

친구와 놀고 각자 집으로 돌아가던 중이었다.

"응? 계란아! 네 그림자만 되게 크다? 신기하네?"

"어? 그게 무슨 말이야?"

의아해진 계란이 뒤를 돌아보았다. 정말로 자신의 그림자가 친구의 그림자보다 훨씬 크고 길었다. 순간 계란의 머릿속에는 한 가지 생각만 들었다.

'나 이제 죽는구나.'

그날 이후 계란은 잠을 이룰 수 없었다. 꿈을 꾸지 않으면 괜찮을까 싶어 억지로 잠을 안 자고 버텼다. 잠을 못 자니 죽을 것 같았지만, 진짜 죽는 것보다는 나았다. 일주일가량을 그렇게 퀭한 몰골로 다니던 중이었다. 잠을 못 자 정신이 오락가락하던 찰나, 정신을 잃었던 것 같다.

콱! 부우웅!

누군가 계란의 팔을 움켜쥐고 확 잡아당겼다. 그리고 그 순간 계란이 있던 자리로 차가 굉음을 내며 지나갔다.

"조심해야지."

"고, 고맙습니다."

정신을 차린 계란이 반사적으로 목소리가 들린 쪽으로 고개를 들었다. 할아버지라기엔 젊고 아저씨라기엔 늙어 보이는 남자와 눈이 마주쳤다. 짧게 깎은 스포츠머리에 눈썹과 머리카락은 새하얀 분이었다. 또 마치 스님들이 입는 승복 비슷한 것을 입고 있는 모습이 인상적이었다. 계란과 눈이 마주친 할아버지는 계란을 유심히 보더니 입을 열었다.

"초면이기는 하다만, 얘야, 할아버지랑 잠깐 이야기 좀 할 수 있을까?"

"구해 주신 건 고맙지만, 엄마가 낯선 사람이랑 이야기하지 말랬어요."

무서워진 계란이 뒤를 돌아서 가려던 순간이었다. 그 할아버지가 계란의 귀에 대고 속삭였다.

"너 이상한 여자 보지 않았니? 그 여자 본 후로 네 주변에 이상한 일이 막 생기고."

할아버지는 계란이 겪은 일을 보기라도 한 듯 줄줄 이야기하기 시작했다. 계란이 꿈에서 본 일, 그리고 그 후에 생긴 일 등을 줄줄 이야기하자 계란은 입을 벌린 채 그가 하는 말에 빠져들 수밖에 없었다.

"할아버지가 그걸 어떻게 아세요?"

"지금 이 상태로 두면 너도 그 사람들처럼 될 거다. 내가 그걸 그냥 두고 볼 수는 없고…… 네 부모님께 이야기를 좀 드려 보지 않겠니? 내가 너를 도와야 할 것 같구나."

그동안 혼자 속앓이만 하던 계란은 반가운 마음에 할아버지를 모시고 집으로 갔다. 그런데 집에 도착하자마자 할아버지가 발걸음을 멈추었다.

"안 되겠구나. 지금 네 집에 가면 안 되겠어. 지금 그것이 노리는 건 넌데, 너랑 집에 들어가면 자칫 다른 가족한테 붙을 수도 있겠구나. 아무래도 저걸 떼어 내야겠다. 할아버지가 널 지켜 줄 테니까 다른 데로 가자꾸나."

이미 할아버지를 전적으로 신뢰하게 된 계란은 할아버지가 하자는 대로 따랐다. 할아버지는 메고 있던 백팩에서 이것저것 뒤지더니 꼬깃꼬깃한 부적 하나를 꺼내 계란의 손에 꼭 쥐어 주셨다.

"이걸 꼭 쥐고 내가 '됐다'라고 할 때까지 따라오너라."

계란과 할아버지는 조금 떨어진 노지에 자리를 잡았다. 깨끗한 종이박스로 자리를 만드신 할아버지는 계란이 봐도 뭔지 알 수 없는 짓을 많이 했다. 나무나 종이 등의 구조물을 배치하기도 했는데 그게 계란의 주위를 빙 둘러싸는 형태였다. 그것들 여기저기에 부적을 붙이고 난 후 깃발과 방울 등도 꺼냈다. 한참 그러고 나서 해가 지자 할아버지는 계란의 곁에 앉아 조용히 기다렸다.

어느 순간, 할아버지가 짧게 말했다.

"왔다."

그때 계란의 그림자가 일자로 쭉 뻗어 나갔다. 그러나 그림자는 할아버지가 설치해 두신 공간에 막혀 밖으로는 뻗어 나가지 못했다.

"네가 쥐고 있는 부적을 다오. 대신 이걸 쥐고 있으렴."

계란에게서 부적을 건네받은 후 할아버지는 방울을 흔들며 중얼거렸다.

"네가 뭣 때문에 이 아이를 노리는지는 모르겠다만, 더는 안 된다!"

⟨이런다고 내가 못 할 줄 알아? 나 그냥 못 넘어가!⟩

할아버지가 계란에게 나직하게 말했다.

"눈 감아라. 그리고 내가 이야기할 때까지 절대 뜨지 마라."

계란은 무서운 나머지 대답도 못 하고 고개만 끄덕였다. 할아버지는 계란이 알아들을 수 없는 이상한 말을 중얼거리기도 하고 고함을 지르기도 하며 때로 물건을 던지기도 하는 듯했다. 그러던 중 갑자기 아무 소리가 들리지 않았다.

⟨계란아, 너 거기서 뭐 하는 거야. 집에 오지 않고. 빨리 들어와!⟩

'엄마가 어떻게 알고 있지?'

무심코 눈을 뜨려는데 뭔가가 빡 하는 소리를 내며 계란의 머리를 내리쳤다.

"눈 뜨지 마라. 그거 아니다. 절대 아니니까 눈 뜨지 마. 무슨 소리가 들려도 눈 뜨면 안 된다."

겁에 질린 계란이 눈을 꼭 감고 달달 떨었다. 이번에는 망치 소리가 들렸다. 망치 소리가 그치더니 바람 소리가 나고 이어 아버지의 목소리도 들렸다.

⟨너 엄마가 부르는데 왜 안 오는 거야? 얼른 가자. 이보쇼! 당신 누군데 내 아들을 붙잡아 놓고 이러는 거요?⟩

'어? 진짜 아빠인가?'

살그머니 눈을 뜨려던 참이었다.

빡!

"눈 뜨지 말랬지!"

찔끔한 계란은 다시 눈을 감고 부적을 좀 더 꼭 쥐었다. 계속해서 방울 소리, 고함치는 소리, 어머니 목소리, 아버지 목소리, 누나 목소리, 동생 목소리 등이 들려왔다. 그때마다 계란은 몇 번이나 눈을 뜰 뻔했고 그럴 때마다 머리통을 뭔가로 얻어맞았다.

시간이 흐르고 이제는 정신이 오락가락했다. 그 가운데도 방울 소리는 들려 왔다. 계란은 마침내 정신을 잃고 말았다.

얼마 후 계란은 잠에서 깨어났다. 눈을 뜨고 보니 주위는 어두웠고 할아버지가 그를 걱정스레 내려다보고 계셨다. 일어나려는데 몸이 잘 움직이지 않았다.

"괜찮다, 조금 더 누워 있거라. 지금은 많이 힘들 게다. 좀 쉬다가 내가 집에 데려다주마."

계란은 할아버지의 말을 듣고 누운 채 눈을 굴려 주변을 살폈다. 땅에는 못이 엄청나게 많이 박혀 있고 뭔지 모를 구조물 중 몇 개는 넘어져 있었다. 구조물에 붙어 있는 부적은 하나같이 불에 그슬려 있었다.

"손에 쥐고 있는 부적을 좀 줘 보겠니?"

너무 오래 쥐고 있어서인지 손이 뻣뻣해서 잘 펴지지 않았다. 할아버지가 하나하나 손가락을 펴서 열어 보니 부적의 모서리가 불에 탄 모양새였다.

"휴우, 당분간 네가 위험할 일은 없을 거다."

할아버지는 주변 정리를 한 후 계란을 집에 데려다주면서 말씀하셨다.

"내가 앞으로 한 번 더 너를 찾아올 거다. 너를 해하려던 애가 완전히 사라지지는 않았다. 도망갔어. 일단 당장 위험해서 급한 대로 임시로 했더니…… 좀 안일했나 보다. 애를 가둬 놓은 거를 뚫고 도망갈 줄은 몰랐다. 애가 아마 한 번 더 올 거다. 내가 조만간 널 다시 한번 찾아올 건데, 그때는 정말로 애를 내가 잡아가야겠구나."

집 앞에 도착한 계란에게 할아버지가 부적을 한 장 더 주었다.

"항상 몸에 지니고 다니고 절대 몸에서 떼어 놓지 말거라. 네가 이걸 몸에서 떼는 순간 정말 위험해진다."

"네, 알겠어요."

말을 마친 할아버지는 마치 바람처럼 휙 사라졌다.

두 달 후, 하굣길이었다. 계란은 할아버지를 발견하고 인사했다.

"어? 할아버지, 안녕하세요?"

할아버지는 웃으면서 대답하셨다.

"일을 마무리 지으려 왔단다."

계란은 할아버지가 갖고 오신 차를 타고 전의 그 노지로 향했다. 미리 준비를 해 두신 건지 그때와는 달리 사방에 깃발이 꽂혀 있고 나무기둥 같은 것도 서 있었다. 거기에 상도 차려져 있었는데 그 앞에서 할아버지는 무복으로 갈아입었다.

"오늘도 지난번과 마찬가지란다. 무슨 일이 있어도 내가 하라는 대로 해야 한다. 중간에 설령 내 목소리로 뭐라 해도 절대 듣지 말고. 네가 할 일은 두 가지뿐이다. 앉아 있는 것. 눈을 뜨지 않을 것. 이거 말고는 절대 무슨 소리를 들어도 눈을 떠서는 안 된다. 알았지?"

본격적으로 의식이 시작되었다. 아직 눈을 감으라는 말은 없어서 그저 보고만 있던 중이었다. 갑자기 계란의 그림자가 죽 길어지더니 움직여서 할아버지의 그림자와 겹쳐졌다.

"지금이다! 눈 감아라!"

벼락같은 말에 계란은 얼른 눈을 감았다. 마치 장군들이 낼 법한 위엄 있고 힘 있는 목소리였다. 이어 사방팔방에서 바람소리와 여자의 웃음소리가 울려 퍼졌다.

〈네가 나를 가둬 둔들 이 아이의 운명이 바뀔 것 같으냐? 너 따위가 어찌 하든 이 아이의 운명은 바뀌지 않아! 네 힘 따위로는 나를 누르지 못한다!〉

"나는 내가 너를 누른다는 얘긴 안 했다. 나는 신명을 받아서 일하는 사람이지. 나는 내 힘으로 일을 하는 사람이 아니다. 내 힘으로 누르는 게 아니고 내가 모시는 분이 너를 누를 것이다!"

딸랑딸랑딸랑!

방울소리가 들리자 계란의 정신이 흐려지기 시작했다. 할아버지의 노기 찬 목소리, 여자의 비웃는 듯한 웃음소리, 방울소리까지. 거기에 가족들 목소리까지 뒤섞이니 정신이 하나도 없었다. 심지어 친구들 목소리까지 섞여 들려오기도 했다. 그러나 계란은 할아버지가 시킨 대로 꾹 참고 눈을 감은 채 버텼다.

어느 순간 주변이 조용해지고 아무 소리도 들리지 않았다.
〈이제 다 끝났다. 눈 떠도 된다.〉
"아……!"
반가웠던 계란은 저도 모르게 눈을 뜰 뻔했다. 그러나 순간 할아버지의 신신당부가 떠올랐다. 할아버지는 자신의 목소리라도 믿지 말라고 하셨다.
〈이런 독한 놈. 그래, 어디까지 버티나 보자! 깔깔깔!〉
어린 계란이 감당하기 힘든 시간이 흘렀다.
"네가 저지른 모든 죗값은 신께서 알아서 하실 것이다!"
〈끼야아아아아아아아아—!〉
끔찍한 비명에 놀란 계란은 하마터면 눈을 뜰 뻔했지만 필사적으로 눈을 감고 버텼다. 순간 정적이 찾아오고 딸랑딸랑하며 바람에 방울이 가볍게 부딪히는 소리가 들렸다. 동시에 뭔가 달그락거리며 정리하는 소리도 들렸다. 그래도 여전히 눈을 감고 있는데 할아버지가 다가와 계란을 어루만지며 그의 손을 폈다. 그러곤 손에 쥐어진 부적을 가져가고 새 부적을 쥐어 주셨다.
"잘 지켜 줘서 고맙구나."
그 말을 듣는 순간 계란의 눈이 저절로 뜨였다. 계란의 눈에 보인 할아버지의 온몸은 땀으로 범벅이 되어 있고 몹시 피로한 모습이었다. 궁금한 표정을 하고 계란이 올려다보자 할아버지가 자리에 털썩 앉더니 자초지종을 설명해 주셨다.
그 여귀는 본래 그 동네에 살던 사람인데 억울한 일로 동네 사람에게 살해당하고 원한을 가진 거라고 한다. 오랫동안 복수를 하고자 힘을 키우던 귀신은 동네 터주를 잡아먹기 위해 제물로 동네 사람을 택한 것이었다. 제물의 조건이 노인, 중년, 청년, 소년이었는데 운 나쁘게 할아버지와 정육점 아주머니, 영수 형, 계란이었던 것이다. 모든 연령층의 사람을 제물로 삼으면 어떤 사람에게든 귀신의 힘을 행사할 수 있기 때문이라고도 했다.

이야기를 마친 할아버지는 다시 부적 하나를 계란에게 챙겨 주시며 경고했다.

"그 여귀가 완전히 소멸되지는 않았단다. 이미 많은 희생자로 힘을 키운 탓에 내가 완전히 소멸시킬 수는 없었거든. 그저 눌러 놓았을 뿐이란다. 지속적으로 확인하면서 기운이 빠진 후에 성불시켜 주어야 해. 지금으로선 원한도 너무 깊고 기운도 너무 세서 천도가 안 되는구나. 그러니 너는 이 부적을 꼭 지니고 다니려무나. 내가 너를 다시 찾아올 테니."

계란은 고맙기도 하고 무섭기도 하여 할아버지에게 전화번호를 물었다.

"무슨 일이 생겼을 때 연락하고 싶은데요."

잠시 고민하던 할아버지는 이것도 자신의 업이라며 연락처를 알려 주셨다.

"내가 모시는 분은 아주 힘도 세고 멋진 분인데 어려운 사람을 도우라 하셔서 전국을 떠돌아다니며 돕는 중이란다."

계란은 할아버지를 올려다보며 눈을 빛냈다.

그날 이후, 계란은 할아버지가 주신 부적을 한시도 떼어 놓지 않았다. 그러나 딱 한 번 깜빡 잊고 부적을 놓고 나갔다가 교통사고를 크게 당해 거의 죽을 뻔했다. 어떻게 알았는지 할아버지는 계란을 찾아오셔서 안타깝다는 듯 말씀하셨다.

"그 여귀의 짓이로구나. 내가 부적을 절대 잊지 말라고 했는데. 일단 몸에서 떨어진 부적은 쓸모가 없으니까 그건 태우거라. 새로 주마. 그나저나 네 가족이 좀 걱정이다……."

할아버지가 부적을 주고 가신 지 딱 이틀 후, 아버지가 회사일 도중 다치는 사고가 발생했다. 계란은 이 모든 일을 겪고 부적을 절대 몸에서 떼지 않았다.

계란이 할아버지를 마지막으로 만난 건 중학생 때였다. 어느 날 홀연히 나타난 할아버지는 전보다 좀 더 흰머리가 늘어 있었지만, 기세만은 여전했다.

"그 부적은 태워도 된다. 내가 어제 그 여자 영가를 천도시켜 줬거든. 이제 별일 없을 거다. 내가 희생되신 분들은 보지 못해서 확신하지는 못하겠지만 아마 그 영가는 영안 있는 사람을 노린 거 같다. 평상시에 이상한 거 많이 보지 않니?"

계란은 자신이 평소에 보는 것을 숨김없이 털어놓았다.

"그 영가는 영안이 있는 사람을 노린 거 같다. 도와주고 싶지만 그 부분에 있어서는 내가 모시는 분께서도 네가 짊어지고 가야 될 운명이라고 하시니 도와줄 수 없는 게 안타깝구나. 그래도 잘 지낼 수 있을 거다."

할아버지는 안쓰러운 눈빛으로 계란을 바라보다가 한마디를 더 남기셨다.

"앞으로 네가 보고 싶으면 볼 수는 있겠지만 굳이 볼 일이 안 생기길 바란다."

그러고는 할아버지는 계란을 떠났다. 이후 두 번 다시 할아버지를 볼 수 없었다.

이 모든 일을 믿어 주는 친구는 단 한 사람이었다. 계란의 그림자가 길어지는 모습을 보고 이야기해 주었던 친구. 어쩌면 그 역시 영안을 가진 것은 아닐까……?

김수영
사주 바꾸기

개
깍
남

새 학기가 시작되고 한 달이 채 지나지 않았을 무렵이었다.

아침 조회가 시작되고 선생님은 새로 온 친구 둘을 소개해 주셨다. 개깍과 똘비의 반에 같은 날 두 명의 여학생이 동시에 전학을 온 것이다. 일반적인 경우라면 같은 날 전학 온 학생이 여럿이면 각기 다른 반에 배정될 텐데 묘하게도 둘은 같은 날, 같은 반에 배정되었다.

"야야, 똘비야, 쟤네 되게 신기하지 않냐? 그 뭐지? 데, 데칼, 데칼코마니? 꼭 그거 같지 않냐?"

개깍의 말에 곁에 앉은 짝꿍 똘비도 고개를 끄덕이며 조용히 대답했다.

"그러게. 쌍둥이는 아닌 것 같은데 왜 저래? 옷도, 가방도, 양말도, 머리핀까지 똑같네."

똘비의 말대로였다. 여학생 둘은 옷차림과 가방, 액세서리까지 모든 게 똑같았다. 다른 것은 둘의 키와 외모뿐이었다. 한쪽은 4학년치고는 다소 작고 어려 보이는 외모였고, 한쪽은 같은 학년 남학생만큼이나 키가 크고 늘씬했다.

개깍과 똘비뿐 아니라 다른 친구들도 신기한 듯 조용히 웅성거리고 있었다.

"자, 주목! 여기 오늘 전학 온 친구들 소개부터 할게. 여기 이 친구는 ○○초등학교에서 전학 온 김수영이다."

선생님의 소개에 키 작은 소녀가 꾸벅 인사했다. 이어 선생님은 그 옆에 선 키 큰 아이에게 가서 소개하셨다.

"이 친구는…… 이 친구도 ○○초등학교에서 전학 온 김수영이다."

키 큰 소녀가 마찬가지로 꾸벅 인사했다. 선생님의 소개가 끝나자 학생들 사이에서 약간의 술렁임이 있었다.

'뭐야, 학교도 같고 이름도 같네?'

'되게 신기하다.'

'쌍둥이인가?'

'쌍둥이는 아닌 것 같아. 다르게 생겼잖아. 키도 다르고.'

"자, 조용히 하고 수업하자. 너희는 저기 빈자리에 가서 앉으렴."

곧 수업이 시작되었지만, 아이들은 이 신기한 전학생들에 대한 호기심 때문에 집중하지 못했다.

딩동댕동—

수업이 끝나고 쉬는 시간이 되자 아이들이 하나둘 두 사람의 수영이 곁으로 몰려들었다.

"야, 너네 둘이 왜 이름이 똑같아?"

"전학 오기 전 학교도 똑같네? 너네 자매야?"

아이들의 호기심 어린 질문에 작은 수영이 주로 대답했다.

"여기 수영이는 나랑 어릴 때부터 함께 자란 친구야."

큰 수영은 그저 가만히 작은 수영이 말하는 것을 듣고만 있을 뿐이었다. 그 모습을 본 개깍은 두 수영의 차림새가 그리 닮아 있는 것이 이해되었다.

'아, 그냥 나랑 똘비처럼 비슷한 환경에서 자란 친구인 모양이구나.'

그런가 보다 이해한 개깍은 그저 고개만 끄덕였다. 곁에 있던 다른 여학생들은 신나서 좀 더 사소한 것을 캐물었다.

"정말? 되게 친한 친구구나? 그래서 이렇게 옷도 똑같이 입고 소품 하나하나 똑같이 하고 다니는 거지?"

여자아이들의 말을 듣고 보니 친한 애들끼리는 옷도 비슷하게 입고 소지품도 비슷한 것을 들고 다녔던 게 떠올랐다.

'자매처럼 지내는가 보네.'

개깍은 대수롭지 않게 여기고 넘어갔다.

그렇게 하루이틀이 지나자 반 아이들도 두 수영의 차림새에 관해서는 그다지 신경 쓰지 않게 되었다.

작은 수영은 또래 애들에 비해 키도 작고 몸집도 왜소한 편이었다. 얼굴도 그냥 평범한 수준이었다. 그러나 성격은 활달하여 말을 많이 하는 편이었다. 흔히 말하는 수다쟁이. 쓸데없는 말까지 지껄여 대는 수다쟁이였다.

반면 큰 수영은 처음 본 순간 개깍의 눈에는 아역 배우나 모델, 탤런트처럼 보일 정도로 예쁜 얼굴이었다. 게다가 말도 많이 하지 않고 조용한 편이라 또래 아이들에 비해 성숙해 보이는 편이었다. 그 때문에 개깍네 반 남학생들은 하나같이 큰 수영을 속으로 짝사랑하게 되었다.

그런데 개깍의 눈에 무언가 조금씩 이상한 것이 보이기 시작했다. 큰 수영과 작은 수영은 '항상' 붙어 다녔다. 무슨 일을 하든, 어디를 가든 둘은 함께였다. 심지어 화장실에 갈 때도 둘은 함께였다.

'친구니까 저럴 수 있지. 하지만 저건 좀 아니지 않나?'

"수영아, 이리 와. 가방 좀 싸 줘."

그뿐이 아니었다. 작은 수영은 큰 수영을 마치 하녀처럼 부리는 모양새였다. 그것도 한두 번이 아니라 거의 매번 작은 수영은 큰 수영에게 이것저것 시키고 요구하곤 했다.

'저것 봐. 아예 큰 수영이 걸 제 것처럼 갖다 쓰네.'

작은 수영은 제 필통에서 찾는 학용품이 바로 보이지 않자 큰 수영의 필통에서 말도 없이 꺼내서 쓰곤 했다. 찾으려는 노력조차 하지 않고 당연하다는 듯, 늘 그래 왔다는 듯한 태도였다.

가만히 주시해 보니 작은 수영은 책이 안 보이면 찾을 생각을 하지 않고 그냥 큰 수영에게 달라고 한다. 그러면 큰 수영은 군말 없이 제 것을 작은 수영에게 주고는 빈손으로 수업을 받곤 했다. 그 모습을 지켜보자니 열한 살 어린 개깍의 생각에도 이상하게만 느껴졌다. 이상한 점은 또 있었다.

'마치 작은 수영이가 큰 수영이랑 다른 애들을 갈라놓는 느낌인데?'

큰 수영이 워낙 예쁜 얼굴이다 보니 호감을 가진 남자애들이 친해지고 싶어서 한마디씩 툭툭 던지곤 했다. 그러다 큰 수영이 남자애들과 이야기라도 나누려 하면 어김없이 작은 수영이 끼어들곤 했다. 그러다 보면 큰 수영에게 말을 걸었던 남학생이 어느새 작은 수영과 이야기를 나누고 있는 것이다.

'이상하네. 그냥 이기적인 애인가? 그런데 옷이나 액세서리는 왜 저래?'

개깍이 보기에는 작은 수영이 스타일 좋은 큰 수영을 따라 하는 느낌이었다. 옷이며 소지품, 심지어 행동까지 따라 하려는 눈치였다.

'질투하는 건가? 큰 수영이가 예쁘니까?'

그러나 작은 수영이 무슨 짓을 하든 큰 수영은 묵묵히 받아주고만 있었다. 보통 아이들이라면 크게 싸움이 날 법한 일에도 큰 수영은 그저 참고만 있었다. 둘이 동급생이라는 게 믿기지 않을 정도였다. 마치 큰 수영은 언니고 작은 수영은 동생인 것처럼 보였다.

다른 아이들의 눈에도 두 수영의 이상한 관계는 잘 보였다. 어느새 학급 친구들에게 은연중 작은 수영은 이기적이고 못된 아이로, 큰 수영은 어른스럽고 착한 아이로 인식되었다. 그러다 보니 아이들과 이야기를 많이 나누는 것은 작은 수영인데, 인기는 큰 수영이 더 높아졌다.

"작은 수영이, 쟤 재수 없지 않냐? 걸핏하면 큰 수영이 괴롭히고."

"그러게. 큰 수영이는 얼굴도 예쁘고 착하기도 한데."

남자애들 사이에서 작은 수영은 못된 계집애, 큰 수영은 국민 첫사랑 대우를 받았다. 그러나 단 한 명 예외가 있었다.

어느 날 개깍이 똘비와 함께 집에 가던 중이었다.

"똘비! 나 할 말이 있어."

"무슨 이야기인데?"

"나 좋아하는 사람 생긴 것 같아."

"누군데?"

괜히 겸연쩍어진 개깍이 먼 산을 보며 딴청을 부리다가 쭈뼛쭈뼛 입을 열었다. 가슴속 몽글몽글한 감정을 뭐라 표현하기가 어려웠다.

"큰 수영이. 정말 괜찮지 않냐?"

개깍의 수줍은 고백에도 똘비는 대답이 없었다. 머쓱해진 개깍이 입을 다문 채 한참이나 그냥 걷던 중 툭 내뱉듯 똘비가 말했다.

"난 작은 수영이가 더 괜찮은 것 같은데?"

"너도 취향이 참 특이하다. 우리 반 남자애들도 그렇고 다른 반 남자애들 다 큰 수영이 안 좋아하는 사람 없을 거야. 다들 마음 있는데 어떻게 너만 작은 수영이를 좋아하냐."

"난 큰 수영이 뭐가 좋은지 잘 모르겠어."

똘비는 예상 밖의 대답을 내놓고는 입을 다물었다. 개깍은 그런 똘비를 보고 입술을 비죽거렸다.

'짜식, 자기도 큰 수영이 좋아하면서 부끄러워서 거짓말하는구나.'

개깍은 그렇게 대수롭지 않게 넘어갔다.

그런데 언제부터인가 작은 수영이 똘비에게 접근하기 시작했다. 똘비는 전교에서 가장 잘생긴 남자아이였는데 아마 작은 수영의 눈에 든 모양이었다. 놀라운 건 똘비가 작은 수영의 여우짓을 받아 준다는 거였다. 매점에 함께 가서 간식거리를 사 먹기도 하고 체육 시간에도 붙어 있기도 하는 등 제법 친해지는 게 보였다.

그 모습을 어리둥절한 표정으로 보던 개깍이 생각했다.

'거참, 취향 특이하네. 자기가 좋다는데 내가 뭐라고 하겠냐.'

두 수영이 전학 온 지도 꽤 시간이 흐른 어느 날이었다. 쉬는 시간에 작은 수영이 교탁 앞에 서더니 큰 소리로 말했다.

"얘들아! 일주일 뒤 일요일이 내 생일이거든. 우리 집에서 생일 파티를 할 거야. 너희를 초대하려고 해."

"와!"

"그럼 어디로 가면 돼? 주소랑 시간 알려 줘."

"학교로 와."

아이들은 의아했지만, 작은 수영이 말한 시간에 학교 앞에서 모이기로 했다.

작은 수영의 생일인 일요일이 되었다. 모이기로 한 시간에 아이들이 학교로 갔다. 그런데 운동장에 어울리지 않는 30인승 버스 두 대가 서 있었다.

"와! 저게 뭐냐? 웬 버스?"

아이들은 웅성거리며 기사의 안내에 따라 버스에 올라탔다. 개깍과 똘비도 어리둥절해진 채 버스에 올라탔다.

"똘비야, 작은 수영이네 되게 잘사나 봐. 나 저번에 수영이 데리러 자가용 온 거 봤거든. 기사 아저씨가 딱 문 열어 주고. 뭐더라? 팬츠? 벤츠! 그래, 벤츠 타고 가더라."

"응, 나도 봤어. 나는 등교할 때 봤는데. 큰 수영이, 작은 수영이 모두 벤츠에서 내리는 것 봤다."

"와! 벤츠 되게 비싼 차라던데. 완전 부자인가 봐."

왁자지껄한 아이들을 태운 버스는 약 30~40분간 달려 도심 한 가운데에 있는 대저택 앞에 도착했다. 그곳은 만화나 영화 등에서나 본 커다란 집이었다. 사자 머리 장식 손잡이라든가 기다란 쇠창살이 달린 대문 등 영화에서 보던 부잣집 모습 그대로였다.

"어, 이게 뭐야? 누구네 집이야?"

"무슨 공원 아냐?"

"도착했습니다. 다들 내리세요."

"내리라고? 여기가 집인가?"

운전기사의 안내에 따라 아이들이 어리둥절해하며 버스에서 내려 대문 안으로 들어갔다. 안에 들어가니 널따란 정원이 있고, 그 정원에 세팅된 테이블에는 여태 본 적도 없는 다양한 요리들이 잔뜩 놓여 있었다. 아이들은 생전 처음 보는 광경에 다들 넋이 나가 버렸다.

"우와! 저게 뭐야?"

"완전 대박!"

"엄청 부자인가 봐."

다른 친구들과 마찬가지로 똘비와 개깍도 눈이 휘둥그레진 채 여기저기 구경하며 신나게 떠들었다. 잠시 후 누군가 바퀴 달린 트레이에 케이크 두 개를 담아서 가지고 나왔다.

"어? 왜 케이크가 두 개지?"

개깍이 의아해하며 보니 큰 케이크는 작은 수영의 것이고 조금 작은 케이크는 큰 수영의 것이었다. 알고 보니 큰 수영의 생일도 작은 수영의 생일과 같은 날이었다.

'암만 생일이 같아도 그렇지, 이 집 딸도 아닌데 친구 생일 케

이크까지 챙겨 주나?'

이상하게 느껴졌지만 개깍은 이내 잊어버렸다.

그렇게 케이크도 먹고 맛있는 음식도 먹으며 놀다 보니 어느새 남자애 무리, 여자애 무리가 나뉘어 있었다. 여자애들은 작은 수영을 둘러싸고 수다를 떨고 있었다.

"와, 너네 집 진짜 좋다! 마치 공주님이 사는 궁전 같아!"

"너네 집 이렇게 부자였어? 부럽다. 나, 저기 좀 가 봐도 돼?"

여자애들의 부러운 눈초리에도 작은 수영은 아무렇지도 않은 듯 심드렁하게 대답했다.

"뭐 별거 아니야. 아버지 회사가 좀 잘되나 봐. 나야 태어났을 때부터 이렇게 살아서 특별한 건 모르겠어."

"그런데 큰 수영이 생일은 왜 챙겨 줘?"

누군가 궁금하던 것을 기어이 물었다. 다들 귀를 쫑긋 세우고 작은 수영의 대답을 기다렸다.

"아, 그거? 우리 아빠 차 운전기사 아저씨가 큰 수영이 아버지셔. 같이 살기도 하고. 그래서 겸사겸사."

별것도 아니라는 듯한 작은 수영의 말을 들은 개깍은 순간 의아한 생각이 들었다. 언젠가 똘비와 개깍은 우연히 수영의 아버지 차를 얻어 탄 일이 있었다. 차 안에서도 작은 수영은 보란 듯이 큰 수영을 하대했다. 무례하게 툭툭 치는 것은 기본이고 말투는 명령조였다. 큰 수영은 그에 군말 없이 해 달라는 대로 다 해 주었다. 개깍은 당사자가 아닌데도 민망하게 느껴질 정도였다.

그 장면을 운전기사는 못 본 척 무표정하게 운전만 하고 있었다. 그때만 해도 운전기사가 큰 수영의 아버지일 거라고는 생각하지 못했다.

'그러면 자기 딸이 그렇게 당하는데도 못 본 척한 거야?'

어린 나이였지만 개깍은 계급 차이라는 것을 두 눈으로 똑똑히 보았다. 게다가 작은 수영의 아버지 차를 운전하기 때문에 저택 안의 조그만 방에서 큰 수영과 아버지 둘이 산다고 했다. 거기까지 알고 나자 개깍은 큰 수영이 안됐다 싶어졌다.

'역시 세상은 계급 사회야. 부모 계급이 자식 계급인 거지. 안됐다.'

월요일이 되었다. 평소처럼 등교하고 학교생활을 하는데 뭔가 분위기가 바뀌어 있었다. 남자애들보다는 여자애들이 주로 바뀌었다. 여자애들은 작은 수영을 은근히 떠받들기 시작했다. 남자애들은 애초에 큰 수영을 더 좋아하고 있었기 때문에 그다지 달라지는 게 없었는데 여자애들 사이에서는 분위기가 확실히 바뀌었다.

작은 수영은 아버지가 제법 큰 회사 사장님이고 커다란 저택에서 공주님처럼 살고 있는 반면, 큰 수영은 고작 그 집 운전기사의 딸이었다. 그때까지 여자애들은 은근히 큰 수영을 동경하면서도 질투심을 느끼고 있었던 모양이다. 예쁘고 키도 크고 착하고 공부까지 잘하는 완벽한 수영이었다. 그런데 알고 보니 운전기사의 딸이라니. 어쩐지 여자애들은 그게 마치 큰 수영의 흠이라도 되는 듯 깔보기 시작했다.

그날 이후 여자애들은 노골적으로 작은 수영을 떠받들고 큰 수영을 따돌리기 시작했다.

"여자애들 왜 저러냐? 직업에는 귀천이 없다는데."

"그러게. 애들 못됐다."

남자애들은 여자애들의 하는 짓이 마음에 들지 않았지만, 그것을 막을 용기까지는 내지 못하고 저희끼리 수군거렸다. 그러나 정작 당사자인 큰 수영은 별로 신경 쓰지 않는 눈치였다.

쪽지 시험을 치던 날이었다. 시험을 마치고 시험지를 걷어 가던 선생님이 하나하나 살피더니 갑자기 작은 수영을 불렀다.

"수영아, 너 이리 나와 볼래? 너 10번이잖아. 11번 김수영이라고 쓰면 어떡하니? 헷갈리게."

"죄송합니다. 제가 실수했나 봐요."

작은 수영은 교탁으로 가서 제 시험지의 번호를 고쳐 썼다.

그런 후 하교 시간이 되었다. 종례를 마치고 집으로 갈 준비를 하는데 갑자기 찢어지는 파열음이 들렸다.

짝!

아이들의 눈이 순식간에 소리가 난 쪽으로 향했다. 거기에는 작은 수영과 큰 수영이 마주 보고 서 있었다. 작은 수영이 큰 수영의 따귀를 때린 듯 큰 수영은 뺨을 손으로 쥐고 고개를 숙인 채였고 작은 수영은 그 모습을 보며 씩씩거리고 있었다.

"야! 김수영! 너 내가 10번이라고 쓰라고 했지! 11번은 네가 아니고 나야! 너는 10번이라고!"

개깍은 똘비와 눈을 마주쳤다.

'쟤 뭐라는 거냐? 작은 수영이가 10번 아니었어?'

'그러게. 쟤 왜 저래?'

아이들이 영문을 몰라 웅성거리는데, 작은 수영의 앙칼진 목소리가 다시 터져 나왔다.

"내가 첫날부터 그러라고 했지! 네가 10번이고 내가 11번이라고 했잖아!"

작은 수영은 분노한 듯 성질을 버럭버럭 부리다가 휙 나가 버렸다. 아이들은 여전히 상황 파악이 되지 않아 아무 말도 못 하고 놀란 얼굴로 큰 수영을 보기만 했다. 번호란 것이 자기들끼리 바꾸고 싶다고 바꿀 수 있는 것도 아닌데 이게 대체 무슨 일인가 싶었다.

순간 개깍의 머릿속으로 이상한 생각이 들었다.

'혹시 대리시험인가 하는 그건가? 공부 못하는 작은 수영이가 공부 잘하는 큰 수영이 성적을 뺏으려고? 시험지 바꿔서?'

다른 아이들도 그런 의심을 하는 눈치였지만 다들 입 밖으로 꺼내지는 못했다. 그렇게 찬물 뿌린 듯한 가운데 큰 수영은 아무렇지도 않은 듯 가방을 챙겨서 나가며 중얼거렸다.

"수영이 기다리겠다."

그 말을 들은 개깍은 어안이 벙벙했다. 여태 당하고서도 수영이 타령이라니.

'저게 대체 무슨 관계야?'

하도 기가 막혀 멍하니 있는데 곁에 있던 똘비가 개깍의 옆구리를 툭툭 쳤다. 나가자는 뜻인 것 같았다. 개깍은 가방을 주섬주섬 들고 똘비의 뒤를 따라 나갔다.

학교에서 나와 걷던 중이었다. 갑자기 똘비가 개깍에게 물었다.

"너 주말에 뭐 하냐?"

"왜? 심심해서? 주말에 공이라도 찰래? 애들 모아서."

"아니. 주말에 시간 좀 비워."

생전 어디 가자, 놀자 하는 말을 않던 똘비가 이런 말을 하니 호기심이 돌았다.

"뭔데? 대체 뭐야?"

"그게, 실은 작은 수영이가 만나자고 해서."

똘비는 부끄러운 듯 눈을 개깍과 맞추지 못한 채 말했다.

"그럼 너네 둘이 놀지, 뭐 하러 나까지 끼워서 가자고 하냐?"

"큰 수영이도 온대."

"아……."

여자애들 둘이 오는데 혼자 끼기가 어색했던 똘비가 개깍에게 함께 가자고 제안한 것이었다. 작은 수영은 별로 마음에 들지 않지만 큰 수영이 온다고 하니 개깍은 거절할 수가 없었다. 얼레

벌레 약속이 잡혔다.

　주말이 되고 약속 장소에 똘비와 개깍이 도착했다. 거의 동시에 작은 수영과 큰 수영도 도착했다. 야구장 근처 자전거 대여소에서 자전거를 빌려 노는데 개깍이 보니 작은 수영은 똘비랑만 있고 싶어 하는 눈치였다.
　어느 순간 작은 수영과 똘비가 자전거를 타고 시야에서 사라져 버렸다. 개깍은 큰 수영과 단둘만 남게 된 기회에 이것저것 묻기로 했다. 함께 핫도그를 먹던 중 개깍이 큰 수영에게 물었다.
　"저기, 괜찮아? 그날 뺨 맞은 거. 너무 늦게 물었나."
　"응, 괜찮아. 늘 있던 일인 걸 뭐. 난 별로 상관 안 해."
　큰 수영은 아무렇지 않게 말하는데 듣는 개깍이 화가 났다.
　"야! 넌 바보도 아니고 왜 당하고만 살아? 네가 더 예쁘고 공부도 잘하고, 작은 수영이한테 꿀릴 게 없는데 왜 당하고만 있어?"
　그러나 큰 수영은 묵묵히 듣고만 있었다. 그 모습에 답답해진 개깍은 흥분한 나머지 해서는 안 될 말을 하고 말았다.
　"혹시 너네 아버지가 작은 수영이 아버지 운전기사라 그래? 아버지 직업이랑 너네랑 무슨 상관이야?"
　개깍의 말을 가만히 듣고 있던 큰 수영이 개깍을 바라보며 조용히 대답했다.
　"살려면 뭔들 못 해."
　"그게 무슨 말이야?"

"아니야, 됐어. 나는 괜찮아. 넌 걱정 안 해도 돼."

큰 수영은 더 이상 말하지 않았다. 할 수 없이 개깍도 더는 그 문제를 말하지 않았다. 잠시 후 똘비와 작은 수영이 돌아왔다. 작은 수영은 기분이 썩 좋은 듯 함박웃음을 짓고 있었다.

그리고 얼마 후 큰 수영의 아버지가 벤츠를 몰고 작은 수영과 큰 수영을 데리러 왔다.

벤츠를 얻어 타고 똘비와 개깍도 동네까지 편히 올 수 있었다.

집에 돌아온 개깍은 혼자 누워 곰곰이 생각했다.

'도대체 무슨 뜻이지? 살려면 뭔들 못 해? 그게 무슨 말이지……?'

한참 생각하던 개깍은 마침내 한 가지 결론에 도달했다.

큰 수영의 아버지는 작은 수영 아버지의 운전기사다. 그러니 혹시라도 큰 수영이 작은 수영의 기분을 거스르기라도 하면 해고를 당할지도 모른다. 그래서 큰 수영은 마냥 참고만 사는 것이다.

"아! 그렇구나. 그래서 얘가 참고만 사는구나. 너무 안됐네. 앞으로 더 잘해 줘야겠다. 그러면 나랑 잘되겠지? 크크."

주말 내내 개깍은 혼자 핑크빛 꿈을 꾸며 보냈다.

월요일이 되어 학교에 갔다. 그런데 두 수영의 자리가 모두 비어 있었다. 다들 웅성거리며 궁금해하는데 선생님이 들어오셨다.

"수영이 둘이 교통사고가 나서 입원했단다."

지난 주말, 똘비와 개깍을 집에 데려다주고 가던 중 교통사고가 났다고 한다. 가벼운 접촉사고였는데 큰 수영과 큰 수영 아버지는 멀쩡하고 작은 수영만 의식불명이라는 것이다. 개깍은 옆에 앉은 똘비를 툭툭 건드렸다.

"이게 무슨 일이야. 우리도 사고 날 뻔한 거잖아."

그러나 똘비는 아무 말 없이 고개만 끄덕일 뿐이었다. 개깍이 똘비의 얼굴을 보니 무표정이었다. 좋아한다는 작은 수영이 다쳤다는데도 전혀 당황한 기색도 없었다. 마치 사고가 일어날 것을 알았고 그것에 관해 고개를 끄덕이는 것처럼도 보였다.

'이 자식 뭐야? 자기가 좋아하는 여자애가 다쳤다는데 저러냐? 그나저나 큰 수영이는 괜찮나?'

그렇게 사고가 나고 큰 수영도, 작은 수영도 끝내 돌아오지 않았다. 한동안 그들의 소식이 궁금했지만, 그뿐이었다. 아이들은 서서히 그 사건을 잊어버렸다.

시간이 많이 흐른 후, 똘비는 공고 졸업 후 취업하고 개깍은 막 대학생이 되어 흥청망청 살던 무렵이었다.

어느 명절날 친척 어른이 모인 자리였다. 이제 개깍도 어른이라며 술을 따라 주시던 막내 아재가 개깍에게 물었다.

"아, 맞다. 니 부산 △△초등학교 나왔제? 니 김수영이라고 아나?"

"아……? 누구지? 동창인가?"

잠시 머리를 긁적이던 개깍의 뇌리에 이름 하나가 떠올랐다.

"기억나요! 4학년 때 데칼코마니 김수영. 걔들을 아재가 어떻게 알아요?"

"너거 4학년 때 담임하고 내하고 동기거든. 너거 선생이 내한테 이야기해 준 게 있어서 안 그라나."

†

그때 교통사고를 당한 후 담임 선생님은 연락이 없는 두 수영 때문에 걱정을 많이 하고 있었다.

사고가 난 지 3~4일쯤 지난 후 작은 수영의 아버지가 학교로 갑자기 들이닥쳤다.

"안녕하세요, 선생님. 저 김수영이 애비 되는 사람입니다."

"안녕하셨어요. 수영이 아버님. 심려가 크시지요. 작은 수영이는 좀 차도가 있습니까?"

선생님의 안부 인사에 초췌해진 몰골의 수영이 아버지가 절망적인 목소리로 답했다.

"애는 아직 의식불명 상태고 언제 깨어날지도 기약이 없답니다."

작은 수영의 어머니는 병원에 있고 아버지가 혼자 선생님을 찾아온 거였다. 그러곤 대뜸 선생님께 물었다.

"혹시 큰 수영이 연락됩니까?"

"예? 함께 병원에 있는 거 아니었나요? 집도 같은 주소지라고 들었습니다만."

"그게 참…… 분명 둘이 같이 입원했는데 하루쯤 지나고 다음 날인가? 잠시 자리를 비운 사이에 큰 수영이가 퇴원을 해 버렸어요. 딸애랑 입원실이 달라서 가는 걸 몰랐죠. 집에 돌아갔나 싶었는데 집에도 짐이 싹 사라져 있었어요."

수영이 어릴 때부터 함께 집에서 자라 왔는데도 이 부녀에 관해 아는 것이 아무것도 없었다. 경찰에 신고할 일도 아니고 속만 끓이다가 혹시 하는 마음에 학교로 찾아온 거였다.

"수영이는 그날 이후로 학교에 오지 않았습니다. 그래서 여전히 입원 중인 줄만 알았는데요."

순간 선생님의 머릿속에 불안감이 스쳤다.

'혹시 운전기사인 큰 수영이 아버지에게 사고의 책임을 물으려는 것인가, 화풀이라도 하려는 것인가? 그렇다면 내가 말을 함부로 해서는 안 되는데.'

"죄송하지만…… 왜 찾으시는지……?"

잔뜩 긴장한 선생님이 조심스레 묻자 작은 수영의 아버지가 일그러진 얼굴로 옛날이야기를 시작했다.

"……실은 제가 젊었을 땐 그리 부자가 아니었어요. 그런데 아내가 하도 점집에 가자고 졸라 대서 한번 갔었지요."

†

아내의 성화에 못 이겨 찾아간 수영의 아버지는 속는 셈치고 무당의 조언대로 해 보았다. 그랬더니 늘 제자리걸음이던 사업이 쑥쑥 자라 번창하게 됐다. 그러자 이 무당을 맹신하게 되었고 매년 찾아가 조언을 구했다. 그때마다 무당의 말대로만 하면 투자고, 부지 선정이고 기가 막히게 잘되었다고 한다.

사업이 번창하게 되자 조금 여유가 생겼고 늦은 나이에 아이를 가지게 되었다. 아이가 태어난 후에도 당연히 그 무당을 찾아가서 이름을 지어 달라고 부탁했다.

"우리 아기 이름 좀 지어 주세요. 아, 사주도 좀 봐 주시고요."

수영의 어머니가 수영을 안고 아버지는 곁에 앉아 무당의 입만 바라보고 있을 때였다. 갑자기 무당이 들고 있던 방울을 툭 던지더니 오만상을 찌푸리며 말했다.

"이 애는 열한 살을 못 넘겨. 그냥 포기해!"

"그게 무슨 말씀이십니까! 이 귀한 애가 죽다니요! 고작 열한 살에!"

"그저 명운이 그리 정해져 있어. 나도 어찌할 수 없는 거야. 받아들여야지. 어서 가! 부정 타니까!"

매정한 무당의 말에 수영의 부모님은 필사적으로 매달렸다.

"제발 아이를 살려 주세요! 무슨 짓이든 하겠습니다! 전 재산이라도 달라면 드릴게요!"

울며불며 매달리는 수영의 부모님을 물끄러미 보던 무당이 음산한 목소리로 물었다.

"너희, 진짜 무슨 짓이든 할 수 있어?"

"물론입니다!"

"방법이 있기는 해. 그건 다른 아이와 당신네 딸의 목숨을 맞바꾸는 거야."

"내 자식 살리자고 남의 자식을 죽이라고요?"

수영의 아버지는 기함하며 거절하려 했다. 그러나 엄마인 수영의 어머니는 달랐다. 세상에 단 하나뿐인 딸인데 무슨 짓인들 못 하겠느냐고 방법을 알려 달라 했다. 그래도 이성적인 아버지는 아내를 말렸지만, 막무가내였다. 하지만 수영의 아버지는 끝내 아내를 일으켜 세워 나왔다.

"죄송합니다. 그건 안 되겠어요. 어떻게 내 딸 살리자고 남의 집 딸을 죽입니까. 그냥 조심조심 키우겠습니다. 여보, 갑시다."

수영의 어머니는 그렇게 울며불며 남편의 손에 끌려 집으로 돌아왔다.

"여보! 난 애 없으면 안 돼요. 나도 죽어!"

이미 정신이 나가 버린 어머니는 목을 칼로 긋기도 하고 난동을 부렸다. 정말로 그냥 두면 무슨 일이 나겠다 싶을 정도였다. 며칠 밤낮을 그렇게 시달린 수영의 아버지는 결국 무당을 찾아가서 방법을 구했다.

"마음의 결정을 내렸습니다. 제가 어떻게 하면 됩니까?"

"특정한 날에 태어난 애가 필요해. 그런 애는 내가 찾아볼 테니 너희는 돈이나 준비해."

며칠 후 무당은 무슨 수를 쓴 건지 큰 수영을 찾아서 작은 수영의 아버지에게 연락을 했다. 당시 큰 수영의 아버지는 노름빚 때문에 아내가 도망가고 없던 참이었다. 갓 태어난 큰 수영을 두고 엄마가 도망갈 정도로 손버릇도 좋지 않은 모양이었다. 갓난아이를 두고 막막하게 있던 차에 무당이 그 부녀를 찾았다고 한다.

"⋯⋯이렇게 된 거야. 그러니 아이들 사주를 바꾸는 거야. 이름도 수영이라고 개명시키고."

무당이 큰 수영의 아버지와 작은 수영의 아버지에게 설명하는 동안 작은 수영의 아버지는 내심 의심하고 있었다.

'아무리 돈을 많이 준다고 그래도 그렇지 아이 사주를 팔까?'

"뭐, 좋습니다! 까짓것 팔죠. 그게 뭐 대수라고."

큰 수영의 아버지는 고민도 하지 않고 딸의 사주를 팔기로 했다.

'허참, 거 사람하곤.'

그런 후 큰 수영의 아버지는 작은 수영의 아버지가 준 돈으로 빚을 갚고 작은 수영의 아버지 운전기사로 취직하여 자신의 딸과 작은 수영이 똑같은 삶을 살게 했다. 그렇게 큰 수영의 생일이 작은 수영의 생일이 된 것이다.

†

작은 수영 아버지의 고해성사 아닌 고해성사를 듣던 선생님은 한 가지 이상한 점을 발견했다.

"이런 말씀 드리기 외람됩니다만…… 만약 그 무당의 말이 맞는다면 사고로 누워 있는 건 큰 수영이어야 하지 않나요?"

"저도 잘 모르겠습니다. 어쨌든 애초에 내 딸 살리겠다고 남의 딸 희생시키려는 나쁜 생각을 한 저 때문에 사고가 난 게 아닌가 싶습니다. 천벌 받은 거예요. 그래서 그 부녀한테 사죄하려고 찾는 겁니다."

"그러시군요. 일단 제가 힘닿는 데까지 찾아보겠습니다."

"그 무당년 혼쭐을 내 주려고 찾아갔는데 이미 어디론가 도망갔더군요. 소문이라도 난 건지……."

작은 수영의 아버지가 돌아간 후 선생님은 이리저리 연락처를 찾아보았다. 그러나 큰 수영 부녀의 행적은 마치 지우개로 지운 듯 사라져 있었다. 그러다 우여곡절 끝에 주소 하나를 알게 되었다. 그 주소를 들고 찾아가 보니 평범한 다세대 주택이었는데 1층은 비어 있었다. 선생님이 방을 기웃거리는데 2층에서 아주머니 한 사람이 나왔다.

"뉘시우?"

"제가 학교 선생님인데요, 학생을 찾는 중입니다. 교통사고가 난 후 아버지랑 사라져서요. 주소를 찾다 보니 이 주소가 나오길래 와 봤습니다."

선생님은 간단한 인적사항과 인상착의를 아주머니에게 말했다.

"아! 알지! 그 집. 1층 당집 딸 김수영. 어젯밤인가? 야반도주하듯 떠났어. 일주일 전까지만 해도 있었는데 어젯밤엔가 용달

차 들어오는 소리 나고 시끄럽더니 사라져 버렸어."

"이사 갔다고요…… 아니, 그보다 무당집 딸이라고요?"

"응. 예쁜 아이였는데. 엄마인 무당이랑 같이 살지는 않고 한 달에 한 번쯤 아버지 벤츠 타고 들렀다 갔지. 용한 무당이라더니 남편이 벤츠도 굴리고."

선생님의 머릿속이 바쁘게 돌아갔다. 수영의 아버지가 운전기사니 벤츠를 몰고 왔다 갔을 수는 있다. 그런데 분명 학적부에는 어머니 이름이 없었다.

"혹시 어디로 갔는지 모르시나요?"

"모르지."

선생님은 별 소득 없이 돌아와 작은 수영의 아버지에게 전화를 걸어 자신이 들은 이야기를 말씀드렸다. 그런데 작은 수영의 아버지는 오열하며 놀라운 이야기를 하셨다.

[선생님, 아마 그것들 못 찾을 겁니다. 제가 너무 답답해서 다른 무당한테 갔었거든요. 흑흑. 아이는 살아날 기미도 안 보이고 아내도 반쯤 미쳤고…… 너무 답답해서 가 봤단 말이에요. 그랬더니…….]

선생님과 만나고 오던 작은 수영의 아버지는 지푸라기라도 잡는 심정으로 무당을 찾아갔다. 그는 무당에게 자신의 딸 사주를 보러 왔노라고 했다.

"생년월일 불러 보시게."

아버지가 수영의 생년월일을 적은 쪽지를 건네주자 무당은 그것을 힐끔 보더니 휙 내던지며 소리 질렀다.

"죽은 애 사주를 왜 가져와!"

"그게 무슨 말씀이세요?"

"얘 죽었거나 곧 죽을 아이인데?"

아차, 싶었던 아버지는 그제야 자초지종을 무당한테 이야기했다. 그러나 무당은 여전히 고개를 저으며 죽을 목숨이라는 말만 반복했다. 순간 수영의 아버지는 큰 수영의 사주를 떠올리고 무당에게 말해 주었다. 혹시 큰 수영은 살아 있나 궁금했다.

"얘는 대성할 팔자구먼. 날 때부터 건강하고 복도 많고 100세까지 잘 살 팔자야."

그 순간 아버지의 머릿속에서 모든 퍼즐이 맞춰졌다. 11년간 바꿔서 사는 바람에 잊고 있었지만 실은 큰 수영의 사주가 자신의 딸의 사주였다. 즉 자신의 딸의 사주가 큰 수영의 사주로 바뀐 셈이었다.

'그렇다는 것은……!'

"저, 저, 제가 사주를 잘못 말씀드렸습니다. 실은 방금 불러 드린 게 제 딸 사주고 앞서 말씀드린 게 다른 아이 사주입니다. 사정이 있어서 무당 말을 듣고 아이들 사주를 바꿔서 살았습니다."

수영 아버지의 설명을 들은 무당의 얼굴이 무섭게 일그러지더니 대뜸 쌍욕을 퍼부었다.

"이런 미친년을 보았나! 제 딸이 그리 죽을 운명인 걸 알고 그년이 당신 딸과 사주를 맞바꾼 거야! 원래 당신 딸은 부귀영화를 누리며 100세는 살 사주야! 그 무당년의 딸이 11세에 요절할 팔자였던 거지. 그래서 제 딸년 살리겠다고 당신 딸과 사주를 바꾼 거라고! 그런 신벌 받을 년!"

수영의 아버지는 모든 것을 다 잃은 목소리로 선생님에게 이야기를 털어놓았다. 그것을 듣는 동안 선생님은 자신이 찾아가서 본 것과 일치하는 정황에 큰 충격을 받고 말았다.

†

선생님은 아이들이 충격받을까 봐 그동안 누구에게도 이야기하지 않고 있다가 개깍의 아재에게 술김에 털어놓았고 그것을 개깍이 전해 듣게 된 것이다. 그러고 보니 자전거를 타며 놀던 날 수영이 한 말이 떠올랐다.

"살려면 무슨 짓은 못 해."

그 말의 진짜 의미를 깨닫자 온몸에 소름이 끼쳤다. 개깍은 바로 똘비에게 전화를 걸었다. 그러곤 자연스럽게 옛날이야기를 늘어놓았다. 초등학교 때 이야기며 전학생 두 수영이 이야기 등.

"너 작은 수영이 좋아했잖아."

[아냐. 나도 사실은 큰 수영이 좋아했어.]

"그게 무슨 말이야?"

[너한테 처음 털어놓는 건데 그때 나 작은 수영이한테 붙은 귀신 봤거든. 그때만 해도 내가 귀신 보는 거 아무도 몰랐잖아. 사고 나기 일주일 전에 작은 수영이 등에 붙은 검은 형체 두 개가 서로 싸우더라고. 작은 수영이가 맞네, 큰 수영이가 맞네 하면서. 귀찮으니까 둘 다 데리고 가자고도 하더라. 근데 갑자기 그게 나한테 묻는 거야. 87년 6월생 김수영이 누구냐고. 평소 같으면 모르는 척했을 건데 그날따라 내 손이 저절로 작은 수영이를 가리키게 됐어. 그랬더니 그 검은 형체가 고맙다고 하더라. 그러곤 손이 저절로 떨어지고.]

그래서 똘비는 큰 수영이 자신 때문에 해코지라도 당할까 싶어 일부러 작은 수영하고만 붙어 있으면서 큰 수영을 차단하려 했다. 그러다 교통사고가 났고 똘비는 제가 손가락으로 가리킨 것 때문에 작은 수영이 사고를 당한 거라고 여겨 평생 죄책감을 가진 채 살았다.

개깍은 똘비가 안쓰럽기도 하고 진실을 알리고 싶기도 하여 자신이 아재에게서 들은 이야기를 죽 늘어놓았다. 부디 죄책감에서 벗어나기를 바라며. 이야기를 다 들은 똘비는 나직하게 한숨만 내쉴 뿐이었다.

"네 잘못 아니야."

[휴…… 그래, 그렇지만…….]

아마도 개깍은 평생 똘비의 마음을 이해할 수 없을 것 같았다.

신을 버린 무당이 받는
신벌

육
오
빠

충청북도 보은군 ○○면 ○○리 어느 마을에 무당집이 하나 있었다. 바로 육오의 외증조할머니 댁이었다.

그 집의 사랑방은 신당이었다. 또 뒤채에 우물이 하나 있었는데, 주로 그 우물 앞에서 굿판을 벌이곤 했다. 우물 근처에서는 늘 북 치는 소리며 꽹과리 치는 소리가 울려 퍼졌다. 옛날 사람치고 키가 컸던 외증조할머니가 펄쩍펄쩍 뛰는 모습을 보거나 소리 지르는 걸 듣는 게 육오의 어머니인 영자에게는 늘 불만이었다.

그러나 영자가 싫어하는 것과는 상관없이 영자의 할머니는 늘 그녀에게 말했다.

"넌 신을 받아야 해. 너는 나처럼 살 운명이야. 그러니 네가 받아."

그런데 어느 날, 어떤 사건이 있었는지 영자의 할머니는 갑자기 무속 일을 그만두고 천주교로 개종했다. 그냥 성당에 다니는 정도가 아니라 아예 세례와 세례명까지 받더니 얼마 지나지 않아 세상을 떠났다. 그런 후 세월이 지났고 육오가 태어났다. 어린 육오는 아무것도 모른 채 외가댁 친척과 즐겁게 지내곤 했다.

그날은 명절이었다. 가족 모두가 모여 있는데 네댓 살쯤 먹은 육오가 혼자 흥에 겨워 춤을 추기 시작했다.

"아이고, 우리 육오 춤 잘 추네."

"그러게, 애가 흥이 넘치네. 제 엄마도 안 그러고 아빠도 안 그런데 대체 누굴 닮았대?"

"아니, 거 있잖아! 옛날에 돌아가신 분. 그 무당 하셨던 그분 말이야. 그분이 막 저렇게 펄쩍펄쩍 잘도 뛰고."

"오메! 그러네. 맞네. 저서 머리 돌리는 것 좀 봐. 세상에, 피는 어디 안 가는구먼."

친척 어른의 수군거림이야 어떻든 육오는 신명 나게 머리를 돌리며 춤을 잘도 추었다. 어려서부터 춤꾼의 자질을 보였던 육오는 자라는 내내 몸을 쓰며 움직이기를 좋아했다. 그러더니 마침내 무용의 길로 들어서게 됐다.

무용을 배우던 중 육오는 한국 무용을 배울 기회가 있었다. 그때 배우게 된 무용은 '살풀이춤'이었다. 음악이 흐르고 육오는 선생님을 따라 몸짓을 하나하나 따라 했다. 춤을 추던 중 어느 순간, 그는 기절을 하고 말았다. 저도 모르게 살풀이를 한 것이다.

그 사실을 알게 된 아버지는 육오가 무용을 배우는 것을 격렬하게 반대하셨다.

"인마! 사내자식이 무용이 뭐야! 그따위 것 당장 그만둬!"

예전부터 아버지는 육오가 춤추는 것을 반대하셨기 때문에 딱히 신경을 쓰지 않았다. 그러나 이번에는 유독 아버지가 더욱 격렬하게 반대를 하시는 게 몹시 수상했다.

'뭔가…… 있구나.'

그때까지 육오는 대수롭지 않게 생각했지만, 짐작 가는 일을 겪기는 했었다. 유체이탈 경험도 있었고, 예지몽 역시 조금씩 선명해지고 있었다. 아마 아버지의 반대는 이런 영적 체험과 관계가 있을 것 같았다. 결국 아버지의 고집을 이기지 못해 무용과를 자퇴했다.

이후 여러 가지 사건 사고에 휘말리며 삶이 굴곡지기 시작했다. 뭔가 촉은 오지만 애써 그것을 믿지는 않으려 했다.

혹시 싶었던 영자가 육오와 함께 증조할머니가 살던 집으로 가 정리를 하면서 찾아낸 부적도 수십 장이었다. 그러다 결국 오래된 집을 허물고 땅도 다 메꿔 버렸다. 그렇게 모든 일이 해결되는 줄만 알았다.

†

'으, 퉤. 뭐지……? 이빨?'

육오가 뱉어 낸 것은 이빨이었다. 꿈속이었지만 당황한 채 이빨을 내려다보고 있는데 누군가 그에게 다가왔다.

〈영매야.〉

'어?'

육오가 눈을 들어 보니 웬 색동옷을 입은 어린 여자아이가 육오에게 소고와 채를 건네주려 하고 있었다. 그러나 육오는 그것을 받지 않았다.

†

'뭐야. 이빨 빠지는 꿈이라니 불길하게…….'

잠에서 깬 육오는 찝찝한 기분에 잠도 오지 않아 '영매'라는 단어를 검색해 보았다.

[영매(靈媒)]

신령(神靈)이나 죽은 사람의 영혼과 의사가 통하여, 혼령과 인간을 매개하는 사람. 곧 무당이나 박수가 이에 해당한다.

"아, 이런 뜻이야?"

뜻을 알게 되기는 했지만, 육오는 심드렁했다. 하도 이런 꿈을 자주 꾸곤 하니 그러려니 하게 된 것이다. 그만큼 육오에게는 자주 있어 왔던 일이었다.

그해 가을, 갑작스레 육오의 어머니가 돌아가셨다. 그의 어머니는 기독교인이셨고, 목회자가 되기 위한 공부도 마친 분이었다. 그런데 목사 안수를 받기 하루 전날 아무 이유 없이 돌아가신 것이다.

황망했지만, 산 사람은 산 사람의 일을 해야 했다. 어머니의 유품을 정리하고 장례 준비를 하던 중이었다. 이모가 육오에게 다가와 말씀하셨다.

"어, 얘. 지금 우리 언니 물건들 그리고 언니가 지내고 있던 가정예배당에 있는 관련된 물건들과 책들, 관에 넣어서 다 태워 버려라."

"네에?"

'부정적인 거 태우라는 건가?'

이모 역시 기독교인이었는데 이런 말을 하는 게 좀 이상하게 느껴지기는 했지만, 육오는 군소리 없이 그리하기로 했다. 그러나 막상 집에 와서 보니 물건이 상상 이상으로 많았다. 책만 추려도 20권이 훌쩍 넘었다.

"이거 다 넣으면 관 뚜껑 닫히지도 않겠다."

결국 육오는 몇 가지는 유품 삼아 내버려두기로 했다.

장례가 끝나고 육오는 지친 몸을 이끌고 어머니가 지내시던 가정예배당으로 가 혼자 생각에 빠졌다.

'가만있어 봐. 전에 이빨 빠지는 꿈 꿨었잖아…… 그것 때문인가?'

그저 꿈을 꾼 것뿐인데 괜스레 죄책감이 밀려왔다. 우울한 기분으로 앉아 있던 중 갑자기 어디선가 끙끙 앓는 소리가 들려왔다. 주변을 둘러봤지만 소리를 낼 만한 것은 보이지 않았다.
"환청인가……?"
그런데.
"저, 저게 뭐야? 벽에 왜 저래?"
그의 눈에 보이는 건물 벽에 마치 색동 무늬 같은 가로 줄무늬가 죽 그려져 있었다. 깜짝 놀란 그가 밖으로 뛰쳐나갔다. 그러나 모든 집이 다 그런 것은 아니었다. 어떤 집은 줄무늬가 보이고 어떤 집은 줄무늬가 없었다.
"하, 하하…… 이상한 게 들리고 막 이상한 게 보이네? 아니, 아니 지금 내가 너무 충격을 받아서 그런 걸 거야. 어, 이거는 그냥 쉬면 나을 거야."
육오는 머리를 감싸 쥐고 헛웃음을 흘렸다. 제 손으로 관자놀이를 꾹꾹 누르며 벽에 등을 기대고 앉았다. 제 딴에는 이성적인 판단을 하고 쉬려던 찰나였다. 갑자기 웃음과 울음이 동시에 터져 나왔다. 도저히 스스로는 제어가 되지 않았다.
"하하하, 흑흑, 흐하, 흑흑."
육오는 외삼촌에게 전화를 걸었다.
"외삼촌, 나 지금, 정상이 아닌 것 같으, 흑흑, 하하, 병원 좀……."
[육오야! 너 왜 그러니!]

"저기, 나 지금 이상, 흐흐흑, 히히, 으그흑."

혼비백산한 외삼촌이 달려와 육오의 손을 잡고 정신과로 찾아갔다. 여러 검사를 하고 얼마간 시간이 지난 후 결과가 나왔다. 의사가 결과지를 보며 건조한 말투로 말했다.

"뇌에는 아무 이상 없으십니다. 병증도 없고요. 정상이세요. 다만 최근에 어머니께서 돌아가셨다고 하니 충격으로 잠시 저런 증세가 생길 수는 있습니다. 게다가 수면부족 증상도 조금 있고요. 그러니까 푹 자고 잘 쉬면 나으실 겁니다."

태평한 의사의 말이 못 미더웠던 육오의 외삼촌은 다른 병원으로 육오를 데려갔다. 그 병원에서도 검사란 검사는 모두 했지만, 결과는 똑같았다.

"별문제 없습니다. 극도의 스트레스 때문인 것 같으니 수면제 처방해 드릴게요. 굳이 안 드셔도 된다면 드시지 마세요."

결국 육오는 수면제를 처방받아 온 게 전부였다.

'스트레스 때문이라니 괜찮아지겠지.'

그러나 육오의 증상은 더욱 심해졌다. 끙끙 앓는 소리가 들리거나 이상한 문양이 보이는 일이 반복되었다. 시간이 지나면서 증세는 더더욱 심해져서 나중에는 아예 엉뚱한 소리를 지껄이기에 이르렀다.

"내가 아이고, 밥을 먹어야 되는데, 밥이 아이고, 어디 있는지도 모르겠고……."

그러다가 갑자기 벌러덩 드러눕더니 아기처럼 팔다리를 휘휘

저으며 헤헤 웃기도 했다. 무엇보다 문제인 것은 육오 자신이 그 모습을 마치 제삼자가 된 것처럼 가만히 지켜보는 느낌이라는 거였다. 도무지 자신의 몸이 컨트롤되지 않았다.

'나 진짜 심각한가? 수면제 먹고 자야겠다.'

안간힘을 다해 수면제를 먹었다. 약기운에 못 이긴 육오는 이내 잠이 들었다.

'으음……'

육오가 잠에서 막 깨어나려던 무렵이었다. 갑자기 기도 소리, 찬송 소리가 왁자지껄하게 들려왔다. 힘겹게 눈을 돌려 시계를 보니 한 시간을 채 자지 못하고 깬 거였다. 부스스 자리에서 일어나는데 다섯 명 정도 되는 사람이 다짜고짜 그를 앉혀 놓고는 말했다.

"육오 군, 여기 이 성경 구절 읽어 보세요."

"네, 네?"

"얼른 목사님이 시키는 대로 해."

이모가 육오에게 눈치를 주며 말했다.

이모 주변에 선 넷 중 두 사람은 찬송가를 부르고, 두 사람은 뭔가를 계속 읽고 있었다.

'뭐야. 난 자다 깬 건데. 저 사람들 누군데? 자다 깬 사람한테 뭐 이런 걸 하래? 읽는 게 어려운 것도 아니고. 얼른 하라는 대로 하고 보내고 다시 자야겠다.'

무섭기도 하고 귀찮기도 한 육오가 목사님의 말대로 성경 구절을 읽던 중이었다.

"어? 왜 안 되지?"

유독 특정 단어를 읽을 수가 없었다. 마치 뭔가가 입을 막고 있기라도 한 듯 그 단어를 입 밖에 낼 수가 없었다. 그러자 주변 분위기가 사악 변했다. 그러곤 더욱 큰 목소리로 찬송가를 부르고 성경 구절을 읽었다. 목사님도 육오를 붙들고 강한 어투로 기도를 하셨다.

어느 순간, 육오의 배가 불타는 느낌이 들기 시작했다.

〈끼에에에에에에―〉

'헉! 이게 내가 낸 소리 맞아? 사람 소리가 맞느냐고. 무슨 가야금을 바이올린 활로 긁는 소리 같은 게 나네?'

〈끼에에에, 끼에에에에에엑〉

〈살려 주세요!〉

육오는 있는 힘껏 살려 달라고 외쳤다. 그는 분명 절박하게 살려 달라 외친 거였는데 정작 사람들에게 들린 소리는 그게 아니었다.

"크크크, 살려 주실래요? 키키키키."

마치 장난을 치거나 간이라도 보듯 사람들의 반응을 보며 괴상한 소리를 지껄이고 있었다.

'아니야! 내가 하고 싶은 말은 이런 게 아니라고!'

육오는 자신이 하고 싶은 말과 실제 나오는 말이 다르자 어찌

할 바를 몰랐다. 자신의 입인데 자기 뜻대로 되지 않았다. 그런 진 빠지는 시간이 계속 흘렀다.

목사님과 함께 온 사람들도 슬슬 지쳐 가고 육오 역시 기력이 딸려 몸을 동그랗게 만 채 누워 있었다.

"목사님, 안 되겠어요. 우리 육오 그대로 두면 정말 큰일 날 것 같아요. 다른 큰 목사님께 데리고 가요."

육오는 혀가 꼬부라지고 침을 흘리는 데다 눈까지 살짝 돌아간 몰골로 교회에 도착했다. 교회 문을 들어서자마자 육오의 상태가 갑작스레 바뀌었다.

"아, 여기 어디예요? 와, 여기 되게 따뜻하다. 저거 나무 뭐 걸려 있는 거예요? 여기 뭐예요?"

그는 마치 천진난만한 어린애처럼 여기저기를 아무렇지도 않게 둘러보았다. 그 모습을 본 사람들이 육오를 달래듯 불렀다.

"자, 이리 와 앉자. 여기서 해 볼까?"

육오가 괜찮은 척 가서 앉았고, 다시 퇴마의식이 진행되었다. 그러자 육오가 다시 침을 흘리고 눈이 돌아가며 혀가 꼬부라졌다. 이대로 뒀다가는 육오가 위험해질 것 같았다.

"이거 애 잡겠어요. 오늘은 이만하고 애 수액이라도 맞히세요. 우리는 다음에 올 때 어떻게 할 건지 의논 좀 할게요."

사람들이 잠시 육오를 두고 이야기를 나누던 중이었다. 여태 공처럼 몸을 말고 있던 육오가 휴대폰만 든 채 사람들 사이를 지나 빠져나갔다.

"어! 쟤 잡아!"

육오의 뒤를 따라 어른 몇이 달려 나갔다. 육오는 길 가운데 딱 서서는 소리 쳤다.

"아버지, 하나님, 예수님! 나 이제 이런 거 말할 수 있어! 나 갈 거야!"

여태 그가 입 밖에 내지 못했던 단어들을 내뱉고는 얼른 택시를 타고 어머니가 꾸리시던 가정예배당이 있는 동네로 갔다.

마침내 육오는 대문 앞에 도착했다. 소름이 쫙 끼쳤다. 그는 저도 모르게 굿판 벌이는 2시간짜리 음악을 틀고 안으로 들어갔다. 그러고는 휴대폰을 스피커에 연결하고 음악을 더욱 크게 틀었다.

예배당 안에는 어머니의 영정 사진이며 제단 용품이 놓여 있었다. 그것을 물끄러미 바라보던 육오는 마시려고 사 온 포도주 두 병 중 한 병을 열었다. 포도주로 샤워를 하듯 머리에 뿌리고, 입에 한 모금 머금고는 영정 사진 앞으로 다가갔다.

"푸웃!"

망나니가 칼에 물을 뿜듯이 육오는 포도주를 영정 사진과 제단 용품에 뿜었다. 그런 후 반병쯤 남은 병을 휘둘러 교회 벽에 던져 버렸다.

퍽! 챙!

그러고 나니 왜인지 아까부터 느껴졌던 스산한 기운이 조금 사라졌다. 만족스러워진 육오는 나머지 한 병도 열었다. 아까와 마찬가지로 입에 포도주를 머금고 남아 있는 책이며 옷 등에 뿜은 후 발로 마구 짓밟았다. 다음으로는 포도주를 왼손에 조금 담아서 소금이라도 뿌리듯 온 집 안에 뿌려 댔다.

마지막으로 다시 어머니의 영정 사진에 포도주를 뿌리고는 액자를 깨 버리고 사진을 꺼내 세 번, 네 번 갈가리 찢어 버렸다.

"헉, 헉."

육오는 주위를 두리번거리다 와인 오프너를 찾았다. 그러곤 포도주가 흥건히 흘러내리는 벽에 오프너로 문양을 그리기 시작했다. 일정한 문양 같기도 하고 의미 없는 낙서 같기도 한 그림으로 벽지를 헤쳐 놓은 그는 마지막에 오프너 끝으로 벽을 세 번 쿡, 쿡, 쿡 찍었다. 이상하게 가슴이 답답했다.

그사이에도 굿판 음악은 계속해서 재생되고 있었다.

〈미안하다, 미안하다.〉

'이게 뭐지? 어?'

인식이 되는 순간 육오는 소리를 질렀다.

"나가—!! 나가란 말이야—!!"

그러나 소용없었다. 그의 안에서 들리는 소리는 그가 알아들을 수 없는 말을 지껄였다.

〈네 머리 위에 선이 있으면 머리 아래에는 악이 있을 것이고 악이 다시 머리 위에 올라가면 선이 아래로 갔을 것이다. 그런 것처럼 모든 건 순환한다.〉

'시발, 뭔 개소리야! 어억?'

"푸핫!"

마치 물에 빠졌다 건져 올려지는 것처럼 '푸핫' 하는 소리가 입에서 절로 나왔다.

"하아, 하아."

숨이 차서 몇 번 헐떡이는데 마치 바람 같은 것이 휭 하고 지나갔다.

쾅! 챙강!

교회 출입문이 열리는데 너무 세게 열리는 바람에 반동으로 창이 깨져 버렸다. 육오는 깜짝 놀라 그곳으로 달려갔다.

"뭐지? 왜 열린 거야?"

순간 굿판 음악이 다른 음악으로 바뀌었지만 육오는 그것을 깨닫지 못했다. 그는 오로지 문에만 집중하고 있었다.

소란 때문인지 이웃에서 신고가 들어갔고 이어 경찰이 왔다.

"신고가 들어왔습니다. 지금 새벽인데 무슨 일이 있으신가요? 안에 좀 들어가 봐도 괜찮을까요?"

경찰과 함께 들어가니 포도주와 깨진 병, 흐트러진 제단 용품 등이 드러났다. 육오는 분명 자신이 그랬다는 것은 알지만 그 광경이 몹시 낯설었다.

'아까 할 땐 속이 시원했던 것 같은데……'

"무슨 일이 있으셨던 거죠?"

경찰의 추궁에 육오는 쭈뼛거리며 대답했다.

"아, 그게 제가 술 마시다가 화가 나서 좀…… 그랬습니다. 죄송합니다."

"거, 속상한 일 있어도 소란을 피우시면 안 되죠."

경찰은 몇 마디 잔소리를 하고는 돌아갔다.

그들이 돌아간 후 육오는 제자리에 주저앉은 채 밤을 보냈다. 새벽 무렵 지친 나머지 잠에 곯아떨어져 있는데 육오의 아버지와 형이 그를 깨웠다. 아버지는 예배당 안을 묵묵히 정리하면서 간혹 육오를 슬쩍슬쩍 보곤 하셨다.

며칠 후 아버지와 육오가 식사를 하던 중이었다. 아버지가 침통한 목소리로 말씀하셨다.

"내가 결혼하고 네 엄마랑 30년을 살면서 그런 일이 있을 거라고는 생각을 못 했다. 난 믿지를 않았단다. 미안하다. 무당 집안에서 태어나게 해서 미안하다. 내가 결혼만 안 했더라면 이런 게 없었을 텐데 집안 대대로 그런 게 내려올 줄은 몰랐다."

"네? 그게 무슨……?"

여태 아버지는 무신론자인 줄 알았는데 그날 비로소 모든 것을 알게 되었다. 외가도 친가도 무속의 피가 흐르고 있었던 것이다.

증조할머니는 무당의 길을 걸으시다가 나중에 개종을 하셨고, 모시던 신당도 가족이 부수고 짓밟고 태워 버렸다. 그에 노한 신령님이 육오의 몸을 이용해 예배당을 짓밟고 부순 것인 모양이었다. 육오는 외가, 친가 모두 신줄이 있는 사람이라 결국 그 길을 갈 수밖에 없는 사람이었고 그의 몸 자체가 신당으로 쓰인 것이다.

아직 모든 것이 완벽히 해결되지는 않았지만, 이제 육오가 말하지 못하는 단어는 없다. 어쩌면 육오는 무속의 길을 걷게 될지도 모르지만, 그것 역시 알 수 없는 일이었다.

2부

인간편

수상한
여아 입양 사건

플
렉
스

 살다 보면 때로 겪지 않아도 될 끔찍한 일을 겪게 되기도 한다. 그런 끔찍한 일은 한 인간의 영혼과 육신을 망가뜨릴 수도 있다.

 2011년, 플렉스는 첫째 아이의 돌을 앞두고 있었다. 대개 아기들은 첫돌을 맞이하기 전에 아픈 일이 많다. 플렉스의 아기 역시 돌을 앞두고 심하게 아팠고 결국 병원에 입원까지 하게 됐다. 그녀의 아기가 입원한 병원의 소아 병동에는 아기들의 놀이공간과 엄마의 쉼터가 있었다. 거기서 그녀는 명선을 처음 만났다.

 명선은 육아에 많이 지친 듯 피로해 보이는 인상이었지만 웬만한 남자만큼이나 큰 키에 체격도 상당한 여자였다. 명선은 한 손으로는 유모차를 끌고 다른 한 손으로는 막 걸음마를 시작한 듯 비틀거리는 아기의 손을 잡은 채 지친 발걸음으로 놀이공간에 들어왔다. 그 모습이 플렉스의 눈에 비쳤다.

'아이고, 쌍둥이인가 보네. 하나는 자나 보다.'

그런데 플렉스가 가만히 보니 유모차에 누워 있는 아이는 팔다리가 훨씬 길었다. 게다가 어딘가 몸이 불편한 아이 특유의 얼굴과 자세를 하고 있었다. 그제야 플렉스는 이해할 수 있었다.

'저런, 쯧쯧. 유모차에 누워 있는 애한테 무슨 장애가 있는가 보다.'

같은 엄마로서 측은한 마음에 계속 보고 있자니 플렉스의 아기와 동갑으로 보이는 작은아이가 칭얼거렸다. 명선은 아픈 아이를 돌보랴, 칭얼대는 아이를 돌보랴 쩔쩔맸다. 마침 플렉스의 아기는 컨디션이 좋아졌는지 다른 아기들과 잘 놀고 있었다.

플렉스는 명선에게 가서 상냥하게 물었다.

"저기, 제가 좀 봐 드릴까요?"

"아? 네, 좀 도와주시면……."

안타까운 마음에 플렉스는 칭얼대는 작은아이를 달래 주었다. 그러면서 유모차를 살살 끌어 주었다. 그사이 명선은 한숨 돌리고 쉴 수 있었다.

잠시 후 명선의 큰아이는 잠들고 작은아이도 조용해졌다. 그제야 명선은 플렉스에게 감사 인사를 건넸다.

"고맙습니다. 제가 애들 보느라 요 며칠 잠을 못 잤어요."

"에휴, 알죠. 힘드셨겠어요."

그때부터 말문이 트인 건지 명선은 자기 이야기를 늘어놓기 시작했다.

"실은 식을 올리기 전에 동거하다가 큰애를 낳고 둘째까지 낳은 거예요."

그러나 양가 부모님 모두 반대하는 결혼이었던지라 양가 어느 쪽에서도 도움을 받을 수 없었다고 한다.

"친정엄마도 안 계신데, 시댁에서도 연을 끊으셔서……."

"아휴, 저런. 고생이 많았네요."

그날 이후 플렉스는 명선과 친하게 지내며 병원 생활을 조금씩 도와주었다. 가끔 아이를 봐 주기도 하며 쉴 시간을 주기도 했다. 그렇게 친해진 어느 날 플렉스는 명선의 집에 가 볼 일이 있었다.

'어머나…….'

양가 도움 없이 한 결혼인 데다 남편의 벌이도 그리 변변하지 않은 탓에 명선네 가족이 사는 집은 소위 판잣집의 단칸방이었다. 비좁은 방 한 칸에서 네 식구가 살고 있는 거였다. 남편의 직업 역시 소위 말하는 3D 업종이라 늘 생활이 쪼들리는 눈치였다. 그 모습이 플렉스의 착한 마음을 건드렸다.

명선의 집을 보고 온 플렉스는 자신이 줄 수 있는 도움 외에도 명선이 받을 수 있는 복지 혜택 같은 것을 알아보고 알려 주었다.

플렉스의 도움에 명선은 마음을 열었고 언니 동생 하며 친하게 지냈다.

이후 아이들이 퇴원한 후에도 둘은 계속 연락하며 왕래하는 사이가 됐다. 나중에는 남편들과도 다 함께 만나 식사도 하고 가끔 술도 한잔하는 등 가깝게 지냈다.

시간이 흘러 플렉스의 아이가 어린이집에 갈 시기가 되었다.

"언제 이런 날이 올까 싶었는데, 드디어 우리 애도 어린이집에 갈 날이 왔네. 우리 애는 ○○어린이집 보내려고."

"아, 거기. 거기 원장님 좋은 분이에요. 내가 큰애 낳기 전에 다른 지역 어린이집에서 잠시 일했거든요. 거기서 일하다가 큰애 낳고 어린이집 보내야 할 때가 됐는데, 어디 받아 주는 데가 있어야죠. 그런데 그 원장님이 워낙 착한 분이라 받아 주셔서 무료로 잘 다녔어요. 지금은 옮기셨지만요. 그분 좋은 분이에요."

아무래도 명선의 큰아이는 몸이 불편하다 보니 일반 어린이집에서는 받아 주는 곳이 없었다고 한다. 그런데 ○○어린이집 원장님이 명선의 딱한 사정을 알고 큰아이를 직접 보살펴 주셨다는 것이다.

명선의 이야기를 들으니 플렉스는 ○○어린이집이 더욱 마음에 들었다. 명선의 아이 역시 플렉스의 아이와 같은 어린이집에 보냈다. 명선은 아이들을 어린이집에 보내고 나면 항상 플렉스네 집에 와서 시간을 보내곤 했다. 음식도 만들어 먹고 수다도 떨다가 아이들이 하원할 시간이 되면 집에 돌아가곤 했다.

그런데 어느 날이었다. 평소와 달리 제법 잘 차려입은 명선이 플렉스에게 부탁했다.

"언니, 저기 오늘은 내가 친구를 좀 만나러 가야 하는데, 혹시

늦거든 우리 애들 좀 하원시켜 줄래요?"

"그래? 알았어. 잘 다녀와."

플렉스는 별생각 없이 명선을 보냈다. 아이들이 하원하기 1~2시간 전쯤 명선이 돌아왔다. 그런데 플렉스는 돌아온 명선을 보고 깜짝 놀랐다.

"아니? 그 아기 누구야? 어떻게 된 거야?"

분명 혼자 나간 명선의 품에 꼬물꼬물하는 어린 여자 아기가 안겨 있었다. 얼핏 봐도 태어난 지 얼마 되지 않은 갓난아기였다. 손에 쥔 쇼핑백에는 아기의 사진과 기저귀 몇 장, 한 번씩 먹을 수 있게 소분된 분유통이 두어 개 들어 있었다.

순간 플렉스의 뒷덜미에 싸한 느낌이 훑고 지나갔다. 그녀는 명선에게 진지한 목소리로 물었다.

"이게 무슨 일이야? 얘기 좀 해 봐."

보기 드문 플렉스의 정색한 모습에 명선은 쭈뼛거렸지만 곧 있었던 일을 늘어놓았다.

"실은…… 서울역 근처에서 친구를 만난 후에 보내고 돌아오던 길이었어요. 화장실에 들렀다 나오는데 어떤 여자가 그러는 거예요. 자기가 지금 볼일이 너무 급하니까, 잠깐만 애 좀 안고 있어 달라면서 애랑 쇼핑백을 맡겼어요. 잠시 안고 있었는데, 아무리 기다려도 애 엄마가 나타나지를 않는 거예요."

"뭐라고? 모르는 사람이 애를 너한테 맡기고 사라졌다고? 그런 엄마가 어디 있어?"

명선의 말에는 수상한 점이 한두 가지가 아니었다. 보통 엄마라면 기저귀 가방을 따로 가지고 다니지 쇼핑백 따위에 아이 물건을 넣어서 다니지 않는다.

 '그런데 쇼핑백에 기저귀, 분유를 넣어서 건네줬다고?'

 플렉스가 이상하다 싶어 의심하는 와중에 명선은 계속해서 이야기했다.

 "아무리 기다려도 애 엄마가 안 와서 아는 경찰 남사친한테 연락을 했거든요. 경찰이니까 CCTV 같은 거 볼 수 있을 거 같아서요. 그런데 도대체 애 엄마의 행적을 찾을 수가 없다는 거예요. 그렇다고 하염없이 기다릴 수도 없고 해서 일단 데리고 돌아왔어요."

 "그래도 그렇지. 애를 데리고 오면 어떡해? 차라리 시설 같은 데 맡겨야지."

 "그 생각까지는 못 했네. 하루는 내가 임보(임시 보호)해야지요, 뭐."

 "저기, 명선아. 임보는 좋은데, 너 형편이 그럴 수가 없잖아. 애가 둘인데 큰애는 아파서 누워 있고, 작은애는 한창 저지레하고 다닐 때인데 이렇게 갓난아기를 어떻게 또 맡으려고 해?"

 그러자 명선이 고개를 푹 숙이고는 변명하듯 웅얼거렸다.

 "응, 그래서 언니한테 온 거예요. 잠깐만 맡아 주면 안 될까요? 내가 애들 하원시키고 밥 먹이고 애들 아빠한테 애들 맡겨 놓고 애 데리러 올게요. 그때까지만 봐 줘요, 응?"

 명선의 사정을 뻔히 아는 플렉스로서는 매몰차게 안 된다고 거절할 수가 없었다.

'어쩔 수 없는 상황이니…….'

"알았어. 애도 참 딱하네."

플렉스는 결국 명선의 부탁을 들어주기로 했다. 명선은 연신 고맙다고 인사하며 집으로 돌아갔다.

"아니, 근데 얘는 왜 이렇게 안 와? 시간이 몇 시인데."

금방 오겠다던 명선은 밤이 되어서까지 올 기미가 보이지 않았다. 자신의 아이도 아직 어린데 모르는 아기까지 돌보려니 플렉스도 힘들고 지쳐 갔다.

딩동-

플렉스가 슬슬 짜증이 치밀 무렵, 명선이 그녀의 집 벨을 눌렀다. 플렉스의 집에 들어온 명선은 깊은 한숨을 내쉬며 말했다.

"언니…… 이 아기, 남편 아이래요."

"응? 이게 무슨 소리야?"

"알고 보니까 남편이 바람을 피워서 이 애가 생겼는데, 낳은 여자가 키울 능력이 안 됐나 봐요. 나를 따라다녔는지 어쨌는지…… 아주 계획적으로 아기를 나한테 맡기고 도망간 거래요."

명선의 이야기를 듣는 플렉스는 제 귀가 의심스러웠다. 무슨 막장 드라마도 아니고 이런 걸 실제로 보게 될 줄은 꿈에도 몰랐다.

"그래서 명선아, 넌 남편이 용서되니?"

"아니, 용서 안 될 것 같아요……."

"그래. 그것도 그렇지만, 지금 네 형편으로는 이 아기까지 도저히 못 키워. 지금도 너무 힘든데 그 아이를 어떻게 키우려고 그래. 그냥 좋은 데 입양 보내는 게 아기한테도 좋을 거야."

플렉스는 진심으로 명선과 아기를 걱정하며 조언했다. 넉넉하지 못한 형편의 명선이 이 아기를 키우는 것도 힘들고, 아기 역시 그런 환경에서 자라는 것보다 넉넉한 집에 입양되는 편이 나을 터였다. 그러나 이어서 명선의 입에서 나온 말은 플렉스를 기함하게 했다.

"근데 언니. 나 실은 여자 아기 키워 보고 싶었어요. 남편도 자기가 잘못했다고 앞으로 나한테 잘하겠다고 하고. 그러니까 용서하고 이 아기 잘 키워 보고 싶어요."

"뭐, 뭐라고?"

플렉스는 어이가 없어서 입만 벌린 채 명선의 말을 듣고만 있었다. 눈치를 보니 자기가 아무리 뜯어말려도 명선은 아기를 키울 마음을 굳힌 것 같았다.

'하긴, 남편 아기라니 완전히 남도 아니고. 내가 뭐라고 계속 말려.'

"그래. 네가 그렇게까지 말하니……."

"그래서 말인데 아기 출생신고 보증인……."

"아니, 안 돼. 난 무슨 일이 있어도 무슨 보증이든 안 서. 미안해."

산부인과에서 태어나는 대부분의 아기들은 병원에서 보증인이 되어 준다. 만약 집에서 출산했다면, 출산 시에 함께 있었던 조산사나 가족 등 출산 보증인이 2명 있어야 했다. 그런데 이 아이는 아직 출생신고도 안 되어 있어서 신고를 하려면 보증인이 필요했다. 남편의 외도를 감추려는 건지 명선은 자기가 낳은 친자로 출생신고를 할 생각에 플렉스에게 보증인이 되어 달라고 요청한 거였다. 그러나 플렉스가 딱 잘라 거절하자 더는 부탁하지 않았다.

며칠 후, 플렉스는 어린이집 원장 선생님과 이야기를 나누었다.

"명선 씨랑 친하시죠? 거기 남편이 밖에서 낳아 온 아기, 출생 보증인을 저랑 다른 선생님이 섰어요. 출생신고가 되어 있어야 병원에 갈 수 있는데, 보증인을 못 구해서 쩔쩔매더라고요. 그래서 할 수 없이 저랑 저기 선생님이 보증인 서 줬어요. 별일은 없겠지요?"

"아, 네…… 그거 안 서 주셨으면 그냥 입양 절차 밟아서 입양됐을 텐데."

"그렇기는 한데, 명선 씨가 하도 매달려서…… 이젠 어쩔 수 없죠, 뭐."

안 그래도 없는 형편에 돌볼 아이가 또 하나 생긴 명선의 처지가 딱했지만, 그게 그녀의 선택이라 하니 그들로서도 더 이상 할 말은 없었다.

"언니, 이것 봐. 아기가 너무 예쁘죠? 여자애라 그런가, 몸도 연하고 더 보들보들한 것 같아요."

"그래, 참 예쁘다."

명선은 자기가 낳은 아이도 아닌데 지극정성으로 돌봤다. 목을 가누려고 힘을 주거나 배냇짓을 하며 까르르 웃을 때면 아주 껌뻑 죽으며 아기를 예뻐했다.

그런데.

시간이 지날수록 명선의 태도는 조금씩 달라졌다. 몸이 불편하여 의사표현이라고는 우는 것밖에 할 수 없는 큰아이, 돌이 지나 아장아장 걸으며 사고를 치기 시작하는 둘째 아이, 이제 겨우 100일가량 되어 막 목을 가누기 시작하는 막내. 모두가 아직 어려서 하나가 울면 나머지 둘도 따라 우는 통에 돌보는 사람도 정신없고 미쳐 버릴 것 같은 상황이 이어졌다. 남인 플렉스가 보기에도 정신 사나운데 당사자인 명선은 오죽할까. 그래서 플렉스를 비롯한 주변 사람들이 명선과 아이들을 많이 도와주었다. 플렉스도 자주 명선과 아이들을 불러 돌봐 주곤 했다.

'어? 이게 뭐야? 멍?'

플렉스의 집에 놀러온 명선이 아이를 바닥에 내려놓는데 막내 아이의 몸에 멍으로 보이는 흔적이 보였다. 그뿐이 아니었다.

"어머! 명선아! 애를 그렇게 놓으면 어떡해. 살살 앉히고 살살 들어 올려야지. 목도 받쳐 주고."

명선은 막내 아이를 마치 인형처럼 다루었다. 번쩍 들어 올리기도 하고 '쿵' 하고 던지듯 내려놓기도 다반사였다.

"얘, 너 애기들 그렇게 다루면 안 돼."

"아, 그렇지. 조심할게요."

명선에게 주의를 준 플렉스가 아이들 간식을 만들어 주려고 주방에 있을 때였다.

철썩!

"으아아앙!"

난데없는 소리에 깜짝 놀란 플렉스가 거실로 달려가 보니, 명선이 솥뚜껑만 한 손으로 막내 아이의 따귀를 때린 참이었다. 작은 아기의 연하고 조그만 얼굴 가득 벌건 손자국이 남아 있었다. 화난 플렉스가 명선을 향해 고함을 질렀다.

"너 지금 뭐 하는 짓이야?"

"헉, 어, 언니. 잘못했어요. 애가 자꾸 울어서 순간적으로 욱해서 그만……."

"아무리 그래도 애기 따귀를 때리면 어떡해? 절대 그러지 마!"

그 후 명선은 꽤 조심하는 눈치였다. 그러나 막내 아이의 몸에는 미묘한 학대의 흔적이 늘어만 갔다.

시간은 흘러 추석 연휴를 맞이했다. 플렉스도 시댁과 친정, 친척집에 갔다 오며 바쁘게 보내다 마지막 날이 되어서야 비로소 좀 쉴 수 있었다.

Rrrrrrr—

"응? 누구지, 이런 시간에……? 여보세요?"

[언니! 나 명선인데! 막내한테 분유를 먹였거든요. 근데 갑자

기 토하더니 애가 숨을 안 쉬어요!]

"뭐라고? 나한테 전화를 할 게 아니라 병원부터 가야지!"

[그래, 그렇지. 병원 데리고 갈게요.]

전화를 끊은 플렉스는 놀란 가슴을 쓸어내리고는 명선의 연락을 기다렸다. 그러나 왜인지 명선에게서는 전화가 오지 않았고 걱정된 플렉스가 계속 전화를 걸었지만, 도통 받지 않았다.

걱정된 플렉스는 몇 번이고 전화를 걸었다. 그러기를 한참 후에야 명선이 전화를 받았다.

[언니, 나 지금 바빠. 뭐 하는 중이야. 내가 다시 걸게.]

하지만 시간이 지나도 명선은 플렉스에게 전화를 걸지 않았다.

다음 날이 지나고, 그다음 날 오후 무렵이었다. 전화가 한 통 걸려왔다.

명선의 전화인 줄 알았는데 뜬금없이 경찰이 플렉스에게 전화를 걸었다.

[경찰입니다. 혹시 김명선 씨 아십니까?]

"네, 아는데요. 무슨 일이 생겼나요?"

[김명선 씨 막내딸이 어떻게 됐는지 혹시 아십니까?]

"아뇨, 그저께인가 아프다고 전화가 오기는 했는데…… 지금 연락도 안 되고 들은 게 없어요."

플렉스의 당황한 대답을 가만히 듣고 있던 경찰이 건조한 목소리로 대답했다.

[그 아기가 지금 뇌사 상태에 **빠졌습니다**.]

잠시 후 경찰이 플렉스의 집에 찾아왔고 그녀는 조사를 받아야 했다. 그러면서 경찰에게서 사건의 전말을 듣게 되었다.

그날 전화를 끊은 명선은 막내딸을 데리고 병원으로 갔다. 진찰하는 과정에서 아기의 온몸에 가득한 멍이며 폭행의 흔적을 의심한 의사가 경찰에 신고했다. 그래서 경찰이 주변 인물을 조사하러 나온 거였다. 경찰은 플렉스에게 명선에 관해 여러 가지를 질문했다.

"김명선 씨가 데리고 온 아기, 남편의 아이라고 한 게 맞습니까? 그렇게 들으셨어요?"

"네, 사연은 좀 있지만, 남편의 아이였다고 하던데요."

플렉스의 대답을 들은 경찰이 아랫입술을 내밀며 불퉁한 목소리로 말했다.

"흠. 그 아이, 김명선 씨의 남편 친자가 아닙니다."

"뭐라고요? 그럼 누구 아이라는 거예요? 대체 어디서 데리고 온 거래요?"

플렉스가 깜짝 놀라 묻자 경찰도 난감한 표정을 지으며 대답했다.

"불법 사이트에 들어가서 여아 입양한다고, 반드시 여아만 희망한다고 글을 올렸답니다. 마침 연락이 닿은 사람이 있었고 홍천까지 가서 데리고 온 거랍니다."

플렉스는 놀라 벌어진 입을 다물 수가 없었다.

"그럼 명선이 남편은요? 자기 아이도 아닌데, 자기 애라고 거짓말까지 해서 출생신고까지 했는데. 어쩜 저희한테도 한마디도 안 하고! 능력이 안 되면 키우지 말아야지. 어쩜 그래요! 강아지도 아니고, 아무리 명선이가 졸랐어도 안 된다고 했어야죠!"

"안 그래도 출생신고 보증 건 때문에 원장 선생님이랑 선생님, 조사받으시게 됐습니다."

명선의 순한 겉모습만 보고 호의를 베풀었던 원장 선생님과 다른 선생님은 그야말로 날벼락을 맞았다.

원장님과 선생님을 취재하려는 기자들로 어린이집 앞은 엉망진창 북새통이었다. 아이들이 오가는 데 불편할 정도였다. 며칠이면 잦아들 줄 알았는데, 날마다 기자가 찾아오고 시끄럽게 구는 통에 부모들 항의도 이만저만이 아니라고 했다.

플렉스는 원장님의 얼굴을 보고 이야기하고 싶었지만, 도통 만날 수 없어서 전화를 걸었다.

"선생님, 애기 병문안 가고 싶은데요."

[아유, 오지 마세요. 지금 난리도 아니에요…… 오면 괜히 붙잡고 힘들게 할 수 있어요. 오지 마세요.]

"……네. 그나저나 아기 상태는 어떻대요?"

[아이고, 세상에 어쩜 사람이 그래요? 아기 머리에 금이 갔더래요. 그래서 경찰이 왜 애 머리에 금이 갔냐고 추궁하니까, 둘째 애가 장난치느라 장난감 망치로 때렸다는 거예요. 그게 말이 돼요? 애들 장난감 망치로 애가 때렸는데 머리에 금이 간다는

게. 게다가 머리에도 멍이 들어 있고, 팔뚝이랑 안 보이는 데에도 멍이 있더래요. 우리더러 왜 그걸 못 봤느냐고 묻는데, 둘째가 막내랑 장난치면서 그런 거라고 했거든요. 아니, 아이 엄마가 하는 말을 믿지 뭐라고 해요?]

선생님은 몹시 답답하셨는지 울먹이면서도 플렉스에게 미주알고주알 모두 이야기해 주었다.

얼마 후 어린이집은 끝내 문을 닫고 말았다. 그러나 더한 반전이 남아 플렉스의 뒤통수를 때렸다. 알고 보니 아픈 큰아이 역시 남편의 아이가 아니었다.

남편과 결혼하기 전 동거할 당시, 남친이었던 남편이 헤어지자고 했다. 명선은 남편과 헤어질 마음이 없었고 임신했다며 거짓말을 하여 붙잡았다. 하지만 없는 아이를 어떻게 낳는단 말인가. 명선은 임신한 척 꾸미고 시간을 끌다가 불법 사이트에서 갓 태어난 남자아이를 구하여 남편을 속였다고 한다.

본래 아픈 아이를 데리고 왔던 건지, 혹은 키우다가 학대하여 아프게 된 건지는 알 수 없었다.

가여운 막내 아기는 병원에서 80일 정도를 더 살다가 끝내 하늘나라로 가고 말았다.

이후 명선과도, 그녀의 남편과도 혈연관계가 없던 큰아이는 보호시설로 보내졌고 남편의 친자인 둘째 아이만 남편이 데리고 갔다. 명선은 그 일로 실형을 선고받았다. 순전히 좋은 마음으로 출생신고의 증인이 되어 주었던 원장 선생님은 어린이집 문을 닫고 여러 사람한테 시달려야 했다.

플렉스는 도저히 명선의 행동이 이해되지 않았다.

"아이가 셋이면 나라에서 양육비가 나오기는 하잖아. 하지만, 그거 몇 푼 된다고?"

"그러게. 그 돈 받아서 애 셋을 케어한다고? 그건 아니지."

친구들과 이야기를 나눠 봤지만, 도무지 이해되지 않았다.

플렉스나 주변 사람들이 궁금해할 때, 마침 명선과 인터뷰를 한 기자를 만날 수 있었다.

기자가 명선에게 물었다.

"김명선 씨, 왜 그런 짓을 저질렀습니까?"

"남편이 친자식보다 입양한 딸아이를 더 예뻐하고, 아이가 남편과 똑같이 생겼다는 주변 사람의 말에 화가 나서 딸을 학대했습니다."

기자에게 명선은 기막힌 거짓말을 늘어놓았다. 그러나 그것은 변명에 불과했다.

분명 플렉스도 몇 번 그런 말을 한 적이 있었다.

"어머나, 아이들이 아빠 많이 닮았다."

"아, 아빠 닮았네, 이쁘다. 이쁜 짓 많이 하네."

아이들 얼굴이야 자라면서 열두 번도 변한다. 그 사이 아빠를 닮기도 하고 엄마를 닮기도 하는 법이다. 그리고 명선네 사정을 아는 주변 사람들은 그조차도 듣기 좋으라고 한 말이었을 뿐이다. 그런데 명선은 그걸 빌미 삼아 기자에게 변명이랍시고 늘어놓은 거였다.

결국 명선은 8년의 실형을 살게 되었다. 그 사건은 한때 인터넷을 뜨겁게 달구기도 했었다.

플렉스는 지금도 가끔 그 일을 떠올리면 온몸에 소름이 돋곤 한다.

그녀는 도대체 왜 그런 짓을 벌인 거였을까……? 어쩌면 명선은 자기가 만든 세계에서 자신만의 망상 속에서 살고 있는 것은 아니었을까?

명선처럼 인간의 모습을 한 악마는 바로 우리 주변에서 버젓이 살아가고 있을지도 모른다…….

공장에서 만난
정체불명의 언니

팔
레
트

    오로지 대학 합격만을 목표로 정신없는 10대를 보낸 팔레트는 정작 대학 입학 후에야 자신의 적성에 관해 진지하게 고민하게 됐다. 다들 그런 거라며 위로해 주었지만, 이미 시작된 팔레트의 때늦은 방황을 멈출 수는 없었다.

    결국 고민 끝에 팔레트는 대학에 휴학계를 내기로 결심했다.

    "엄마, 아빠. 나 1년만 휴학할게요. 생각 좀 정리하고 나서 뭘 해도 해야 할 것 같아요."

    "……그래. 1년쯤 늦는다고 큰일 안 난다. 쉬면서 생각 정리도 하고 미래 설계도 해 봐라."

    다행히 부모님은 팔레트의 결정을 지지해 주셨다. 혹시 반대하시면 어쩌나 걱정했는데 믿어 주시니 마음이 한결 가벼워졌다.

    휴학 신청 후 팔레트는 알바를 하기로 했다. 휴학계를 냈다고 집에서 빈둥거리면 시간이 너무 아까울 것 같았기 때문이다. 우선 몸을 쓰는 일이라도 하면서 바쁘게 사는 편이 좋을 거라 생각했다.

그녀는 구직 사이트를 뒤져 몇몇 생산직에 지원했다. 구직난이라 떠들지만 생산직은 늘 일손이 부족하다더니 금세 전화가 오고 면접을 보러 오라 했다.

형식적인 면접을 보고 나자마자 합격 전화를 받았다.

[팔레트 씨죠? ○○실업 면접 보셨고요. 합격입니다. 내일 바로 출근하세요.]

"감사합니다!"

전화를 끊은 팔레트는 거울을 보고 조용히 혼잣말을 했다.

"몸 쓰는 일을 하면 머리를 비울 수 있을 거야. 차근차근 내 길을 찾아보자."

거울 속 팔레트의 표정이 퍽 다부져 보였다.

조금 긴장된 기분으로 한 첫 출근이었다. 근무 시작 시간은 8시였지만, 준비 시간 때문에 20분 정도 일찍 가야 했다.

대학에 다니면서 편의점이나 호프집 등에서 단기 알바를 한 적은 있지만, 이처럼 체계적이고 규모가 있는 직장에서 직장 생활하는 것은 처음이었다.

"자, 오늘 새로 온 팔레트 씨입니다. 신입이니까 다들 많이 도와주세요."

"안녕하세요, 저는 스물한 살 팔레트입니다. 앞으로 잘 부탁드립니다."

"어서 와요!"

짝짝짝!

자기소개와 환영 인사가 끝나자 주임이 팔레트의 사수를 정해 주었다.

"이분한테 설비를 배우세요. 주의사항 같은 거 잘 기억하시고요."

사수는 팔레트에게 간단한 인사를 한 후 바로 그녀가 할 일을 알려 주었다.

"신입이니까, 당분간은 쉬운 일 위주로 하게 될 거예요. 들으셨겠지만 우리 일이 먼지 같은 거 들어가면 안 되니까, 방진복, 방진모 꼭 쓰셔야 하고요. 휴대폰 액정은 민감한 부품이라 먼지 들어가지 않게 조심해야 하거든요."

팔레트가 방진복과 방진모를 사수에게서 건네받아 주섬주섬 착용하는 동안 사수는 계속해서 주의사항 등을 알려 주었다.

"한 시간 일하면 10분 휴식 줘요. 점심시간은 12시부터 1시까지. 정해진 시간 외에는 이동 금지입니다. 급한 볼일 있을 땐 허락 받고 가세요."

사수의 설명을 열심히 들으며 일을 배우는 동안 휴식 시간 벨이 울렸다.

Rrrrrrr—

"흐아…… 삭신이 쑤신다. 좀 쉬자……."

처음 하는 일이라 잔뜩 긴장한 덕분에 얼마 일하지도 않았건만 벌써 녹초가 되어 버렸다. 팔레트는 휴식용 의자에 눈을 감고 널브러져 있었다. 그녀의 앞에 누군가 와서 서더니 말을 걸었다.

"얘."

"……네?"

눈을 떠 보니 앳된 얼굴의 통통한 여자 하나가 그녀를 내려다보며 말을 걸었다. 새하얀 얼굴에 쌍꺼풀액으로 만든 어색한 쌍꺼풀, 그 밑에는 갈색 눈동자가 있었다. 그런데 머리카락은 일부러 새까맣게 염색을 하는 건가 싶을 정도로 새까만 색이었다.

'중학생인가? 아니, 여기 성인들만 일하는 데 아니었나?'

생각이 정리되지 않은 팔레트가 계속 멍하니 여자를 바라보았다. 그러자 여자가 다시 물었다.

"난 장아영이라고 해. 너 담배 피우니?"

'언제 봤다고 반말이야? 아, 나 내 나이 깠지. 하긴 여긴 어른들만 일하는 곳인데 나보다 나이가 많으니까 놓는 거겠지.'

일단 눈앞의 여자가 연상이라는 생각에 팔레트는 자세를 고쳐 앉으며 대답했다.

"아, 예, 뭐 좀 피워요."

사수 말고는 아직 아는 사람이 하나도 없는데 선뜻 다가와서 말을 걸어 주는 게 괜스레 고마웠다. 대학 들어가자마자 담배를 배운 게 다행이다 싶을 정도였다.

"아, 다행이다. 그럼 우리 담배 피우러 가자."

여자는 팔레트를 자연스레 이끌고 흡연 장소로 갔다.

'오, 나도 회사 친구 생기는 건가?'

은근히 들뜬 팔레트는 그녀의 뒤를 따라 나갔다. 그동안 친구나 부모님에게는 할 수 없었던 이야기라도 나누게 될까 싶어 설레기까지 했다. 드라마에 보면 회사 언니에게 상담하는 장면들이 나오곤 했는데, 팔레트에게는 그게 은근히 로망이었다.

그런데 흡연 장소로 간 아영은 담배를 피우면서 이어폰을 낀 채 통화만 했다.

'쉬는 시간이 짧으니 담배 피우면서 통화도 하는 모양이네.'

팔레트는 아무 말 없이 아영이 전화 통화하는 것을 들으며 휴대폰만 만지작거렸다.

그렇게 쉬는 시간 내내 아영은 혼자 전화 통화를 하고 팔레트는 담배를 피우며 휴대폰만 보다 들어왔다. 조금 김이 빠졌지만 좋게 생각하기로 했다.

'그래도 이렇게 말 걸어 주는 게 어디야.'

업무 시작 벨이 울리기 직전이었다. 아영이 팔레트에게 다가와 물었다.

"너 밥은 먹니? 점심 말이야."

"저요? 저 점심은 안 먹어요. 소화가 잘 안 돼서."

"그래? 잘됐네. 나도 점심 안 먹거든. 그럼 그 시간에 같이 담배나 피우자."

"네, 그래요."

곧 업무 시작 벨이 울리고 다시 각자의 자리에서 일에 몰두했다.

오전 업무 시간이 끝나고 점심시간이 되었다. 식사를 하지 않는 둘은 함께 흡연 장소로 향했다. 그런데 아영은 이번에도 가는 내내 전화 통화를 하더니 담배를 피우면서도 내내 팔레트에게는 말을 걸지 않고 혼자 통화만 해 댔다.

'이게 뭐야. 나는 꿰다 놓은 보릿자루인가.'

옆에 팔레트를 앉혀 놓고는 자기 통화만 하는 통에 팔레트는 약간 기분이 상했다. 대체 무슨 통화를 하길래 계속해서 혼자 떠드는 건지 궁금하기도 했지만, 물어볼 수도 없었다.

한참 아영의 통화 모습을 멀거니 보던 팔레트는 먼저 들어가기로 했다.

"언니, 저 먼저 들어가요."

쓸데없는 생각을 하기 싫어서 생산직에 지원했고 덕분에 일은 쉬지 않고 할 수 있었다. 원래 오후 5시면 정규 업무는 끝나지만, 잔업이며 야근도 있었다. 그 사이사이 쉬는 시간까지 아영은 팔레트를 데리고 나가 담배를 피우며 혼자 통화를 했다.

'저 언니 뭐야······.'

다음 날, 팔레트가 출근해 보니 아침부터 팀장님이 직원 개별 면담을 한다고 했다. 팔레트가 사수에게 묻자 원래 그냥 하는 거라고 대답했다.

'오, 여기 되게 좋은 데인가 봐. 팀장님이 불러서 면담도 하고. 사원들 신경을 꽤 써 주는 모양이네?'

팔레트는 괜히 두근두근하며 자기 차례를 기다렸다. 그러고 잠시 후 그녀의 차례가 되었다.

"일은 할 만합니까?"

"아, 네."

그러고 보니 입사한 지 오늘로 이틀째였으니 달리 물어볼 것도, 대답할 것도 없었다. 꽤 길게 면담하는 다른 직원과 달리 팔레트의 면담은 금세 끝났다.

쉬는 시간이 되자 또다시 아영이 담배를 피우자며 팔레트를 찾아왔다.

'설마 오늘도 어제처럼 나 데려다 놓고 전화만 하지는 않겠지?'

그러나 아영은 그 기대를 부수듯 팔레트를 옆에 앉혀 놓고 혼자 통화만 했다.

'……진짜 저 언니 뭐지? 희한한 사람이네?'

그렇게 일주일 내내 아영은 팔레트를 데리고 나가 혼자 통화를 하고 팔레트는 그것을 구경만 하다 들어왔다.

일주일이 지났다. 첫 주는 주간조였지만, 그다음 주는 야간조였다. 생전 밤에 일을 해 본 적이 없었는데 갑자기 야간근무를 하려니 몹시 피곤했다.

'와, 힘드네. 쉬는 시간에 안 나가고 자리에서 쉬어야겠는데.'

그때 마침 아영이 팔레트에게 왔다.

"언니, 저 야간에는 좀 피곤하네요. 처음이라 그런가 봐요. 그래서 야간조일 때는 그냥 자리에서 쉬려고요. 흡연은 점심시간이랑 저녁에만 해도 될 것 같아요."

아영은 잠시 아무 말 없이 팔레트를 빤히 바라보았다. 잘못한 것도 없는데 죄책감이 느껴질 정도였다.

'왜 저렇게 빤히 봐……?'

"그래? 알았어."

한참을 그렇게 보던 아영은 팩 토라진 듯 혼자 나가 버렸다.

그 후 그녀는 팔레트의 인사를 못 본 채 지나치기 시작했다. 처음에는 못 봤나 보다 싶어 아영이 보일 때마다 인사를 했지만, 아영은 여전히 팔레트를 무시했다.

'뭐야, 담배 피우러 같이 안 나갔다고 저러는 거야? 기분이 많이 상했나? 아니, 근데 내가 장식품도 아니고 데리고 나가서는 혼자 떠들 거면서. 어쩌라고. 나도 몰라!'

그동안 팔레트 역시 기분이 좀 상했었는데 이참에 아예 모른 척하기로 했다.

몇 개월이 지나고 팔레트도 그사이 사람들과 안면도 트고 웬만큼 일에 익숙해졌다. 정규 업무 시간이 끝나고 잔업 시간에 청소를 하던 중이었다.

"오늘은 누가 쓰레기통 비울래?"

쓰레기 치우기는 따로 당번이 정해져 있지 않았다. 대신 그날 그날 시간 여유가 되는 사람이 버리기로 암묵적인 합의가 되어 있었다.

그런데 아영은 팔레트가 일하러 온 후로 단 한 번도 쓰레기통을 비운 일이 없었다. 바쁘면 그럴 수도 있다 이해할 수 있는데, 뭐 대단한 일을 하는 것도 아니고 회사에서 나눠 준 다이어리에 낙서를 하거나 혼자 딴짓을 하는 것 같은데 말이다. 팔레트가 인지를 하고 있을 정도니 다른 팀원들도 당연히 알고 있었고 고깝게 여기고 있었다.

오늘은 유독 그 모습이 눈에 거슬렸는지 언니 하나가 팔레트에게 슬쩍 말했다.

"팔레트야, 네가 쟤랑 그래도 좀 친했었으니까, 쓰레기 버리는 거 한번 말 좀 해 보지 않을래?"

"네, 제가 오늘 이거 비우면서 슬쩍 말해 볼게요."

꼭 아영 아니라도 간혹 일하다 딴짓을 하거나 농땡이를 피우는 사람은 있었다. 팔레트 자신도 일에 익숙해진 후로는 눈치껏 농땡이를 부리기도 했으니까. 그러나 아영은 그 정도가 좀 심한 편이었다. 실제로 대리나 주임에게 걸려 야단을 맞는 일도 종종 있었다.

팔레트는 쓰레기통을 비우러 가면서 아영에게 가볍게 말했다.

"언니, 다음번에는 언니가 쓰레기통 좀 비워 주지 않을래요?"

그러자 아영은 하던 일을 딱 멈추더니 벌떡 일어나 사무실로 들어갔다.

"어? 뭐지?"

팔레트는 어리둥절했지만 일단 쓰레기통을 비우고 돌아왔다. 그러나 그녀가 돌아온 후에도 아영의 자리는 비어 있었다. 아영은 퇴근 시간 무렵에야 나타났다. 그리고 그녀가 나타난 후 주임이 팔레트를 사무실로 불렀다.

"팔레트 씨, 혹시 아영 씨한테 무슨 말 했어요?"

"네, 쓰레기통 좀 비워 줄 수 있냐고요. 왜요?"

"아까 아영 씨가 와서 자기가 쓰레기를 맨날 제일 열심히 성실하게 치우는데 갑자기 팔레트 씨가 자기한테 와서 쓰레기를 왜 안 치우냐면서 화를 냈다고 그러더라고요."

"네에?"

주임의 말을 듣던 팔레트는 기가 막혀 입만 벌리고 있었다.

"그런데 아영 씨가 이전에도 사람들과 트러블이 많기는 했어요. 대충 팔레트 씨 기분은 알겠는데 나는 관리자다 보니까 팔레트 씨의 얘기도 들어야 되고 아영 씨 얘기도 들어 보고…… 둘의 입장을 들어 봐야 하거든요."

주임도 영 상황을 모르는 눈치는 아니었다. 그래서 팔레트는 마음을 가라앉히고 전후 상황을 차분하게 설명해 드렸다.

"근데 그 언니 입장에서는 충분히 기분이 상할 수도 있겠어요. 어쨌든 쓰레기를 좀 제대로 버려 달라고 잔소리로 들릴 수도 있으니까요. 일단 말을 꺼낸 것도 저고요."

"그래요, 알겠어요."

팔레트의 조리 있는 설명으로 주임은 상황을 파악할 수 있었다. 그러나 사무실을 나서는 팔레트는 영 기분이 좋지 않았다.

'내가 언제 화를 냈어? 그보다 그 언니가 언제 쓰레기를 치웠어? 한 번도 안 치웠으면서. 그뿐이야? 내가 그래도 볼 때마다 인사했잖아. 그거 쌩깐 게 누군데? 재수 없어, 진짜.'

뜬금없는 오해를 받은 팔레트는 꽤 마음이 상했다. 그 후 팔레트도 더는 아영을 알은척하지 않았다.

그런 와중에도 팔레트는 새로운 친구를 사귀었다. 동갑내기 친구 민정은 팔레트와 마음이 잘 맞아서 함께 술도 마시고, 밥도 먹고 서로의 집에 놀러 가기도 할 정도로 친해졌다.

어느 날, 퇴근 후 민정과 술을 마시던 중 문득 아영과의 일이 떠오른 팔레트가 그녀에게 이야기를 시작했다.

"내가 처음에 일하러 왔을 때, 아영 언니가 담배 피우러 가자 해 놓고는 혼자 통화만 하는 거야."

"저기 팔레트야, 그 언니 이야기 안 하면 안 될까? 그 언니 이야기 듣기 싫거든."

믿었던 친구인 민정이 정색하며 말하자 팔레트는 조금 당황스러웠다.

"어, 어? 왜?"

"말하기는 좀 그런데…… 그냥 그 언니 이야기 듣기가 싫어."

평소 서로의 개인적인 이야기까지 나누던 민정이 이렇게까지 나오는 걸 보니 뭔가 있구나 싶어졌다.

'애도 뭔가 당했나 보다. 이렇게까지 나오는 거 보니 별로 이야기하고 싶지 않은 일을 겪은 모양이야.'

"그래, 알았어. 듣기 싫다는데. 안 할게."

이후 팔레트는 민정에게 아영의 이야기를 절대 하지 않았다. 그러면서 아영과는 더욱 멀어졌다.

그사이 민정은 다니던 곳을 퇴사하고 다른 직장으로 옮겼다.

팔레트가 직장에 다닌 지 10개월쯤 되었을 때였다.

그녀는 생산직이었는데 한 라인에 설비가 3대, 설비 하나당 작업자는 한 명이었다. 절대 작업자를 함께 붙여 놓지 않는 구조였다. 팔레트의 자리는 위치 탓에 지나다니는 사람을 다 볼 수가 있었다.

팔레트가 출근해 보니 4라인 구석 자리의 다른 작업자가 작업을 하고 있었다. 그런데 그 뒤에서 아영이 책상 앞에 앉아 다이어리에 막 뭘 끼적이고 있었다. 궁금해진 팔레트가 친한 언니에게 물었다.

"뭐야? 뭐 하는 거야? 아영 언니 왜 저러고 있어요?"

"응, 쟤 좀 일찍 와서 면담을 한 모양이야. 정신적으로 힘든 일이 있는데 결근할 수는 없어서 나온 거래. 일이 손에 안 잡혀서 설비 작업을 못 하겠다고 했다나 봐. 그래서 배려해 준다고 보조 업무를 맡겼대."

그러나 말이 좋아 보조 업무지 아영은 아무것도 하지 않고 다

이어리에 낙서만 줄창 하고 있었다. 다들 그 꼴이 밉살스러웠지만, 아무 말 하지 않고 자기 일에 열중했다. 아영과 엮여서 좋을 일은 없었으니까.

한창 일하고 있는데 아영이 갑자기 울면서 사무실로 들어갔다.

'어? 뭐지? 왜 또 울어? 또 뭔 일이야?'

잠시 후, 팀장님이 개별 면담이 있다고 했다. 그러면서 가장 먼저 팔레트를 불러들였다.

"팔레트 씨, 3라인에서 일하죠? 혹시 4라인에서 무슨 레이저 빨간빛 같은 게 돌아다니는 걸 봤나요?"

"레이저요?"

"네, 레이저처럼 빨간 불빛 돌아다니는 거 봤어요?"

"아뇨. 그런 거 못 봤는데요? 무슨 일인가요?"

팔레트가 팀장에게 되물었다. 그러자 팀장이 난처한 듯 설명해 주었다.

"아영 씨가 일을 하고 앉아 있는데 자기 앞에 있는 작업자랑 본인을 제외한 옆의 설비 두 대에서 작업하는 작업자 두 명이 자기한테 레이저를 막 쏘면서 웃으면서 욕을 했다고 하더라고요."

"아뇨. 그럴 리 없어요. 그 언니들이 얼마나 좋은 분들인데요. 장난으로라도 욕 한마디 하는 걸 못 들었는걸요? 게다가 저희는 클린룸에서 일하는데 어떻게 그런 걸 갖고 들어가요?"

"그렇죠? 하…… 나가 보세요."

팀장은 한숨을 내쉬며 팔레트를 내보냈다. 이어 다른 팀원도 사무실로 들어갔다.

뒤숭숭한 시간이 지나고 퇴근 시간이 되었다. 몇 달간 말 한마디 않던 아영이 갑자기 팔레트를 불렀다.

"팔레트, 잠깐 이리 와 봐."

"왜요, 언니?"

"너 아까 그 4라인에서 일했던 언니 두 명이 나한테 레이저 쏘는 거 못 봤어?"

"레이저? 저 못 봤는데요."

못 봤으니 못 봤다고 한 것뿐인데, 아영은 마치 팔레트가 거짓말이라도 한다는 듯 추궁했다.

"네가 왜 못 봐? 네가 제일 잘 보이는 자리인데?"

이쯤 되자 팔레트도 슬슬 열이 뻗쳤다.

"언니. 저 진짜 못 봤어요."

"어떻게 못 볼 수가 있어? 그럼, 넌 내가 거짓말한다는 거야?"

"아니요. 언니가 거짓말한다고 생각은 안 해요. 하지만 그 언니들도 그렇게 했다고 생각 안 해요. 그냥 언니가 뭘 잘못 본 거 아니에요?"

"내가 잘못 봤다고? 너 정말 그렇게 생각해?"

생각보다 이야기가 길어지고 있었다. 통근버스를 타야 하는데 아영은 팔레트를 도무지 놓아줄 기미가 보이지 않았다. 짜증이 치민 팔레트는 아영의 말을 끊고 싶었다.

"저는 언니가 잘못 봤다고 생각해요. 저 통근버스 타야 해요.

가요."

 아영이 어떤 표정을 짓는지 보지도 않고 팔레트는 얼른 통근 버스를 향해 달렸다.

 '진짜 별꼴이야.'

 퇴근 후 팔레트가 집에 도착했다. 그녀의 방에는 어린 시절 언니랑 함께 쓰던 2층 침대가 있다. 언니는 독립해서 나갔기 때문에 더는 2층 침대가 필요하지 않았지만, 팔레트는 그 침대를 좋아해서 일부러 사용하고 있었다.

 팔레트가 침대의 1층에 누웠다.

 "흐아, 피곤하다……."

 일이 힘든 데다 아영까지 신경 쓰이게 해서 더욱 피곤했던 팔레트는 금세 잠에 빠졌다.

 '으으, 괴로워. 또 가위눌렸나…….'

 평소 별나게 가위에 잘 눌리는 편이었던 팔레트는 또 가위에 눌렸다. 워낙 가위에 자주 눌리기도 하고 그럴 때마다 헛것을 보곤 했다. 하도 자주 눌리는 통에 이제는 별로 무서워하지도 않고 도리어 '오늘은 뭐가 보이려나' 하며 눈을 빼꼼 떴다.

 '헉! 아영 언니?'

 팔레트가 본 것은 침대 2층에서 거꾸로 몸을 내민 채 팔레트에게 레이저를 쏘는 아영의 모습이었다.

 〈이래도 정말 그렇게 생각해? 이렇게 해도 네가 정말 그렇게

생각하느냐고!〉

아영은 침대에 거꾸로 매달린 채 팔레트의 얼굴에 레이저를 마구 쏘아 댔다.

'으아악!'

팔레트는 가위에서 풀리려고 새끼발가락에 힘을 주었다. 그런데 새끼발가락에 힘을 주자 귀에서 '삐―' 하는 이명 같은 것이 들리면서 아영이 쏘아 대는 빛이 더욱 밝게, 더욱 정확하게 팔레트의 눈을 향하는 느낌이었다. 그러나 팔레트는 필사적으로 몸에 힘을 주어 간신히 가위에서 풀려났다.

"하, 하. 뭐야. 역시 또 헛것 본 거네. 그런데 아는 얼굴이 나타나니까 더 무섭다."

팔레트는 이불을 주섬주섬 들고 거실로 나가 다시 잠을 청했다.

억지로 자고 깨니 몸도 마음도 무겁기만 했다.

"결근하면 안 되겠지……."

팔레트는 무거운 몸을 일으켜 힘겹게 출근했다. 그런데 출근하자마자 하필 아영과 딱 마주쳤다.

"팔레트, 잘 잤니?"

'……?'

벌써 몇 달이나 인사를 해도 받아 주지 않고, 간밤에는 귀신 꼴로 나타난 아영이 반갑게 인사를 건네는 모습이 낯설었다.

"주야 힘들지? 주야 힘드니까 잠도 잘 안 오지 않아? 밤잠 바꾸는 거 힘들지 않아?"

'이제 와서?'

몇 달이나 무시하더니 갑자기 살갑게 그런 것을 묻는 게 꼴사나웠지만, 싸움을 하기는 싫었던 팔레트는 대충 대답해 버리고 말았다.

"아, 뭐 그냥 괜찮아요."

'어우 왜 저래. 별로 마주치고 싶지도 않은데. 피해야겠다.'

그러나 팔레트는 그 후 아영과 만날 일이 없어졌다. '레이저 사건'이 꽤나 커져 버린 탓에 아영이 다른 팀으로 발령이 난 것이다. 그 외에도 평소 트러블을 많이 만들었던 탓에 아영은 어디에서도 환영받지 못했고 이런저런 말썽을 일으키다가 끝내 퇴사해 버렸다.

12월 31일은 생산직 전체의 대청소 날이었다. 각자 할 일을 나눠 맡았다. 팔레트가 맡은 것은 공용 캐비닛을 비우는 일이었다. 쓸데없는 것을 모두 버리라고는 하지만, 개인 물품이 있기도 하고 혹시 나중에 찾으러 올 수도 있어서 부패할 우려가 있는 것 외에는 버리지 않고 보관해 두곤 했다. 그런데 그날은 유독 회사에서 캐비닛을 전부 비우라고 했다.

팔레트는 4라인을 맡았고 4라인의 마지막 캐비닛을 비우려던 중이었다.

끼익.

"어? 아영 언니 다이어리잖아? 이거 놓고 갔나 보네."

팔레트는 무심코 다이어리를 집어 들고 펼쳐 보았다. 시답지 않은 그림도 그려져 있고, 혼잣말 같은 낙서 등으로 가득 차 있었다.

"이건 아무것도 아니야?"

옆 페이지에는 다른 말이 적혀 있었다.

"지나가면 되는 거야, 졸리다, 너는 안 졸려? ……뭐야? 이게. 낙서를 꼭 누구랑 수다 떠는 것처럼 써 놨네."

의미 없는 낙서를 훑어보던 중 어느 한 페이지에서 손이 딱 멈추었다. 페이지 하나에 눈이 여러 개 그려져 있었는데 눈의 동공이 전부 다른 곳을 향하고 있었다. 그리고 어떤 여자가 구토하는 장면도 있었는데 화장실 칸막이 위에서 그 장면을 내려다보는 듯한 그림도 있었다. 그중 하나를 본 팔레트는 소스라치게 놀랐다.

"헉!"

페이지에는 팔레트가 가위에 눌리던 날, 침대 2층에 매달린 채 그녀에게 레이저를 쏘아 대던 아영의 모습이 그려져 있었다.

그날의 가위는 팔레트가 아무에게도 이야기한 적이 없는 내용이었다. 회사 차원에서 왕따를 엄히 금지하고 있어서 무슨 일을 겪든 서로에게 공유하지 말라고 했기 때문이었다. 게다가 팔레트 역시 그날 아영과 언쟁이 있은 후에 가위에 눌린 거라 그냥 신경이 쓰여서 그런 꿈을 꾼 거라 생각하고 말았던 일이다.

너무 놀란 그녀는 도저히 진정이 되지 않아 통근버스를 타지 않고 걸어서 집까지 갔다. 추운 겨울바람을 맞으며 가는 내내 생각을 거듭하다가 결국 몇 달 전 퇴사한 민정에게 전화를 걸었다.

"민정아, 네가 아영 언니 이야기 듣는 거 싫어하는 줄은 아는데 너 말고는 내가 이야기할 사람이 없어서 전화 걸었어."

팔레트는 놀라 두근거리는 가슴을 안고 민정에게 자초지종을 설명했다.

[야, 근데 그 그림 중에 무슨 그림 있었어?]

"잘 기억이 안 나."

[나 사실 그 언니랑 일이 좀 있었어.]

민정이 그동안 피해 왔던 이야기를 조심스레 꺼냈다.

†

팔레트가 처음 입사한 날 있었던 개별 면담도 아영이 일으킨 어떤 일 때문에 한 것이었다.

민정이 전날 술을 많이 마시고 출근했는데 결국 화장실에 가서 구토를 하고 말았다. 한참이나 속을 비워 내는데 기분이 이상해서 위를 봤더니 아영이 그것을 보고 있었다. 놀란 민정은 그 당시에는 그러고 말아 버렸다. 나중에 민정이 아영에게 찾아가 물었다.

"언니, 왜 내가 토하는 장면을 보고 있었어요?"

"나는 그런 거 보지 않았어. 나는 방금 출근했는걸?"

"그래요……? 알겠어요."

그런데 이상하게도 민정이 술병 나서 변기에다 대고 토했다는 사실이 소문이 나 있었다. 민정은 아영이 한 짓이라 생각하여 따졌고 둘은 크게 싸웠다. 그러곤 얼마 지나지 않아 아영이 민정에게 와서 물었다.

"내가 너를 어떻게 봤는데?"
"언니가 그걸 본 게 문제가 아니야! 그걸 왜 소문을 내요?"
"나 통근버스 타는 거 알지?"

전날 술을 많이 마시는 바람에 집에 갈 수 없었던 민정은 통근버스가 다니지 않는 시간에 좀 일찍 회사로 들어왔었다.

한편 아영은 자신의 통근버스 탑승 앱의 내역을 보여 주며 울음을 터뜨렸다.

"어? 언니, 내가 토하던 시간에는 회사 오던 중……."

아영의 탑승 시간을 보니 민정이 토하던 시간과는 차이가 있었다. 아영이 아니었다.

"그럼, 누구지?"
"저기, 민정아 미안해. 내가 그냥 가볍게 이야기한 건데 그게 이상하게 소문이 났네."

좀 떨어진 곳에서 듣고 있던 팀원 하나가 와서 그녀에게 사과했다. 그런데 그 팀원조차도 소리만 들었지 장면을 보지는 않았다고 했다.

'이상하네, 분명 아영 언니 얼굴을 본 것 같은데.'

"아영 언니, 미안해요. 내가 오해했어요."
"나 아니라고 했잖아!"

그날 밤, 민정은 꿈을 꿨다. 꿈에서도 술을 많이 마셨는지 변기를 붙잡고 마구 토하는데 문득 방수커튼 봉을 올려다보니 아영이 자신을 내려다보고 있었다.
"흐악!"
소스라치게 놀란 민정이 꿈에서 깼다.
'무슨 꿈이 이래?'

†

민정의 이야기를 들은 팔레트는 자신이 보았던 그림을 떠올렸다. 방금 민정이 해 준 이야기에 해당하는 그림도 다이어리에 분명히 있었다. 너무 소름끼치고 무서운 일이었다.
"민정아, 우리 이건 절대 남한테 이야기하지 말자."
[그래.]
"근데 하나만 묻자. 너는 왜 그렇게 아영 언니 싫어했어?"
[그 언니 좀 무서워서…… 그 언니 맨날 혼잣말하잖아. 얼핏 보면 전화 통화하는 건데 실은 이어폰 안 꽂혀 있더라고. 그런데 마치 누구랑 대화하는 것처럼 혼잣말하는 게 너무 무서워서 싫었어.]

민정의 말을 듣고 나니 모든 퍼즐이 맞춰지는 느낌이었다.

정체를 알 수 없는 차가운 기운이 팔레트의 뒷골을 샤악 훑고 지나가는 것만 같았다.

'그렇다면 내가 가위눌리면서 본 언니는 대체 뭐였을까?'

베트남 여사장의
저주

과
자
과
자

2015년, 지훈은 한국 생활을 정리하고 베트남으로 갔다. 그 나름 큰 꿈을 안고 간 베트남의 다낭에서 한식당을 운영했다. 열심히, 부지런히 일한 덕분에 바빴지만 그만큼 빠르게 자리를 잡을 수 있었다.

'이 나라에서 이렇게 벌었으니까 나도 베풀어야지.'

착한 성품이었던 그는 주위에 있는 고아원이나 사원에 기부도 열심히 했다. 그의 진심이 통한 것일까. 근처 주민이나 스님들, 고아원 어린이들과도 제법 좋은 관계를 유지할 수 있었다.

그러던 중, 2019년 말 전 세계적으로 코로나19가 창궐했고 그의 식당 역시 타격을 받을 수밖에 없었다.

당시 베트남 정부는 어떻게든 살아 보겠다는 생각에 외국계 기업에게 갑질 아닌 갑질을 시도했고, 그 때문에 많은 기업이 베트남을 빠져나갔다. 대기업이 빠져나가고 나자 이어서 중소기업이 줄도산했으며 마침내 골목상권까지 무너지기 시작했다. 그 여파로 지훈의 가게도 그 무렵 운영이 어려워졌다.

"하, 오늘도 파리만 날리네. 아, 모르겠다. 될 대로 돼라."

늘 아침 7시면 가게 문을 열었던 지훈이지만, 장사가 안 돼도 너무 안 됐다. 자포자기한 심정으로 가게 문을 여는 시간도 뒤로 밀어 버렸다.

"여태 못 잤던 잠이나 실컷 자지 뭐."

산 입에 거미줄 치라는 법은 없는 것인지, 혹은 그가 그동안 쌓아 둔 선업이 빛을 발한 건지 고아원 선생님이나 스님들이 그를 도와주시는 덕분에 근근이 버틸 수는 있었다.

그러나 국가적, 아니 전 세계적 재난 앞에서 삶은 점점 더 어려워지기만 했다.

"오늘도 손님이 한 사람밖에 없었네……."

지훈이 텅 비다시피 한 돈통을 보며 우울하게 중얼거렸다. 하루 세 끼를 먹는 게 당연했었는데, 언제부터인가 두 끼만 먹어도 "아, 잘 먹었다."라는 말이 나올 정도로 상황이 어려워졌다. 장사가 정말 안 돼서 물로 배를 채우는 날도 있었다. 그쯤 이르자 모든 의욕이 꺾인 지훈은 한국으로 돌아갈 생각까지 하게 됐다.

"일어설 수 있을까? 아니, 한국으로 돌아갈까?"

텅 빈 가게와 돈통을 보자니 불현듯 고향이 그리워졌다. 죽어도 부모 형제가 있는 조국에서 죽어야겠다는 마음이 들었다.

"진짜 한국으로 돌아갈까?"

돌아가야겠다는 생각이 조금씩 강해지던 어느 날이었다.

쾅쾅쾅!

"……뭐지? 이 시간에? 손님인가?"

1층과 지하는 가게고 2층이 그의 살림집이었는데, 누가 이른 아침부터 1층 문을 두드리는 소리가 났다. 코로나19 유행이 오래되어 최근 그는 아침에 가게 문을 열지 않고 늦잠을 자던 중이었다. 그런데 문을 두드리다니? 놀랍기도 하고 반갑기도 하고 당황스럽기도 한 마음에 얼른 1층으로 내려가 문을 열었다.

문을 두드린 사람은 약 50대로 보이는 베트남 여성이었다.

"저, 누구시죠?"

"저기 건너편 큰 도로 아시죠? 거기 큰 건물을 제가 샀어요. 거기서 한식당을 하려고요. 인사하려고 왔어요."

'뭐? 베트남 사람이 한식당? 특이하네. 뭐, 그럴 수도 있지.'

"아, 네…… 번창하세요."

지훈은 가볍게 인사하고 여자를 돌려보낸 후 다시 안으로 들어갔다.

그런데 그날 이후, 그 여자는 일주일에 두세 번씩 지훈의 가게에 들락거렸다.

'뭐지? 저 아줌마? 이웃이라고 안면 트려고 저러나?'

그다지 예민하지 않은 성격이었던 지훈은 그 여자가 들락거리는데도 크게 신경 쓰지 않았다.

그렇게 그 여자가 들락거리고 시간이 조금 흐른 후, 지훈에게 미세한 변화가 생기기 시작했다.

"어서 오세요!"

참 오랜만에 점심시간에 손님이 두어 명 왔다. 반가웠던 지훈이 신나게 요리를 하던 중이었다.

왈그락! 우당탕! 쾅!

"으억!"

지훈이 요리를 하는 가스레인지 위쪽, 대못으로 단단히 고정시켜 둔 선반이 갑자기 무너져 내리더니 그의 머리로 그릇이며 재료 등이 쏟아졌다. 다행히 지훈은 많이 다치지는 않았지만, 놀란 가슴을 쓸어내려야 했다.

"어휴, 놀라라. 못이 헐거워졌나? 고정이 잘못돼 있었나?"

낙천적인 지훈은 놀라기는 했지만, 대수롭지 않게 여기고 말았다.

며칠 후, 지훈의 정기휴일이었다. 어차피 한가하긴 하지만, 모처럼 편한 마음으로 쉬면서 게임을 하던 중이었다.

"어? 이거 왜 이러지?"

멀쩡히 잘 돌아가던 게임기가 갑자기 버벅거렸다. 괜히 컨트롤러를 한번 두드려 보기도 하고 본체를 발로 툭툭 차 보기도 했다. 이럴 땐 전원 스위치를 껐다 켜면 대부분 해결되곤 했다. 그런데 지훈은 무슨 생각에서였는지 콘센트를 잡고 쑥 뽑았다. 그러곤 다시 꽂으려던 순간이었다.

파바박!

"으악!!"

콘센트를 뽑았다가 다시 꽂는 순간 스파크가 팍 튀더니 지훈의 팔에 불꽃이 붙었고 그만 큰 화상을 입고 말았다.

"으으으, 이게 뭐야!"

보통 그렇게 작은 스파크가 튄 정도면 부분적으로 작은 화상만 입고 마는데, 이번에는 팔의 3분의 1에 화상을 입었다. 지훈은 할 수 없이 병원에 가야 했다.

"하, 이거 요즘 운이 되게 안 좋은가 보네."

이때까지만 해도 지훈은 '그럴 수 있지'라며 가볍게 생각하고 있었다.

화상을 입고 며칠이 지났다. 텔레비전을 보고 있는데 갑자기 배가 살살 아파 왔다.

"모닝 X이로구나아."

자리에서 일어난 지훈이 화장실로 향했다. 그러나 변사또께서는 소식이 없었다.

"뭐여…… 김빠지게."

아침부터 아랫배에 기운을 썼지만 별 소득을 보지 못한 그가 바지를 올리며 화장실 문을 나섰다. 그런데 문을 나서는 순간 마치 배를 뭔가 날카로운 것이 쿡 쑤시거나 베는 듯한 강렬한 통증이 밀려왔다.

"억, 헉, 헉…… 배가 왜 이렇게 아, 프지……?"

숨을 쉬어 보려 했지만, 숨을 들이마실 때마다 마치 배가 찢어지는 것만 같은 강렬한 통증이 몰려왔다. 그는 몸을 둥글게 말고 통증을 참아 보려 했지만, 극심한 통증에 그만 정신을 잃고 말았다.

"어, ……여기는 어디지?"

눈을 떠 보니 익숙하게 보아 왔던 천장이 아니었다. 눈을 굴려 주변을 돌아보았다. 그러던 중 그의 팔에 이어진 수액 줄이 보였다. 그리고 병원 특유의 분주한 분위기가 감지되었다.

"응급실?"

"어? 깼냐? 너 인마, 괜찮아?"

"어? 햄버거 형."

지훈이 깨어난 걸 보고 누가 소리를 질러서 보았더니 지훈의 가게 옆에 있는 햄버거 가게를 운영하는 형이었다.

"이게 어떻게 된 거예요? 나 여기 왜 있어요?"

"너 쓰러졌었어! 내가 장사도 안 되고 심심해서 너네 가게 놀러 갔었거든. 그런데 화장실 문 앞에 네가 쓰러져 있길래 얼른 업고 병원 온 거야."

형의 말로는 응급실에 와서 이것저것 검사를 해 보았더니 위에 구멍이 나 있더라는 것이다. 마침 의사가 와서 그에게 물었다.

"평소 술 자주 드시나요? 아니면 매운 걸 많이 드시든가요."

"아뇨, 저 술 그렇게 자주 안 마시는데요. 1년에 두세 번 마시는 정도예요. 매운 것도 그다지……."

의사는 지훈이 하는 말을 모두 받아 적고는 말했다.

"흠, 생활 습관 문제는 아닌 것 같지만, 아무튼 위 천공, 그러니까 구멍이 나서 수술하셔야 합니다."

의사의 설명을 들은 지훈은 긴 한숨을 내뱉으면서도 수술에 동의했다.

'죽어라, 죽어라 하니까 없는 살림에 병원비까지 나가는구나.'

지훈은 수술을 마치고 약 2주 후에야 퇴원할 수 있었다.

"너무 오래 쉬었다. 재료도 다 상했네. 시장 가야겠는걸?"

오랜만에 돌아왔더니 쓸 수 있는 재료가 하나도 없었다. 결국 그는 가게에서 좀 떨어진 시장에 가기로 했다.

"아이고, 국제면허를 좀 따 둘 걸 그랬네. 차도 없고. 그거 어떻게 다 사서 오지?"

재료들을 사서 이고 지고 짊어진 채 올 생각을 하니 암담했다. 그렇게 삼거리 횡단보도 앞에서 신호를 기다리던 중이었다.

부아아아앙!

꽈광!

"흐익!"

갑자기 지훈의 뒤쪽에서 오던 차 한 대가 지훈이 서 있던 인도로 돌진하더니 그의 앞을 간발의 차로 지나 오른쪽 울타리를 박고서야 멈추었다. 지훈은 차를 본 순간 본능적으로 뒤로 두 발짝 정도를 물러섰는데 사이드미러가 그의 옷깃을 스치고 지나간 거였다. 만에 하나 지훈이 그대로 서 있었다면 그는 꼼짝없이 차에 부딪혀 죽을 수밖에 없었다. 온몸의 털이 곤두설 만큼 긴박한 상황이었다.

"아, 뭐야. 죽을 뻔했어. 요즘 왜 이러지? 진짜 무슨 마라도 낀 건가?"

얼굴이 하얗게 질린 지훈은 조심조심 집으로 돌아왔다. 그는 재료를 탁자 위에 올려놓고 진지하게 고민했다.

"여기서 살지 말라는 뜻인가? 나 진짜 열심히 살고 싶었는데. 여기에서 진짜…… 뭔가 꿈을 이루려고 그랬는데, 자리 다 잡고 잘하려고 그랬는데…… 아무도 나를 도와주지 않는구나."

서러운 마음에 지훈이 혼자 신세한탄을 했다. 너무 어이가 없으니 눈물조차 나오지 않았다. 잠도 오지 않았다. 그는 마치 조각상처럼 멍하니 밤새도록 그 자리에 앉아 있었다.

다음 날 아침, 여전히 탁자 앞에 앉아 멍하니 있는데 문을 두드리는 소리가 났다.

똑똑, 똑똑.

그제야 지훈은 정신이 번득 들어 얼른 문을 열었다.

"나무아미타불."

탁발승이었다. 한국에서는 이제 자주 볼 수 없지만, 불교 국가인 베트남에서는 아직도 이렇게 탁발승이 아침마다 공양을 위해 가게에 오기도 했다. 그렇게 음식이나 돈을 얻으면 시주자에게 기도를 해 주었다. 지훈은 비록 없는 형편이었지만, 어제 사 온 재료 중 바로 먹을 수 있는 것 일부를 조금 나눠 드렸다. 스님이 합장을 하고 돌아서려는데, 맨 뒤에 서 있던 스님 한 분이 유독 지훈을 빤히 쳐다보았다. 그 스님의 눈빛을 느낀 지훈이 물었다.

"스님, 왜 그렇게 빤히 보십니까?"

그러나 스님은 바로 대답하지 않고 혼잣말처럼 중얼거리며 고개만 저을 뿐이었다.

"아, 이건 아닌데……."

"……?"

스님은 끝내 아무 말 없이 돌아서서 가 버렸다.

"뭐여, 내가 그렇게 못생겼나?"

천성이 낙천적인 지훈은 그조차도 대수롭지 않게 여기고 말았다. 그러고는 움직인 김에 일이나 하자며 재료를 다듬기 시작했다.

그날 점심시간이었다. 아침에 그를 유독 빤히 쳐다보던 스님이 혼자 그의 가게에 찾아왔다.

"실례합니다만, 혹시 최근에 안 좋은 일 없었습니까?"

최근 안 좋은 일들을 겪기는 했지만, 살다 보면 있을 수도 있는 일이라 여겨 지훈은 대충 얼버무리고 말았다.

"아니, 그냥 뭐…… 그냥 그래요."

그러자 스님은 눈썹을 좁히며 다시 혼잣말을 중얼거렸다. 그러더니 다시 지훈에게 물었다.

"그럴 리가 없는데. 분명히 무슨 일이 있었는데 숨기는 거 같은데…… 이건 아닌데……."

이쯤 되자 지훈의 머릿속에 탁 치고 가는 무언가가 있었다.

'이분이라면 말씀드려도 되겠다.'

지훈은 급히 스님의 손을 잡고 가게 안으로 들어왔다. 그러곤 다급하게 말했다.

"스님, 실은 제게 요즘 이상한 일이 자꾸 생깁니다. 죽을 뻔한 일도 있고요."

지훈은 그동안 자신에게 있었던, 별거 아니라면 별거 아니지만 소름 끼쳤던 일들을 늘어놓았다. 스님은 지훈의 눈을 뚫어지게 들여다보며 대답했다.

"시주님 눈의 흰자가 지금 노랗습니다."

"네, 네? 뭐, 황달이라도 있다는 건가요? 저번에 병원에서 황달 이야기는 안 했는데."

"그런 병증이 아니고, 누군가가 시주님께 저주를 걸어서 그렇게 된 겁니다. 혹시 짐작 가는 사람 없습니까?"

"아니요! 저는 누구한테 원수지고 그런 사람 아닙니다! 주변 사람들하고 사이도 좋고, 자랑은 아니지만 고아원이랑 근처 사원에 기부도 많이 했고요."

지훈이 펄쩍 뛰며 그럴 리 없다고 손사래를 쳤다.

"그렇군요. 그런데 분명 누군가가 시주님께 저주를 걸었습니다."

평소 베트남 사람뿐 아니라 같은 한국인 사이에서도 지훈의 평판은 꽤 좋은 편이었다. 아무리 생각해 봐도 그가 누군가에게 원한을 살 일은 없었다.

'이거 땡중 아녀? 저주 풀어 준다면서 돈이나 뜯는.'

지훈이 의심의 눈초리로 보기 시작하는데 스님이 말했다.

"안 믿기시는 모양이네요. 그런데 이대로 두시면 시주님 목숨이 위험합니다."

이렇게까지 말하자 어지간한 지훈도 덜컥 겁이 났다. 실제로 어제만 해도 죽을 뻔하지 않았던가. 지훈은 스님에게 매달렸다.

"그러면 저를 좀 어떻게 도와주실 방법은 없으세요?"

그러자 묵묵히 생각하던 스님이 지훈에게 한 가지를 제안했다.

"그러면 오늘 하루는 장사를 하지 말고 저를 따라다니십시오."

스님과 지훈은 가게를 나와 하루 종일 걸어 다녔다. 반나절을 목적지도 모른 채 걸어 다니려니 지훈은 죽을 맛이었다.

'아이고, 힘들어 죽겠다. 진이 다 빠지네.'

지쳐 버린 지훈의 발걸음이 무거워지던 즈음이었다. 앞장서 걷던 스님이 어떤 곳을 가리켰다.

"어? 저기입니다!"

지훈의 시선이 스님의 손가락 끝이 향하는 쪽을 따라갔다. 거기에는 얼마 전 베트남 여성이 개업했다는 한식당이 있었다. 스님은 빠른 걸음으로 지훈과 함께 그 식당으로 들어갔다. 마침

카운터에 그 베트남 여성이 앉아 있었다.

"당신! 왜 그랬소!"

스님의 벼락같은 고함에 여사장이 더듬거리며 되물었다.

"네? 제가, 뭐, 뭘 어쨌다고요? 뭐가요?"

"당신이 저기 저 남자분께 저주를 걸지 않았소!"

스님이 무서운 목소리로 추궁했지만, 여사장은 스님의 눈도 마주치지 않고 대답했다.

"난, 그런 거 절대 하지 않았어요."

여사장의 말을 듣는 동안 지훈은 이상한 점을 깨달았다. 보통 저런 추궁을 당하면 진짜 하지 않았을 경우 "예? 그게 무슨 말이에요."라거나 "세상에 그런 게 어디 있어요." 혹은 "저 그런 거 몰라요."라고 답할 것이다. 그런데 이 여자는 스님의 눈도 마주치지 못하고 "나는 그런 거 안 했다."라고 했다. 그뿐 아니라 이상한 점은 또 있었다.

식당이라면 장사가 잘되든 잘 안 되든 음식 냄새가 나는 게 일반적이다. 그러나 이 식당은 달랐다. 들어오는 순간 음식 냄새가 아니라 머리가 아플 정도로 진한 향수 냄새가 건물 전체에 진동을 했다. 그 냄새를 맡은 순간 지훈은 깨질 듯한 두통이 느껴졌다.

'으아, 진짜 머리⋯⋯ 머리 너무 아프다.'

두통을 느낀 지훈이 머리를 부여잡고 있는데 스님이 그의 등을 살짝 치며 말했다.

"정신 차리고 저하고 같이 이 가게를 한번 둘러보시죠."

지훈은 고개를 끄덕이고 스님이 하는 대로 가게를 둘러보았다. 그런데 여사장이 마치 발작하듯 소리를 질러 댔다.

"뭐 하시는 거예요! 이거 영업 방해예요!"

여사장은 아예 게거품을 물고 스님과 지훈이 둘러보지 못하게 막아섰다. 그러자 스님은 밖에 나가더니 잠시 후 친분 있는 경찰을 데리고 왔다.

"잠시만 이 사장님 좀 붙잡고 계셔 주십시오. 제가 찾을 게 있어서요."

"아악! 뭐 하는 거야!"

건장한 경찰이 여사장을 붙잡고 있는 동안 스님은 가게 이곳저곳을 살폈다. 그런데 주방 근처 바닥에 기묘한 것이 하나 있었다. 손잡이가 있는 판 같은 거였는데 들어 올리니 지하로 내려가는 계단이 드러났다. 입구가 매우 좁아서 딱 한 사람이 간신히 들어갈 수 있을 정도였다.

지훈은 스님의 뒤를 따라 계단을 내려갔다. 계단 끝에 서고 보니 오른쪽에 철문이 하나 있었다. 그런데 그 철문 틈새를 뚫고 기분 나쁜 매운 내가 흘러나왔다.

'뭐지? 마치 무슨 종이 같은 거 태우는, 그런 냄새인데? 으, 기분 나빠.'

지훈이 코를 막고 인상을 찌푸린 채 서 있는 동안 스님이 문을 열려고 문고리를 잡아당겼지만, 문은 열리지 않았다. 여사장은 경찰을 질질 끌고 지하 통로의 입구에 서서 뭐라고 고래고래 고함을 지르고 있었다. 그 여사장의 말은 싹 무시하고 스님이 말했다.

"이보시오. 여기 문 여십시오."

"내가 거길 왜 열어요! 거긴 그냥 창고란 말이에요! 창고인데 왜 남의 집기까지 다 살펴보려 그러냐고!"

이쯤 되자 별 생각 없던 경찰도 슬슬 이 여사장을 의심하기 시작했다.

"진짜 집기만 있다면 열 수도 있잖아요. 문 여세요."

경찰마저 여사장을 의심하고 위압적인 말투로 문을 열라고 종용했다. 스님이라면 몰라도 경찰까지 문을 열라고 하자 여사장은 더는 버틸 수가 없었다. 그녀는 구시렁거리면서 계단을 내려가 마지못해 열쇠로 문을 열어 주었다.

끼익—

철문이 기분 나쁜 소리를 내며 열렸다. 안에는 한 치 앞이 보이지 않을 정도로 뭔가를 태운 연기로 가득 차 있었다.

"윽, 이게 무슨 냄새야?"

어두워서 아무것도 보이지 않아 불을 켜야 했다. 보통 벽에 붙어 있는 스위치를 찾았지만, 찾을 수 없었다. 대신 지훈의 머리에 뭐가 가볍게 부딪혀서 보니 구식 전구였다. 그는 스위치를 눌러 보았다.

똑딱!

"헉!"

갑자기 스님이 숨넘어가는 소리를 뱉었다.

"어, 왜 그러시지? 헉!"

지훈도 스님을 따라 철문 안쪽을 둘러보았다. 그 순간 그는 몹시 기괴한 장면을 보았다.

철문을 기준으로 바로 맞은편에 작은 재단(齋壇)이 하나 있었다. 재단에는 재단 크기에 어울리지 않게 커다란 향로가 하나 놓여 있었는데, 향로 안에는 향이 수십 개 피워져 있었다. 거기까지만 해도 그러려니 할 수 있었다. 문제는 그 앞에 있는 것들이었다.

향로 앞에는 죽은 쥐가 여러 마리 놓여 있었다. 쥐들은 모두 다른 모습으로 죽어 있었다. 하나는 배가 뚫린 채 죽어 있었고, 하나는 머리가 짓이겨진 채 죽어 있었으며, 하나는 불에 탄 채 죽어 있었다. 그리고 마지막 하나는 형체를 알아볼 수 없을 만큼 갈기갈기 찢긴 채 죽어 있었다.

"헉…… 이게 뭐야……?"

처참한 모습으로 죽어 있는 쥐를 보던 중 문득 뭔가가 떠올랐다.

"내가 그동안 겪었던 일들이랑 겹치네?"

배에 구멍이 뚫린 쥐는 그가 겪었던 위 천공과, 머리가 깨져 죽은 쥐는 선반이 떨어지면서 그의 머리에 맞은 일과, 불에 타 죽은 쥐는 스파크가 튀어 화상을 입었던 일과, 형체 없이 찢겨 죽은 쥐는 사고로 죽을 뻔했던 일과…… 모든 게 맞아떨어졌다.

지훈이 부들부들 떨며 향로로 시선을 옮기자 더 놀라운 장면이 보였다. 그가 잃어버린 줄도 몰랐던 증명사진이 향로 뒤에 놓여 있었던 것이다.

'언제부터인가 원인 모를 상실감 같은 게 느껴지더라니…… 이거였나?'

한동안 여사장이 뻔질나게 드나들며 지훈의 정신을 빼놓는 바람에 그는 사진을 잃어버린 줄도 모르고 있었다. 카운터에 증명사진을 뒀었는데 여사장이 훔쳐 갔던 모양이었다. 여사장은 지훈 몰래 사진을 훔쳐 가서는 이런 짓거리를 벌이고 있었다. 몹시 기가 막힌 지훈이 격앙된 목소리로 여사장에게 따졌다.

"사장님, 제가 사장님한테 뭐 잘못한 거 있어요? 왜 저한테 이런 짓을 했어요?"

여사장은 지훈을 외면한 채 입을 꼭 다물었다. 지훈은 최대한의 인내심을 끌어 모아 다시 한번 물었다.

"사장님, 나 지금 솔직히 말 그대로 뭐 어떻게 하고 싶지만, 지금 엄청 참으면서 얘기하는 거거든요? 그러니까 그냥 빨리 얘기하세요!"

끝내 지훈의 언성이 조금 높아졌다. 그제야 움찔한 여사장이 쭈뼛거리며 입을 열었다.

여사장이 가게를 내고 인사를 하려고 지훈의 가게와 주변을 돌아보던 중이었다. 지훈네 가게 앞은 항상 사람이 많이 몰려 있었다. 실상 돈을 주거나 음식을 사 먹는다기보다 작은 선물 정도를 주고받는 거였는데 여사장의 눈에는 그리 비치지 않았다.

'아니, 저기는 뭔데 항상 사람이 저리 많아? 게다가…… 내가 한식당을 열었는데 저 사람은 아예 한국 사람 아니야?'

여사장의 눈빛이 불길하게 빛났다. 자신은 베트남 사람이면서 한식당을 열었는데, 지훈은 한국 사람이 한식당을 운영하고 있는 거였다. 아무리 생각해도 자신이 지훈을 이길 수는 없을 것 같았다.

'내가 불리해.'

그러고 며칠을 지켜보니 자기네 식당은 파리만 날리건만 지훈네 식당에는 사람의 발길이 있었다. 내막을 전혀 모르는 여사장의 마음속에 질투가 일었다.

'저기는 왜 저리 장사가 잘돼? 우리 가게는 이렇게 파리만 날리는데. 아무래도 쟤가 한국 사람이라서 그런 걸 거야.'

보통 사람이라면 이럴 때 '음식을 내가 더 열심히 잘해야지.'라고 생각할 것이다. 그러나 그 여사장은 달랐다.

"그럼 내가 쟤를 없애 버리면 되지!"

그렇다고는 해도 직접 죽인다거나 해칠 수는 없는 노릇이었다. 여사장은 궁리 끝에 무당에게 찾아갔다. 무당은 여사장에게 저주 의식을 알려 주었다.

이야기를 다 듣고 나자 지훈의 정신이 멍해져 버렸다.

'양밥이라고 하던가? 한국에서 얼핏 들은 것 같은데.'

이 모든 일을 경찰 앞에서 들었지만, 경찰도 뭘 할 수는 없었다. 실제로 칼을 휘두르거나 살해 행위를 한 게 아니라 오컬트, 즉 무속 행위를 한 것뿐이라 법적 처벌을 가할 수는 없다는 것이다. 할 수 없이 지훈은 사진만 가지고 돌아와야 했다. 오면서 여사장이 훔쳐 갔었던 증명사진을 살펴보니 뒤에 뭔가 끈적끈적한 잉크 같은 것으로 쓴 붉은 글자가 보였다.

"스님, 이게 뭡니까?"

"이건 고대 베트남어로 저주를 하는 주문입니다. 안 들으시는 게 좋아요."

잠시 후, 스님이 지훈에게 말했다.

"시주님, 지금 보니까 저 사람이 저거뿐만 아니라 다른 것도 준비를 했을 가능성이 있습니다. 그리고 그 기운이 아직도 시주님한테 남아 있는 거 같고요. 그러니까 가게로 가지 말고 우리 사원에 가서 한 며칠만 묵으면서 기도를 하고 가시는 게 어떠십니까?"

"네."

지훈은 그 길로 스님을 따라 사원으로 갔다. 거기서 일주일간 정말 열심히 기도를 올렸다. 평생 처음으로 그렇게 열심히 기도를 올렸다. 기도를 마친 후 마침내 지훈은 한국으로 돌아갈 결심을 하고 사원에서 나왔다.

집으로 돌아온 지훈은 며칠 동안 한국으로 돌아갈 준비를 하고 있었다. 그런데 한 가지 문제가 있었다. 그가 어디로 가든 반드시 그 여사장네 가게 앞을 지나야 했다. 시장을 가려 해도 거기를 지나야 했고, 동네를 떠나려 해도 그 앞을 지나야 했다. 행여 눈이라도 마주치면 어떻게 해야 하나 싶었다. 그런데 지훈의 고민은 어이없이 해결되었다.

알고 보니 지훈이 없던 사이에 그 여사장이 도망가 버리고 없었던 것이다.

경찰도 오고 스님도 오고 하다 보니 소문이 났던 모양이다.

"저 여자가 저쪽 한국 사장님 시샘해서 저주 걸었대."
"저주로 사람을 죽이려 했다면서? 세상에! 진짜 그런 짓을 하는 사람이 있네!"

동네 장사인데 동네에 그런 흉흉한 소문이 돌자 손님이 찾아가지 않는 정도가 아니라, 아예 가게 유리창에 돌을 던지거나 행패를 부리는 사람도 생겨났다. 베트남 사람들은 아직 미신을 많이 믿는 편이라 그런 소문이 퍼지면 버틸 도리가 없었다. 결국 그 여사장은 도망치듯 이 동네를 떠나 버렸다.

지훈이 베트남을 떠나는 날, 스님이 그를 찾아왔다.
"시주님이 몇 번이나 죽을 뻔했지만 살아남을 수 있었던 것은 평소 쌓아 두었던 선업 덕분이었습니다. 앞으로도 그렇게 선하게 사십시오."

"알겠습니다. 고맙습니다."

지훈은 고개를 끄덕이고 작별 인사를 한 후 한국행 비행기에 탔다. 떠나기 직전 지훈은 그를 구해 준 스님과 이야기를 나누었다.

"제가 당한 일들이 정말로 그 여사장의 저주 때문이었을까요, 절묘한 우연의 일치였을까요? 전 아직 잘 모르겠습니다."

조금 침통한 지훈의 말에 스님은 잔잔한 미소를 지으며 대답했다.

"저도 장담할 수는 없습니다. 어쩌면 우연이었을지도 모르지요. 그러나 시주님을 지켜 준 것은 분명 시주님이 베풀었던 자비와 사랑의 정신이었을 것입니다. 부디 그 마음 변하지 말고 사십시오."

담담한 스님의 말씀은 지훈의 마음에 큰 울림으로 남았다.

피를 말리는 사랑,
스토킹

고비

 몇 년 전, 고비는 한 음식점에서 매니저로 근무하고 있었다. 음식점 가까운 곳에서 자취를 하고 있었는데 코로나19 시기라 음식점 영업시간에 제한이 있었다. 그래서 고비는 오후 3시 무렵 출근하여 밤 11~12시 사이에 퇴근하는 일상을 살고 있었다.

 여느 때와 마찬가지로 고비가 출근하려고 집을 나서 차에 올라타려던 중이었다.

 "어? 이게 뭐야?"

 운전석 앞 유리창에 뭔가 있어서 살펴보니 쪽지 3장이 붙어 있었다.

 「아침에 사X, 1,800원」

 "뭔 말이야? 이게? 누가 장난쳤나?"

 고비는 쪽지를 떼어 들고 빌라 주변을 두리번거렸다. 그러나 특별히 이상한 사람이나, 정황은 보이지 않았다. 대수롭지 않게 여긴 그는 쪽지를 버리고 차에 올라타 바로 출근했다.

"세상이 병 때문에 흉흉하니 장난치는 사람도 늘었나 보네."

그리고 2~3일 후였다. 고비의 자동차 앞 유리 와이퍼에 또 종이가 끼워져 있었다. 이번에는 아예 편지 봉투에 담겨 있었다.

"에이씨, 바쁜데."

출근 시간에 늦어서 좀 바빴던 고비는 그 편지 봉투를 조수석에 던져둔 채 급히 직장으로 향했다.

"휴우, 간신히 지각 면했네."

지각을 면한 고비는 비로소 마음을 놓고 조수석에 던져두었던 편지 봉투를 열어 보았다.

「같이 드라이브했으면 좋겠어요.」

「보고 싶어요. 사랑해요.」

「일곱 번째 만남. 눈 마주침.」

편지를 읽어 내려가는 고비의 눈썹 사이가 좁아졌다. 아무리 읽어도 누구의 편지인지, 무슨 내용인지조차 알 수가 없었다.

"아니, 이게 뭔 미친 소리야? 누구야, 도대체? 집, 가게, 집, 가게만 무한 반복하는 나 같은 놈을 어디서 봤다고 이래? 있는 여자 친구도 자주 못 만나는 판국에."

실제로 고비는 스스로 생각하기에 평범한 외모인 데다 코로나 시기이기도 해서 감히 어디 가서 놀 생각조차 못 하고 있었다. 늘 집과 직장만 오가는 단조로운 생활을 반복 중이라 도무지 누구일지 감이 잡히지 않았다.

  그날 밤, 고비는 퇴근 후 그동안 모아 둔 편지를 펼쳐 놓고 여자 친구와 전화 통화를 했다.

  "이런 일이 있었다니까? 대체 누구 장난인지."

  [오빠, 정말 누군지 몰라?]

  "아이고, 내 동선을 CCTV로 봐도 돼. 나 맨날 집이랑 가게만 왔다 갔다 한다니까? 도대체 누구 장난인지."

  [그럼 혹시 누가 착각한 거 아닐까? 오빠네 빌라에 있는 다른 사람이랑 착각한 것일 수도 있잖아.]

  여자 친구 민지의 말을 듣고 편지를 다시 살펴보았다. 편지에는 101호와 302호만 언급되어 있었다.

  '내가 사는 집은 204호인데? 진짜 다른 데 보낼 걸 잘못 보낸 거 아냐?'

  문득 고비의 머릿속을 스치는 기억이 있었다.

†

  장거리 연애 중인 고비는 워낙 바빠 일요일에만 겨우 시간을 내서 여자 친구와 만나곤 했다. 그러나 크리스마스 시즌이었던지라 엄청나게 바쁜 주말을 보내야 했다. 그 때문에 고비는 여자 친구와 만나지 못한 채 주말을 보내야 했다.

  그래도 다음 날은 쉴 수 있었다. 그는 여자 친구를 만나려고 아침 일찍 집을 나섰다.

"이대로는 좀 배고플 거 같은데? 뭐라도 마셔야겠다."

마침 근처에 편의점이 있었고 고비는 '아침에 사X' 주스를 한 병 사서 나왔다.

†

'그때, 그 알바?'

고비는 얼른 카드 사용 내역을 찾아보았다.

'역시! 1,800원.'

앱을 통해 확인해 보니 그 편의점에서 정확히 1,800원이 결제되었다.

'그때 그 알바생인가? 그렇다고 해도 그게 뭐? 나랑 말 한마디 안 했는데?'

합리적으로 생각해 보려 했지만, 그 이상은 알 수가 없었다. 순간적으로 좋게 보였을 수도 있겠거니 하며 잊어버리기로 했다.

"오올, 고비. 죽지 않았네?"

그는 기분을 바꿔 보려고 거울을 보며 마음에도 없는 말을 지껄이고는 침대에 드러누웠다.

그러나 불쾌한 기분은 좀처럼 가시지 않은 채 고비는 침대에서 뒹굴거렸다. 결국 벌떡 일어나 앉아서 중얼거렸다.

"에이! 그냥 넘기자. 뭐 어쩌겠어? 그럴 수도 있지."

고비는 다시 침대에 벌러덩 드러누웠다. 실은 아까부터 그의 머릿속을 찝찝하고 끈적하게 감싸는 생각이 있었다. 애써 무시하고 있었지만, 한번 생각의 가지가 뻗기 시작하자 걷잡을 수 없었다.

"혹시 같은 빌라에 사는 건가?"

거기까지 생각이 번지자 더는 무시할 수가 없어졌다. 그는 그 알바생에 관해 알아보기로 마음먹었다. 이미 밤중이었지만, 고비는 바로 편의점에 전화를 걸었다. 평일 야간이라 그런지 남자 알바생이 받았다.

"실례합니다. 제가 사람을 좀 찾는데요……."

간단한 자초지종을 말한 후 점주님의 연락처를 받을 수 있을지 묻자 알바생은 연락처를 알려 주었다.

연락처를 받은 고비는 조금 고민하다가 점주에게 전화를 걸었다. 점주는 연세가 좀 드신 분이었다.

"밤늦게 실례합니다. 실은 제가 그 편의점 알바생한테서 정체불명의 쪽지 같은 걸 받고 그래서요."

고비는 조심스레 점주에게 사정을 설명했다. 그러나 점주는 대수롭지 않은 듯 웃으며 대답했다.

[아이구, 총각 잘생겼는갑네. 뭐 젊은 나이에 좋은 거 아니야?]

"아닙니다. 그보다 저는 여자 친구도 있고, 이렇게 잘 모르는 사람한테서 쪽지 같은 거 받고 싶지 않거든요. 혹시나 그 알바생에 관해 뭔가 좀 알고 계시지 않을까 싶어서 여쭙는 거예요."

난처한 듯한 고비의 목소리에 점주의 태도 역시 조금 바뀌었다.

[그 친구가 이제 2년 넘게 근무를 한 친구인데, 근무하면서는 딱히 문제를 일으키거나 그런 애는 아니었거든. 근데 지금은 혼자 살고 있다더만.]

이야기를 듣자니 고비의 집 근처 시장 쪽으로 이사를 했다고 한다. 그런데 듣고 보니 고비가 살고 있는 빌라를 말하는 것 같았다.

[……가정형편이 좀 어려운 친구이기는 해. 그쪽 빌라 3층에 산다던데? 아마 총각 또래일걸?]

점주의 말을 듣는 고비의 머릿속은 더욱 복잡해졌.

'멀쩡한 사람이 그런 식으로 접근을 하나? 게다가 내 또래라고?'

[총각, 혹시 받았다는 쪽지 사진을 좀 보내 줄 수 있을까? 2년 넘게 근무한 친구니까 필체를 보면 알 수 있거든.]

"아! 네. 그러겠습니다. 감사합니다."

전화를 끊은 고비는 쪽지들을 잘 보이게 펼쳐서 사진을 찍은 후 점주에게 보냈다. 사진을 받은 점주가 바로 고비에게 전화를 걸었다.

[이보게. 우리 편의점 알바생 글씨체가 맞는데? 필체가 똑같아.]

"고맙습니다."

점주와 통화를 하면서 몇 가지를 알게 되었다. 일단 같은 빌라에 살고 있다는 것까지는 확실히 알았다. 그렇다고 딱히 뭘 어떻게 할 수도 없었다.

"쪽지 받았다고 신고를 할 수는 없잖아."

아무리 머리를 굴려 봐도 피해를 입은 것도 없고, 그저 좀 이상하다, 성가시다 정도일 뿐이었다.

"에이, 평범한 사람이겠지. 무시하자. 반응 없으면 그만두겠지."

일은 생각처럼 쉽지 않았다. 고비는 이후에도 몇 번이나 자신의 차에 러브레터가 꽂혀 있는 장면을 보게 되었다.

「드라이브 가고 싶어요. 함께 가요.」

「친해지고 싶어요. 이야기 나누고 싶어요.」

와사삭!

고비의 손에서 편지가 구겨졌다.

"이거 진짜 징한 사람이네. 포기를 모르는구먼. 그래도 이거 혹시 스토킹, 그런 것일 수 있으니까 증거로 모아 두기는 해야겠지?"

고비는 지긋지긋해하면서도 쪽지를 차곡차곡 모아 두었다. 그러나 일절 반응을 보이지 않았다. 그러는 사이 어느 틈엔가 쪽지가 붙지 않았다. 3주가량이 지나도록 쪽지는 붙지 않았고 고비는 서서히 그 일을 잊어버렸다.

휴일이었다. 고비는 여자 친구를 만나러 가려고 아침 일찍 집에서 나섰다.

"어? 저게 뭐야? 또!"

한동안 잊고 있었는데 고비의 자동차 앞 유리창에 또 포스트잇 쪽지가 붙어 있었다. 평소와 다른 점은 포스트잇 낱장을 위아래로 연결하여 길게 이어 붙여 놓았다는 점이다.

'그러고 보니 한 2, 3주 조용하다 했다. 그동안 이거 쓰고 있었나 보네.'

포스트잇은 한 장에 하루의 내용이 쓰여 있었다. 그것이 약 3주 분량에 달했다. 게다가 마지막 장에는 기가 막힌 내용이 담겨 있었다.

「제가 이걸 창에 붙이고 있는데 지나가던 아저씨가 뭐 하느냐고 물었어요. 그래서 대답했죠. "남자 친구 차에 쪽지 붙여요."라고요. 저 잘했죠?」

순간 고비의 등줄기로 소름이 좍 돋았다.

"이거 뭐야. 이건 그냥 무시하는 정도로는 안 되겠는데?"

고비는 일단 여자 친구 민지를 만나기로 했다. 그러곤 그녀에게 오늘 받은 쪽지를 보여 주며 하소연했다.

"이게 뭐야? 오빠! 이거 뭐 하는 여자야?"

"나도 몰라. 알면 이러겠냐?"

"오빠, 잠깐 기다려."

민지는 지인 중 경찰 관련된 사람을 찾아 전화를 걸더니 의논했다. 한참 이런저런 곳에 전화를 돌리고 조언을 듣던 그녀가 고비에게 말했다.

"이런 짓 다시 하지 말라고, 스토킹으로 신고한다는 쪽지를 붙여 보자."

민지는 즉시 직접 쪽지를 써서 고비에게 건네주었다. 집으로 돌아온 고비는 차를 주차하면서 유리창에 '스토킹으로 신고할 겁니다.'라는 쪽지를 붙여 놓았다. 그렇게 며칠 동안 매일 차 유리창에 쪽지를 붙이고 들어갔다.

그 덕분일까. 어느 순간부터 그 불쾌한 쪽지는 더 이상 붙지 않았다.

"휴, 이제 끝났나 보다. 다행이다."

그렇게 그 일은 잊혀 가고 있었다. 그로부터 약 두 달 뒤, 퇴근하고 돌아오니 그가 사는 층 한쪽 구석에 초콜릿, 컵밥, 음료수, 과자 등이 놓여 있었다. 그것도 하나하나 쪽지가 붙어 있는 상태였다.

'다른 집 스토킹 시작했나 보구먼.'

고비는 쌓여 있는 물건을 힐끗 보고는 사진을 찍어 둔 후, 그가 살고 있는 방의 문을 열었다. 2층에는 총 네 가구가 살았는데 단 한 가구만 제외하면 모두 원룸이었다. 그중 한 곳에 고비 또래의 남자가 혼자 살고 있었다. 그의 집 문 앞을 지나며 고비가 딱하다는 듯 쳐다보았다.

'아, 이제 이분한테 시작하는구나. 어쩌냐.'

다음 날, 앞서 선물에다가 케이크며 미역까지 놓여 있었다.

"와, 진짜 징한 여자네. 남의 생일은 또 어떻게 알아내서 저런다냐?"

그런데 며칠 후, 그 선물들은 고비의 문 앞에 고스란히 놓여 있었다. 게다가 그 지긋지긋한 쪽지가 고비의 집 문에 붙어 있었다. 순간 그의 머릿속에 한 가지 생각이 스쳤다.

'아, 처음부터 다 나한테 주는 거였구나. 집을 모르니까 그냥 복도에 뒀다가 알아내서 옮긴 거구나.'

너무 소름끼치고 무서운 나머지 잠시 제자리에 얼어붙은 듯 서 있었다. 문득 발소리가 들리는가 싶더니 살금살금 위층으로 올라가는 소리가 들렸다.

"으아아아!"

소스라치게 놀란 고비는 얼른 문을 열고 안으로 들어갔다. 그러곤 잠시 놀란 가슴을 진정시켰다.

"어쩌지? 신고해야 하나?"

한참 생각해 봤지만 뾰족한 방법이 떠오르지 않았던 고비는 112에 전화를 걸어 자초지종을 설명하고 상담을 했다.

[그렇게 불안하시면 경찰 출동시켜 드릴까요?]

경찰의 말을 듣는 순간, 그 여자가 자신에게 해코지할지도 모른다는 생각이 든 고비는 본인이 직접 파출소로 가겠다고 대답했다.

파출소로 간 그는 그간 일을 경찰들에게 늘어놓았다. 멀찌감치 앉아서 듣던 소장이 와서 자신이 상담하겠다고 했다. 그러나 다 듣고 난 파출소장은 심드렁하게 대답했다.

"건장한 남자가 뭘 여자 하나에 그렇게 겁을 먹습니까? 직접 만나서 그 여성분이랑 얘기를 해 봤고요?"

"매번 쪽지 붙여 놓고 그냥 가 버리고…… 이런 식이에요. 마주친 적이 없어서 말할 기회가 없었습니다. 그러다가 이제 정도가 심해지고 하다 보니까 제가 지금 도움을 받고자 찾아온 거 아닙니까."

고비는 조금 짜증스레 대꾸했다. 그러나 경찰은 정말 미안한 표정을 지으면서도 시원한 답을 주지는 않았다.

"직접 말을 하고 거부 의사를 밝히지 않는 이상 저희가 뭔가 지금 당장 조치를 해 줄 수 있는 게 없습니다. 그러지 않고서는 저희가 직접 당장의 개입은 어렵습니다. 만약에 또 이런 일이 있으면 신고하세요. 출동을 하겠습니다."

결국 고비는 원하는 답을 얻지 못한 채 집으로 돌아와야 했다.

집으로 돌아온 그는 답답한 마음에 둘째 형과 통화를 했다. 대로한 둘째 형이 득달같이 파출소로 달려가 몇 번의 실랑이를 한 끝에 순찰을 강화해 주겠다는 대답만 겨우 얻어 낼 수 있었다.

집으로 돌아온 고비와 형은 여전히 쌓여 있는 물건과 쪽지를 여자의 집 앞에 가져다 두었다. 그런 후 고비는 형을 차로 데려다 주고 돌아왔다. 고작 20분이나 걸렸을까?

분명 그 여자의 집 앞에 옮겨 둔 물건들이 다시 그의 집 앞에 돌아와 있었다.

"으아아아아!"

혼비백산한 고비는 얼른 문을 열고 안으로 들어갔다. 밤새 뜬 눈으로 벌벌 떨며 지새우다가 출근하려고 문을 열었다.

"하아. 다행이다. 없어졌네."

퇴근하고 나서도 그의 집 앞에는 아무것도 없었다. 그렇게 일주일가량 평화로운 시간이 흘렀다.

오전에 볼일이 있었던 그는 평소보다 일찍 문을 열고 나섰다.

띠롱!

택배 도착 알람 메시지가 들어왔다. 그가 주문한 물건이 잘 도착했다는 증거로 사진이 첨부되어 있었다.

"오! 쿠퐁! 나의 영원한 친구……? 어? 저게 뭐야!"

쿠퐁맨이 보낸 사진에는 그가 주문한 물건 외에 현관문을 도배하듯 가득 붙어 있는 편지가 찍혀 있었다.

"으악! 진짜 이걸 어쩌지? 이사해야 하나? 요즘 너무 바빠서 도저히 이사할 형편이 안 되는데!"

집에 돌아간 고비는 그 끔찍한 편지들을 떼어서 안으로 가지고 들어갔다. 어쨌든 나중에 증거가 될지도 모르니까.

가게일이 너무 바빴던 어느 날이었다. 고비는 저녁 식사도 거른 채 일하다가 늦은 시간에야 겨우 퇴근할 수 있었다. 차를 몰고 가던 중, 편의점 하나가 보였다. 갑자기 극심한 허기가 몰려왔다.

"배고파서 기절하겠다. 도시락이라도 사서 가야겠는데."

고비가 편의점 앞에 차를 세우고 막 문을 열려던 참이었다. 편의점에서 그 스토커 여자가 나오는 모습이 보였다.

"헉! 저 여자! 저, 저 여자가 왜!"

차창 너머로 보이는 여자는 평범한 모습이었다. 안경을 끼고 평범한 잠옷에 슬리퍼를 신었다. 다만 특이하다면 특이한 점은 있었다. 코로나 시국인데도 마스크를 끼지 않았고 머리는 얼마나 오래 안 감은 건지 떡 진 채 개기름이 줄줄 흐르는 게 보였다. 게다가 그 떡 진 앞머리를 양옆으로 넘긴 바람에 이마를 훤하게 깐 모양새였다. 어떻게 보면 우스꽝스러울 수도 있지만 고비에게는 섬뜩하기만 했다. 고비는 저도 모르게 핸들에 고개를 박은 채 몸을 떨고 있었다.

"큰일 났네, 어떡하지. 그냥 이대로 차 몰고 가야 하나?"

그런데 그 여자는 뜻밖에 그냥 차를 슥 스쳐 지나갔다.

"어?"

고개를 꽉 숙인 채 사이드미러를 통해 조심스레 살피니 그 여자는 마치 연예인 본 팬처럼 뒤를 돈 채 호들갑을 떨며 걷고 있었다. 제법 멀어져 더는 사이드미러로 보이지 않게 되자, 고비가 슬그머니 차문을 열고 나와 그 여자가 간 쪽을 보았다. 그녀는 여전히 뒤를 힐끔힐끔 돌아보며 걷는 중이었다.

"아, 진짜! 미치고 팔짝 뛰겠네. 뭐 저런 여자가 다 있어?"

잠시 후 이제 여자가 완전히 보이지 않게 되었다. 그제야 잊고 있던 허기가 몰려왔다. 잠깐 망설이던 고비는 얼른 편의점으로 가 먹을거리를 사서 돌아왔다. 늦은 밤이라 빌라의 주차장에는 아무도 없었다. 조심스레 주차하고 주위를 두리번거리며 공동현관 비밀번호를 누르려던 순간이었다.

팍!

"으악!"

갑자기 센서등이 켜지길래 돌아보니 그 여자가 먹을거리를 잔뜩 품에 안은 채 서 있었다. 깜짝 놀란 고비가 험악하게 쏘아붙였다.

"무슨 일이세요. 왜 사람을 놀라게 해요?"

"다름이 아니라 이야기를 좀 하고 싶어서요."

여자는 천연덕스러운 표정과 말투로 대답했다. 씩 웃는 모습이 끔찍하고 소름 끼쳤다. 그 모습을 보자 고비는 속에서 화가 치밀어 올랐다.

"나한테 왜 이러세요? 저는 그쪽 거의 본 적도 없고 얘기 나눠 본 적도 없잖아요. 그리고 자꾸 제 차랑 저희 집 앞에 쪽지랑 선물 같은 거 놔두시는 거 그쪽이 하시는 짓 아니에요?"

"아아, 불쾌하셨어요?"

'......이 여자 뭐지?'

고비는 분명 화를 내고 있었다. 보통 상대가 화를 내면 미안해하거나 피하려 할 텐데 그의 앞에 선 여자는 그런 기색이 전혀 없었다. 오히려 웃으며 되묻다니. 아무래도 정상인이 아닌 모양이었다.

'불, 불쾌했다고 하면 무슨 짓을 할지 모르지?'

고비는 기세를 낮추어 조금 차분하게 대답했다.

"이런 거 받는 거 부담스럽고 받기 싫으니까 하지 말아 주세요."

고비는 얼른 말하고 뒤도 돌아보지 않은 채 후다닥 2층으로 올라갔다. 그러자 그 여자도 약간 간격을 둔 채 그의 뒤를 따라 올라왔다. 행여 그 여자가 자신의 집 비밀번호까지 알아낼까 두려워진 고비는 비밀번호도 치지 못하고 멀뚱히 현관문 앞에 서 있었다.

고비의 온 신경이 귀에 집중되었다. 분명 그 여자가 그를 바라보는 시선도 느껴졌고, 무엇보다 그 여자가 올라갔다면 들렸을 발소리가 들리지 않았다.

약 10초가량이 지나고 나서야 비로소 거친 발걸음 소리가 들렸다.

쾅! 쾅! 쾅!

그제야 안심이 된 고비가 얼른 현관문을 열고 안으로 들어갔다. 그가 현관문을 닫으려는데 위층에서 문 닫히는 소리가 크게 들려왔다.

쾅!

"와, 성질 더럽네. 체구도 작은 사람이 계단을 부술 듯이 올라가질 않나, 문도 부수겠다, 아주?"

흥분한 마음을 가라앉히고 사 온 먹을거리를 먹는 동안 스멀스멀 걱정이 밀려왔다.

"어떡하지?"

여자 친구한테 전화로 하소연하자 삼단봉을 사 주었다. 고비는 그것을 부적처럼 들고 다녔다.

그렇게 또 한 달 정도 잠잠했다.

"이제 정신 차렸나 보다. 역시 강하게 나가야 하는 거였어."

그것은 고비의 헛된 소망이었다. 또다시 그 여자의 기행이 시작되었다. 이제는 아예 편지에 '아빠'라느니, '미래의 아빠에게 주는 선물이 도착했다'라는 둥 점점 이해할 수 없는 내용이 담기기 시작했다.

「아빠」

「잘생긴 총각」

「좋은 거 하러 갈까?」

"으아아악!"

고비는 더 이상 참을 수 없게 되어 결국 경찰에 도움을 요청하게 되었다. 그동안 여러 차례 도움을 요청했지만, 특별히 위해를 당한 것이 없다는 이유로 경찰이 해 줄 것이 없다고 했었다. 그러나 신고가 거듭되고 편지 내용도 이상해지자 비로소 형사가 나왔다. 여성청소년과에서 나왔다는 남녀 형사가 그 여자의 집으로 올라갔다. 가해자와 피해자를 붙여 놓으면 안 된다고 하여 고비는 밖에 나와 기다리고 있었다. 그때, 웬 남자 하나가 고비에게 말을 걸었다.

"옆집 분이시죠? 무슨 일이 있나 보죠? 제가 요즘 재택근무라 집에 있거든요. 언제더라? 1시쯤인데, 위층에서 어떤 여자분이 내려와서 그쪽 집 문을 미친 듯이 두드리더라고요. 아빠, 아빠 하면서. 고래고래 고함도 지르고 문이 저러다 부서지겠다 싶을 정도로 두들기더라고요?"

"그런 짓까지 했단 말이에요?"

고비와 다른 경찰들도 놀라는 눈치였다. 화가 난 고비가 경찰의 만류에도 위층으로 올라갔다. 여자는 경찰과 실랑이 중이었다.

그동안 다른 경찰이 오면 절대 문을 안 열어 줬었는데 여자 경찰이 오니 문을 열어 주긴 한 모양이었다. 한참 경찰에게서 뭐라 훈계를 듣고 조사받으러 나오라는 종이를 받은 여자는 다시 패악질을 부렸다. 문을 20~30번쯤 열었다 닫기를 반복하더니 문을 부술 듯 두드려 댔다. 그러곤 집 안의 물건을 집어 던지기 시작했다. 그 바람에 내려가던 형사들이 다시 올라와 그 여자를 제재했다.

"이러시면 안 됩니다!"

"아악! 내가 준 선물 다 받아먹을 때는 언제고 이제 와서 경찰에 신고를 해? 어이가 없네!"

"그게 무슨 말이에요? 전 하나도 받은 거 없잖아요! 물건 문 앞에 쌓아 두면 그쪽이 도로 가지고 갔잖아요! 그 더러운 물건을 내가 왜 가져가!"

"아니야!! 넌 가져갔어! 가져갔잖아!"

고비가 소리 질렀지만 그 여자는 막무가내로 자기 말만 반복해서 외쳤다. 경찰의 고군분투 끝에 그 여자는 겨우 진압되었다.

경찰 조사 건 때문에 아침 일찍 경찰서에 다녀오고 집에서 자고 있던 중이었다.

다다다다, 우당탕, 털썩.

-끼아아아아! 아야!

잠이 덜 깬 비몽사몽인 고비의 귀에 소란스러운 소리가 들려왔다. 누군가 뛰거나 넘어지는 소리에 비명까지. 직감적으로 그 여자인 것 같았다. 고비는 조심스레 외시경으로 밖을 내다보았다.

"으힉!"

현관문 앞에 그 여자가 서 있었다. 또 선물을 두고, 문에는 편지를 붙이는 것 같았다. 그런데 뭔가 좀 이상하게 보였다.

-진짜? 근데 그건 어때?

-아니야, 그런 거 싫어할 것 같아.

문을 사이에 두고 들리는 그 여자의 대화는 기괴하고 섬뜩했다. 분명 혼자인데 마치 누군가와 이야기를 나누는 것처럼 보였다.

"저게 진짜……."

순간 화가 머리끝까지 치민 고비가 일부러 문을 있는 힘껏 걷어차며 나갔다.

쾅당!

"어머, 깜짝이야."

"깜짝? 당신 지금 남의 집 앞에서 뭐 하는 건데! 편지들이랑 선물 같지도 않은 물건들 당장 들고 가! 내가 이런 짓 하지 말라고 했지!"

"왜 소리를 지르는데!"

여자는 적반하장이었다. 되레 더 소리를 높이며 덤벼들었다.
"내가 이런 짓 하지 말라고 했지! 왜 말을 안 듣느냐고!"
"여기 우리 아빠 사는데 무슨 네 집이야! 우리 아빠 안에 있다고!"
"이 미친! 나는 당신 아버지가 누군지도 모르고 내가 왜 남의 아버지랑 같이 살겠어? 제발 말 같지도 않은 헛소리하지 말고 곱게 미치라고! 더 이상 상대하기 싫으니까 다 들고 가!"

그러자 고비의 집 안을 들여다보며 여자는 목소리를 높여 고함을 질렀다.
"아빠! 아빠!"
"그만하고 그냥 가! 진짜 참는 데 한계 있으니까 제발 가라고!"
"갈 거야!"

그제야 여자는 물건들을 주섬주섬 주워 들고는 위로 올라갔다. 그 여자가 사라진 것을 확인한 고비는 문을 닫고 출근 준비를 했다.
"에이씨. 진짜 미친년 때문에……."

그런데 가만히 귀를 기울이니 밖에서 그 여자의 목소리가 들려왔다.
-용서 안 해! 가만 안 둬!

이쯤 되니 맥이 탁 풀렸다. 고비는 자포자기 심정으로 중얼거렸다.
"그래, 네 맘대로 하세요. 나도 이제는 네가 나한테 뭘 짓 하면 당하고만 있지 않아."

그 후 여자는 다시 좀 잠잠해지나 싶더니 그를 보면 '아빠'라느니 '남자 친구 왔다'라느니 헛소리를 해댔다.

질릴 대로 질린 고비가 알아보니 그 여자의 어머니도 정신질환이 있는데 현재 요양을 위해 외가에 내려가 있다고 한다. 또 아버지는 8년 전에 사고로 사망했다는 것도 알 수 있었다. 결국 여자 혼자 살고 있다가 8년 전쯤부터 정신질환이 생긴 모양이었다.

경찰서에서도 가해자에게 정신질환이 있으면 처벌이 어렵다며 정신병원에 입원시킬 예정이라고 했다.

얼마 후 고비는 새로 직장을 구해 서울로 가야 했다. 자신이야 떠난다지만 그 여자가 다른 이에게 무슨 짓을 할지 모르니 정신병원에 입원시키는 것에 동의했다. 그러곤 서울로 이사했다.

시간이 흐르고 서울로 갔던 고비는 미처 정리하지 못했던 집을 정리하기 위해 살던 집으로 가야 했다.

"오랜만이네. 비번 안 바뀌었겠지?"

고비가 비번을 떠올리며 공동현관에 서서 보니 키패드 옆에 웬 쪽지가 붙어 있었다.

「밤마다 그쪽 빌라 여성분이 미친 듯이 크게 음악 틀고 노래 크게 부릅니다. 조치 안 하면 신고합니다.」

옆 빌라에 사는 주민이 붙인 모양이었다.

"어휴, 징해. 아직 저러고 사네?"

고비는 고개를 설레설레 저으며 안으로 들어갔다. 그는 살던 방으로 가서 나머지 짐을 정리하고 있었다. 한창 정리 중인데 집주인이 열쇠를 받으러 왔다. 집주인은 들어오면서 쪽지를 고비에게 건네주었다.

"또 붙여 놨네요."

들어올 때만 해도 없었는데 그새 붙이고 간 모양이었다. 집주인도 그 여자 때문에 골치라는 말을 들었다. 집세는 8개월이나 밀려 있는데, 고비가 살던 집에 편지를 자꾸만 붙여 놓고 기행을 저지르는 바람에 다른 세입자를 구하지 못하고 있다며 푸념이 늘어졌다. 고비로서는 안타까웠지만 어쩔 수 없었다.

마지막으로 짐을 정리하고 나가면서 우편함을 열어 보았다. 각종 고지서와 팸플릿 사이에 경찰에서 보낸 우편물이 하나 끼어 있었다. 봉투를 열고 안에 있는 것을 꺼내 읽었다.

"귀하의 사건은 수사를 더 이상 진행하기 힘들어서 완결 처리…… 뭐야. 결국 아무것도 된 게 없잖아? 모르겠다. 나야 떠나면 그만이지."

고비는 그 통지서를 마지막으로 지긋지긋한 빌라에 안녕을 고했다.

'그런데 대체 왜 나였지? 아니면, 내가 살던 방?'

어느 쪽이었든 그 여자가 저지른 건 사랑이 아니라 스토킹일 뿐이었다.

상대를 괴롭히고 힘들게 하는 끔찍하게 나쁜 행동.

수상한
공인중개사

제
진
석

2022년 4월, 진석은 사회복지사 친구의 전화를 받았다.

[진석아, 시간 좀 있냐?]

"어? 좀 있기는 해."

[그럼 나 좀 도와줘. 봉사 활동인데…….]

이미 시간은 있다고 했고, 빠져나갈 구멍이 없었다.

'내가 혼자 죽을 순 없지.'

복지사 친구의 부탁을 거절할 수는 없어서 일단 승낙은 했지만, 혼자 하기는 싫었던 그는 백수 친구 하나를 더 끌어들였다. 결국 진석은 백수인 친구와 함께 반강제로 봉사 활동을 해야 했다. 그것도 사는 지역이 아니라 좀 멀리 떨어진 곳이었다.

"아오, 진석이 너! 진짜. 내가 아무리 백수라지만 이런 데 끌고 오냐."

"쉿! 저놈 봐. 불평 한마디 안 한다."

진석이 복지사 친구를 가리키며 낮은 목소리로 말했다. 그걸 본 백수도 괜히 미안한지 입을 합, 다물었다.

얼마간 둘은 군말 없이 복지사 친구를 따라 봉사 활동에 전념했다. 그러나 그것도 잠시였다.

"너네 어디 가냐?"

점심 식사를 마친 둘은 복지사 친구의 눈을 피해 화장실로 도망치려 했다. 그러나 몇 걸음 못 가 복지사의 눈에 띄었다.

"어어, 우리 화장실 좀. 담배도 좀 피우고, 응?"

"그래, 좀 쉬어라."

복지사는 사람 좋은 미소를 지으며 고개를 끄덕였다. 그 순한 모습을 보니 죄책감이 느껴졌지만, 귀찮은 건 귀찮은 거였다.

"아이씨! 진짜. 복지사 저 녀석이야 직업이니까 열심히 한다지만, 우린 무슨 생고생이냐? 우리 동네도 아니고, 이 먼 데까지 와서 말이야."

백수가 담배를 입에 물며 투덜거렸다. 진석은 백수를 끌어들인 게 미안하여 목을 움츠린 채 그의 눈치만 보고 있었다.

그런데 갑자기 뒤에서 웬 여성의 목소리가 들렸다.

"오빠."

'오빠? 난 이 동네에 아는 사람이 없는데?'

진석이 의아해하며 뒤를 돌아보았다.

"누구세요?"

"진석 오빠 맞네."

"어? 너는 현미(가명) 아냐? 네가 왜 여기에 있어?"

진석을 부른 여자는 어렸을 때 친했던 친구 현호의 여동생 현미였다. 어른이 되었지만, 친구와 꼭 닮은 외모라 금세 알아볼 수 있었다. 그런데 이렇게 엉뚱한 곳에서 그녀를 만나니 반갑기보다 신기하달까, 위화감이랄까, 이상한 느낌이 들었다.

"네가 왜 여기 있어? 서울 살잖아. 이 먼 데까지 웬일이야?"

"응, 실은 이 근방에 취직을 했거든. 자취하려고 방 알아보러 다니는 중이야. 나도 이런 곳에서 오빠 만날 줄은 몰랐네."

"그래? 취업 축하한다. 잘됐네. 요즘 같은 시기에."

"응, 고마워. 그런데 오빠는 여기 왜 있어? 오빠도 여기에서 일해?"

"그건 아니고, 그냥 좀……."

오랜만에 만난 고향 친구 동생이라 이런저런 이야기를 두서없이 나누던 중이었다. 그런데 현미에게서 몇 발짝 떨어진 곳에서 웬 남자 하나가 계속 서성거렸다. 시계를 자꾸 들여다보는 게 왠지 초조해 보였다. 혹시 현미의 아버지인가 싶어 기억을 더듬어봤지만, 아버지는 아니었다.

'거 이상하게 신경 쓰이는 아저씨네.'

진석이 눈썹을 살짝 찌푸리는데 갑자기 그 남자가 현미에게 다가왔다.

"시간이 없어요. 빨리 갑시다."

남자는 초조한 몸짓으로 다가오더니 현미의 팔을 거칠게 잡으려 했다.

진석은 반사적으로 현미의 앞을 가로막으며 물었다.

"저, 실례지만, 아저씨 누구세요? 현미 아버지는 아닌 것 같은데."

남자에게 진석이 다소 도전적으로 대하자 현미가 얼른 끼어들었다.

"오빠, 이분은 공인중개사분이셔. 같이 방을 보러 다니는 중이야."

"아, 그래?"

"아저씨, 저희 아직 할 이야기 남았어요."

현미의 말에 공인중개사라는 남자는 마지못한 듯 몇 발짝 떨어졌다. 그제야 진석은 조금 마음을 놓았다. 그러나 마음 한쪽 구석에서 불길한 기분이 스멀스멀 검은 안개처럼 자꾸만 올라왔다.

'무슨 공인중개사가 조폭처럼 생겼냐. 되게 인상 험악하네.'

공인중개사를 위에서 아래로 한번 훑은 진석이 다시 현미에게로 시선을 옮겼다.

'근데 쟤는 왜 저리 안절부절못해?'

현미는 이상하게도 안절부절못하는 모습이었다. 시선을 이리저리 옮기기도 하고 무슨 말인가 하려다 입을 다물기도 했다. 영 예감이 좋지 않았다. 그러나 엄청 친한 사이도 아니었고, '친구

동생'에 불과한 현미와 더는 나눌 이야기도 없어서 그저 멀뚱히 쳐다보기만 했다.

"저기 오빠, 요즘 뭐 하면서 지내? 결혼은 했고? 아니, 여자 친구는 있어?"

"어어? 아직."

'내가 얘랑 이런 이야기를 나눌 정도로 친한 사이는 아닌데.'

가만히 눈치를 보니 현미는 진석의 곁을 떠나지 않으려고 애를 쓰는 느낌이었다. 할 이야기가 남았다지만 그녀가 하는 이야기란 아무 쓸모도 없는 신변잡기였다. 그것도 진석과는 아무 상관도 없는 자신만의 TMI(투 머치 인포메이션).

'뭔가 있는가 본데.'

"그래서 우리 집 고양이가 이사한 집에 적응을 잘할지 모르겠어……."

현미는 하다하다 키우는지도 몰랐던 고양이 이야기까지 늘어놓고 있었다. 그쯤 되자 얼굴에 화난 기색이 역력한 공인중개사가 험악한 걸음걸이로 다가와 현미의 팔목을 잡아끌며 말했다.

"아, 빨리 가야 하잖아요. 계속 이러고 있을 겁니까? 방 보러 온 거예요, 수다 떨러 온 거예요?"

"아, 그게……."

중개사의 말대로였다. 방을 보러 왔다는 현미는 방을 보러 다니지는 않고 엉뚱하게 진석을 붙들고 쓸데없는 이야기를 늘어놓았다. 듣고 있던 진석도 그 부분은 이상하게 느껴졌다.

'이건 뭔가 수상한데?'

곤란해하는 현미를 보자니 진석의 촉이 발동했다. 어차피 봉사 활동도 강제로 하게 된 거고 하기도 싫어진 참이었다. 핑곗거리가 생겼다고 생각한 진석이 백수를 불렀다.

"야, 백수야. 우리 현미랑 함께 가지 않을래? 여자 혼자 방 보러 다니면 위험하잖아. 서울도 아니고 이런 외진 곳에. 오빠 친구 좋다는 게 뭐야. 우리가 함께 가자."

백수는 눈을 동그랗게 뜨고는 입모양으로 '왜?'라고 물었지만, 진석은 모른척하며 그의 허리를 쿡쿡 찔렀다. 백수는 영문을 몰랐지만, 진석이 그러는 데엔 이유가 있겠거니 하며 얼떨결에 고개를 끄덕였다.

진석과 백수가 현미와 함께 가겠다고 하자 공인중개사의 얼굴이 조금 일그러졌다. 안 된다고 할 명분이 없어서 말은 못 하지만, 명백히 싫은 표정이었다.

반대로 현미는 한시름 놓았다는 표정을 짓고 있었다.

떫은 감 씹은 표정을 한 공인중개사가 앞장서고 한두 발짝 뒤를 현미와 진석, 백수가 뒤따랐다.

"어? 현미야. 차로 안 가? 걸어가? 내가 방을 자주 구하러 다닌 건 아니지만, 항상 차로 움직였는데?"

으레 차를 타고 이동할 거라 여겼는데 걸어가자 의아해진 진석이 현미에게 일부러 큰 소리로 물었다.

"실은 방세가 싼 대신 집이 좀 외진 곳에 있대. 차로는 들어갈 수 없는 곳이라나 봐. 그래서 근처에 차를 대고 걸어가던 중에 오빠를 보고 반가워서 인사한 거였어."

"아, 그렇구나. 그래도 이렇게 외진 곳이면 좀 그렇지 않나?"

현미와 진석, 백수가 이런저런 이야기를 나누던 중이었다. 갑자기 백수가 진석의 팔을 툭툭 쳤다.

"야야, 저 아저씨 말하는 거 들어 봐. 저게 어느 나라 말이냐?"

백수의 말에 진석이 공인중개사를 돌아보니 그는 누군가와 전화 통화 중이었다. 셋은 공인중개사가 통화하는 말을 유심히 들어 보았다.

"대체 저게 어느 나라 말이냐?"

"그러게? 중국어도 아니고. 영어도 아니고. 아니, 우리말인 것 같기도 하고?"

아무리 들어도 공인중개사가 하는 말은 무슨 말인지 도통 알아들을 수가 없었다. 셋은 그의 말에 귀 기울이면서 뒤를 쫓아갔다.

약 15분 정도 걸어가자 비로소 매물 현장에 도착했다.

"아, 멀다. 이거 너무 먼 거 아냐?"

진석이 일부러 큰 목소리로 말했다. 그러면서 집으로 들어가려 문손잡이에 손을 얹었다. 갑자기 공인중개사가 정색하며 문을 가로막았다.

"이 집은 왠지 마음에 안 드실 것 같네요. 다른 매물이 올라왔다고 하니 거기로 가시죠."

"아, 뭐예요! 여기까지 15분 걸어서 왔는데. 마음에 들지 안 들지는 내부 구경하고 이 동생이 판단하는 거죠. 걸어온 게 아깝잖아요. 그냥 빨리 보고 마음에 들지 안 들지 판단하고 가면 되는 거 아니에요?"

평소 한번 시작하면 끝장을 보는 성격인 진석이 조금 공격적으로 공인중개사에게 따지듯 말했다. 그러나 공인중개사는 막무가내로 문 앞에 서서 막고는 길을 터 주지 않았다.

"아이, 다른 매물 보여 드린다니깐."

이쯤 되자 진석도 백수도 슬슬 화가 치밀었다. 15분도 넘게 걸어왔는데 집 앞에 도착해서는 들어가 보지도 못하고 되돌아간다니!

"아, 씨발! 그럼 여기까지 왜 걸어오게 한 거예요! 우리가 그렇게 한가해 보여요?!"

문을 열려는 진석과 못 열게 막는 공인중개사의 실랑이가 있던 중이었다.

벌컥!

"윽!"

진석이 목에 핏대를 세우고 소리를 지르는데 갑자기 문이 벌컥 열리더니 그 앞에 서 있던 공인중개사의 엉덩이에 콱 부딪혔다. 안에서 웬 남자가 고개를 내밀었다.

"아, 깜짝이야! 아저씨는 누구세요?"

"이, 이분은 집주인입니다."

문에 부딪힌 엉덩이를 움켜쥐고 팔짝팔짝 뛰던 공인중개사가 당황하여 대답했다.

'보통은 집 보러 오면 서로 불편하니까 자리 비웠을 때 가지 않나? 집주인이랑 공인중개사랑 아는 사이인가?'

진석은 의심스러웠지만, 일단 그럴 수도 있겠거니 하며 넘어가기로 했다.

그 바람에 현미와 백수, 진석은 얼렁뚱땅 집 안으로 들어갈 수 있었다.

안으로 들어간 현미는 조금 자신감이 생긴 듯, 물은 잘 나오는지 화장실과 싱크대 등의 수압을 체크했다. 그리고 곰팡이가 핀 곳은 없는지 인테리어 하자는 있는지 등을 꼼꼼히 살펴보았다.

진석은 그런 현미를 보며 자신도 구경하기로 했다. 그러고 보니 백수는 어느 틈엔지 먼저 여기저기 다니며 구경 중인 것 같았다.

집에는 방이 2개였다. 여자 혼자 살기에 딱 알맞은 크기였다. 너무 외진 곳에 있다는 것만 아니면 자신이라도 이곳에서 살고 싶을 것 같았다.

"꽤 괜찮은데? 이건 뭐야? 붙박이장도 있어? 수납공간 넓네."

큰방에 들어간 진석은 무심코 방에 있는 커다란 붙박이장을 열어 보았다. 그런데!

"우으아아아아아악!"

진석은 태어나서 처음으로 있는 힘껏 고함을 질렀다. 그의 고함에 공인중개사, 집주인, 현미와 백수까지 놀라 뛰어왔다. 방에 들어온 그들도 깜짝 놀라 비명을 질렀다.

"꺄아아아아아악!"

"으아아아아!"

"당, 당신들 누구야! 아저씨들 누구예요! 왜 벽장 안에 들어가 있어요! 아, 씨발 소름 돋아!"

놀란 진석이 벽장 안에 있던 의문의 사내들을 가리키며 물었다. 현미는 어지간히 놀란 듯 그만 자리에 주저앉기까지 했다. 백수가 놀란 현미의 등을 토닥여 주었다. 진석은 집주인과 벽장 안의 남자를 똑바로 노려보며 또박또박 말했다.

"이건 저희가 해결할 상황이 아니니까 경찰에 신고할게요. 대체 이게 뭐야."

그러곤 여전히 주저앉아 있는 현미를 일으켜 세워 함께 밖으로 나갔다.

밖에 나가자 조금 진정된 듯했지만, 현미는 여전히 겁에 잔뜩 질린 표정이었다. 진석은 재빨리 경찰에게 신고했다.

경찰에게 신고한다고 해서 바로 뿅 나타나는 것은 아니라 그 사이에 하나하나 따져 보기로 했다. 진석과 백수는 뒤에 현미를 세우고 집주인에게 따졌다.

"저 아저씨들, 왜 거기 숨어 있는 겁니까? 이건 정상적인 상황이 아닌데요!"

그러자 집주인은 뜻밖에 몹시 능청스러운 얼굴로 대답했다.

"내 아들들이에요. 근데 아들들이 선천적으로 장애가 있거든. 거기 숨바꼭질하고 있었는데 갑자기 방 보러 오니까 너무 당황스러워서 거기 숨은 모양인데. 거기까지 열어 볼 줄은 몰랐죠. 거길 왜 열어 봐요?"

집주인의 마지막 말은 아예 적반하장이었다.

"아저씨! 지금 아저씨가 화낼 위치예요? 그리고 아들이라고요? 아저씨 졸라 동안인가 보네? 아님, 아들들이 졸라 노안인가? 아저씨는 40대 초반으로 보이고, 저 아들들은 30대 중후반으로 보여요! 뭐 결혼을 열 살에 하셨나? 말 같은 소리를 지껄이라고요. 진짜 사람을 뭐로 보고 말 같지도 않은 거짓말을 지껄여?"

진석의 날카로운 지적에 집주인도 잠시 할 말을 잃었다. 그는 괜히 헛기침을 하며 진석의 매서운 시선을 외면했다.

"큼, 큼."

진석의 지적대로 아들이라고 우기기에 두 남자는 너무 늙어 보였다. 집주인이 우물쭈물하자 진석은 다시 한번 일갈했다.

"뭐 다 좋아요. 졸라 동안이거나 노안일 수 있지. 그래, 숨바꼭질을 했을 수도 있지. 다 그렇다 쳐요. 근데, 저 카메라! 저 카메라는 뭐냐고요!"

어디서 솟은 용기인지 모르지만, 진석은 마치 용맹한 싸움닭처럼 집주인과 자칭 아들들에게 마구 퍼부어 댔다. 워낙 기세가 강해서인지 그들은 꼼짝없이 당하고만 있었다. 그러던 중 경찰이 도착했다.

"신고받고 왔습니다. 신고자분이……?"

"접니다."

여태 씩씩대던 진석이 경찰 앞으로 한 발 나섰다. 그러곤 경찰에게 자초지종을 설명했다.

"집을 보러 왔는데, 벽장 안에 저기, 저 아저씨 둘이 숨어 있었어요. 원래 여기, 이 아가씨 혼자 방 보러 오다가 우리가 합류한 거거든요."

진석의 말을 하나하나 수첩에 적으며 듣던 경찰이 현미를 한 번 힐끔 보더니 진석에게 물었다.

"그래서 혹시 김현미 씨께 뭐 피해가 있었습니까?"

"딱히, 아직 현미가 무슨 피해를 본 건 아니지만……."

경찰은 건조한 어투로 진석에게 물었다. 약간 기세가 수그러진 진석이 말을 어물어물 맺지 못했다. 경찰은 적고 있던 수첩을 탁, 덮고는 말했다.

"피해를 보신 게 없다면 저희가 당장 할 수 있는 조치가 없습니다."

"아니, 그렇기는 한데, 그래도 이건 아니죠. 다른 피해가 생기면 어쩔 건데요."

어쩐지 억울한 마음에 진석이 경찰에게 따지듯 물었다. 그때, 어느 정도 진정이 된 듯 현미가 입을 열었다.

"이전에 무슨 일 있었어요."

"현미야, 무슨 일이 있었어?"

"공인중개사랑 오기 전에 둘이서 차량으로 올 때 공인중개사가 만나자마자 위협하면서 핸드폰을 뺏어 갔어요. 방 구경 다 하면 돌려준다고요."

그제야 비로소 경찰의 눈빛이 바뀌어 진지하게 그녀의 말을 듣기 시작했다.

"차 안에서 공인중개사가 '귀엽게 생겼는데 남자 친구는 있냐', '남자 몇 번 사귀어 봤냐', '원래 집은 어디냐', '부모님이랑 같이 살았냐', '며칠 집에 안 들어가면 걱정하시는 편이냐' 이런 걸 꼬치꼬치 물었어요. 그리고."

현미는 잠시 입을 다물었다. 뭔가 말하기 곤란한 이야기인 듯했다. 그러나 이내 마음을 다잡고 경찰에게 사실대로 이야기했다.

"차 안에서 안전벨트를 착용하니까, 저⋯⋯ 그, 제 가슴이 도드라졌거든요. 그걸 보고는 '몸매가 좋아 보인다, 사이즈가 얼마냐' 이런 걸 물었어요."

말을 하면서도 수치스러웠는지 현미는 고개를 푹 숙이고 있었다. 그녀의 말을 들은 경찰은 공인중개사에게로 다가가 확인하기 시작했다.

"김현미 씨 휴대폰 뺏어 갔습니까? 그리고 성희롱적인 발언도 하시고요?"

"아뇨! 그럴 리가요! 그런 뜻이 아니라, 핸드폰을 슬쩍 봤는데 배터리가 없어 가지고요. 제가 충전해 드리려고 그랬죠. 서비스 차원에서 그랬던 일이고 그냥 보관하고 있었던 겁니다. 여자분이 달라고 했으면 줬을 거예요. 아가씨! 휴대폰 돌려 달라고 해야지! 왜 말을 안 해?"

공인중개사는 적반하장으로 현미에게 핀잔을 주기까지 했다. 그걸 들은 백수가 다른 경찰과 이야기하느라 듣지 못한 진석에게 전해 주었다. 그사이에도 공인중개사는 계속 자기는 잘못이 없다며 변명을 늘어놓았다.

"딸아이 같아 가지고 가족 관계에 대해서 살짝 물어본 거고, 전혀 성희롱적인 말은 안 했다니까요?"

"거짓말 마세요! 아저씨!"

현미가 억울한 듯 소리를 질렀지만 그는 아랑곳하지 않았다. 현미는 분한 나머지 주먹을 쥔 채 부들부들 떨기만 했다.

그때 진석이 현미 앞에 나서서 말했다.

"차 타고 왔다고 했죠? 블랙박스에 녹화나 녹음이 돼 있을 테니까 바로 블랙박스 조사해 보면 되겠네요. 경찰관님들!"

진석의 제안으로 그들은 자리를 이동해 주차해 둔 차까지 갔다. 그리고 경찰이 보는 앞에서 블랙박스의 SD카드를 꺼내 노트북에 꽂아 실행시켰다.

"어?"

"어? 저게 언제 고장이 나 있었지?"

공인중개사는 뻔뻔스레 어깨만 으쓱거렸다.

"자, 뭐 보시다시피 제 결백을 보여 드릴 수가 없네요. 어쨌든 저는 그런 발언을 한 적도 없고요, 휴대폰은 충전해 드리려고 잠시 맡아 둔 겁니다. 됐죠?"

진석과 백수는 몹시 억울했지만, 달리 증거가 없으니 뭐라 항변할 수도 없었다. 현미 역시 몹시 억울한 표정이었지만 그녀의 말을 증명해 줄 증거가 없었다. 그 와중에 경찰은 마치 약이라도 올리듯 사무적으로 말했다.

"진짜 증거도 없고 범죄도 없으니까, 어쩔 수 없겠네요."

경찰의 말에 공인중개사는 신난 듯 주변을 둘러보다가 현미의 휴대폰을 가지고 왔다.

"휴대폰 충전이 다 됐네요? 오해할 만한 행동 해서 미안해요, 아가씨?"

"어쨌든 신고가 들어왔으니 아저씨는 연락처 주세요. 저기 아저씨들도 이리 와서 연락처 쓰세요."

"예, 예."

공인중개사는 방정맞아 보이기까지 한 몸짓으로 건들거리며 연락처를 알려 주었다. 집주인과 아들이라는 사람들 역시 못마땅한 듯 와서 대충 연락처를 써 놓고 돌아갔다.

그렇게 아무것도 해결된 것 없이 일은 마무리되고 말았다.

경찰은 한 것도 없는 주제에 현미에게 훈계를 늘어놓았다.

"앞으로는 혼자서 방 보러 다니지 마세요. 그리고 핸드폰도 아무한테나 맡기지 마시고요."

"네……."

그 모습을 죽 지켜보던 진석은 순간 온몸에 소름이 돋았다. 결과적으로는 아무 일이 없긴 했지만 혹시라도 그때 그들이 동행을 안 했거나, 그가 현미를 못 만났더라면 어떻게 됐을지 상상만 해도 아찔했다.

얼마 후 현미는 정말 믿을 수 있는 사람에게서 방을 소개받아 안전하게 이사할 수 있었다.

이사를 하던 날 진석과 백수 역시 이삿짐을 함께 날라 주었다.

그날 저녁 진석과 백수, 현미, 현미의 오빠 현호 넷이 방에 둘러앉아 중국 음식을 먹으며 이야기를 나누었다.

"햐, 진짜 진석아, 너 아니었으면 대체 무슨 일이 일어났을지……."

벌써 몇 번이나 했던 이야기인데 현호는 새삼스러운 듯 또 이야기를 꺼냈다.

"그러게, 어떻게 딱 그 순간에 만났는지…… 참 신기해요."

현미 역시 그때 일만 떠올리면 소름이 돋는다며 양어깨를 감싸 안았다.

"야야, 현미야. 잘 기억해 둬라. 내가 네 생명의 은인이라고."

"큭큭, 그럼요. 오빠. 고마워요. 제가 월급 타면 꼭 오빠한테 한번 쏠게요."

백수 역시 곁에서 거들었다.

"아니, 너무 소름 끼치는 게…… 현미가 만약에 진석이를 못 만났다고 쳐 봐. 그러면 그곳으로 혼자 갔을 거 아냐. 그러면 그 상황을 오롯이 혼자 겪었을 거 아니냐고. 근데 그 남자 두 명이 붙박이장에서 카메라를 들고 있었잖아? 이유가 뭐였겠어?"

순간 방 안에 정적이 내려앉았다. 다들 입밖으로 꺼내지는 못하지만, 무슨 일이 벌어졌을지는 충분히 상상할 수 있었다.

"그것도 경찰한테 이야기했거든. 그랬더니 자기들이 뭐 카메라로 누구를 찍었냐고 이렇게 얘기를 하더라고. 찍은 것도 아니고 그냥 들고 있었는데, 뭐 그거에 대해서 우리가 어떻게 할 수도 없고……."

진석의 목소리에는 아쉬움과 분노가 스며 있었다. 현호가 한숨을 푹 내쉬고는 말했다.

"이유는, 그냥 내 추측인데 아마 뭐 그런 안 좋은 거, 아마도 이제 몹쓸 짓을 하면서 그거를 촬영해서 어디 얘기도 못 하게 만드는, 그런 거였겠지."

"맞아. 그랬을 거야."

들고 있던 그릇을 내려놓으며 현미는 담담히 말했다.

"그럴 확률이 높다고 생각해."

비록 큰일을 당할 뻔했지만, 그사이 현미는 많이 진정됐는지 제법 냉정했다.

"그 붙박이장 열었을 때, 보고 나서 너무 놀라 진짜 태어나서 제일 큰 비명을 지른 것 같아."

차분해진 현미를 보고 진석과 백수, 현호도 비로소 마음이 놓였다. 약간 어색해진 분위기를 바꾸려는 듯 현미가 명랑하게 말했다.

"공인중개사인 척하면서 나쁜 짓 하려는 일당이 있다는 거잖아. 그래서 나 다른 친구들한테도 조심하라고 말해 뒀어. 여자도 위험하지만, 남자라고 덜 위험한 건 아니니까, 오빠들도 조심해."

"그러게. 남자라고 안전한 건 아니지. 작정하고 여러 명이 때리거나 하면 어쩌겠어."

진석의 말에 백수도 현호도 고개를 끄덕이며 중얼거렸다.

"세상이 참…… 무섭다."

수상한
지하 중고 명품샵

동
네
꼬
마

우리가 볼 수 있는 세상의 한계는, 우리가 알고 있는 곳까지다. 당신의 상식과 지식이 끝나는 바로 그 지점이 당신 세상의 경계선이다······.

†

몇 년 전, 동주는 모처에서 자동차 판매업을 하고 있었다. 그날은 그의 당직일이었다. 여느 날과 다름없이 손님 한 사람이 들어왔다.
"어서 오세요!"
"차 좀 봅시다."
손님은 이 차 저 차 둘러보다가 그중 몇 대를 눈여겨보았다.

동주는 손님을 따라다니며 설명을 하다가 상담실로 모셨다.

"이 차는 이런 점이 좋지만, 저런 점은 좀 불리할 수 있고요……."

차량에 관한 설명은 하도 많이 해서 딱히 머리로 생각해서 할 필요도 없었다. 툭 치면 입에서 줄줄 나올 정도였다. 노련한 영업직인 동주는 그런 것보다 손님의 특징이라든가 취미, 취향 등을 빨리 알아채는 능력을 가지고 있었다. 보통 손님은 '행여 저 영업하는 놈이 나에게 사기를 치면 어쩌나?' 하는 생각에 자신도 모르게 방어막을 치고 있게 마련이다. 그러나 사려는 물건과는 관계없는 취향이나 취미 등으로 말문을 열면 매우 쉽게 그 방어막이 깨지고 마는 법이다. 동주는 입으로는 차량에 관한 설명을 하면서도 눈으로는 열심히 손님의 머리끝부터 발끝까지 스캔하고 있었다.

슬쩍슬쩍 손님의 스타일을 살피던 동주의 눈에 손목시계가 딱 들어왔다.

'옳지, 됐다.'

갑자기 동주가 하던 말을 멈추고 잠시 목을 축였다.

"아후, 사장님. 손목시계가 너무 눈길을 끄네요. 막 눈부셔요. 그래서인가 제가 자꾸 헛소리를 한 것 같은데, 혹시 실수는 안 했나요?"

"어, 어? 그래요?"

"예! 손목시계! 이게 남자의 로망 아닙니까! 너무 제 눈길을 잡아끌어서 상담을 제대로 못 하겠네요. 사장님, 실례지만 그 시계 얼마쯤 하는 건지 여쭤도 될까요?"

동주의 싹싹하면서 자존심을 채워 주는 질문에 손님의 입꼬리가 씰룩거리는 듯했다. 손님은 애써 담담한 척 대답했다.

"뭐, 이건 내 형편에 새 거로는 못 사고…… 중고로 들인 거요."

손님은 시계의 가격을 손가락으로 펴서 알려 주었다.

"네에? 이 시계 중고가가 그것밖에 안 한다고요? 그럴 리가? 혹시……?"

"뭘 생각을 하는지 모르지만, 이거 짝퉁 아니에요! 댁이야말로 중고 샵 몰라요?"

"중고 샵이야 알지만, 이렇게까지 싸게 파는 곳은 모르죠."

손님은 매우 어이가 없다는 듯 동주를 쳐다보았다. 그러더니 뭔가 대단한 비밀이라도 알려 주는 듯 목소리를 낮추어 이야기를 해 주었다.

"저기 내가 한참 전부터 다닌 데가 있거든. 중고 물품을 취급하는데, 거기는 명품관이 따로 있다고. 거기 가면 진짜 명품을 굉장히 저렴한 가격에 득템할 수 있지."

동주가 입을 헤 벌리고 손님의 입을 쳐다보았다. 손님은 마치 동주에게 타박하듯 한마디 덧붙였다.

"그거 몰랐소? 영업한다는 사람이?"

"아, 그, 그게…… 사장님, 거기 주소 좀 알려 주시죠. 저도 한번 가 보고 싶은데요."

손님은 흔쾌히 명품샵 주소를 알려 주었다.

시계 이야기로 물꼬를 튼 것이 주효했는지 이후 동주는 계약까지 무사히 진행할 수 있었다.

"안녕히 가십시오!"

손님을 보낸 후 동주는 손님이 주고 간 'ㅇㅇ 중고 명품샵' 주소를 물끄러미 내려다보았다. 그러곤 동료들을 한 번씩 떠올려 보았다.

'철민 씨도 명품 셔츠에 명품 구두, 경준 씨도 명품 지갑에 명품 재킷, 동욱 씨는 머리끝부터 발끝까지 싹 다 명품⋯⋯.'

비단 자동차 영업 사원뿐 아니라 대개의 영업직은 남에게 보이는 모습도 제법 중요하기 때문에 외모나 치장하는 데 돈을 많이 쓰는 편이었다. 동주는 명품 따위로 자존감을 올리려는 부류는 아니라 특별히 명품을 무리해서 구입하는 편은 아니었다.

'그렇긴 한데⋯⋯ 나도 하나쯤 있으면 나쁠 건 없지. 구경이나 해 보지 뭐.'

다음 날, 동주는 바로 주소를 들고 가게를 찾아갔다.

동주가 사는 곳은 애초에 서울이나 부산 같은 대도시가 아니었기 때문에 논두렁, 밭두렁 사이에 건물이 덩그러니 서 있는 경우가 간혹 있었다. 그 중고 샵도 그런 식이었지만, 별로 이상하게 생각하지는 않았다.

2층짜리 중고 샵 건물은 일반적인 원룸 건물 크기쯤 되어 보였다. 주차장도 잘되어 있고 꽤나 깔끔하게 잘 꾸며져 있는 곳이었다. 동주는 아무 의심 없이 안으로 들어가 1층 내부를 둘러보았다.

"오! 냉장고, 세탁기, 피아노까지? 2층에는 뭐가 있지?"

여기저기 구경하며 그가 2층으로 올라갔다.

2층에 들어서니 텔레비전, 컴퓨터 등 비교적 작은 가전제품과 생활 잡화 등이 전시되어 있었다. 워낙 여러 제품이 진열되어 있어서 구경하는 재미가 쏠쏠했다.

'그런데 명품은 어디에 있는 거야?'

아무리 둘러보아도 명품 포장지도 보이지 않았다.

'에이, 뭐야. 없잖아. 그래도 온 김에 마우스나 하나 사 갖고 가자.'

동주는 컴퓨터 용품이 진열되어 있는 곳에 가서 마우스를 하나 골라 가지고 왔다.

"이야! 이건 뭐 완전 새 거 같은데? 케이스도 그렇고. 근데 이게 중고라고?"

이리 보고 저리 봐도 새것으로만 보였다. 그는 신기해하며 카운터로 갔다. 결제된 금액을 본 동주가 깜짝 놀랐다.

"헛, 이게 이 가격밖에 안 한다고? 거의 1/3 가격 이하인데?"

어이가 없을 정도로 저렴한 가격에 동주의 눈이 빛났다.

'여긴 한 번씩 올 만한걸?'

카운터 직원을 보자 순간 ○○ 명품샵에 관해 물어볼까 하는 생각이 스쳤다. 동주는 직원에게 떠보듯 물었다.

"저기, 실은 제가 여기 ○○ 명품샵이 있다고 해서 왔는데요, 있는 거 맞나요? 1층, 2층 다 둘러봤는데 안 보이더라고요?"

"예, 있습니다. 명품관 운영을 하고는 있는데 아무래도 고가의 물건이다 보니까 일반적으로 바깥에는 못 놓고 멤버십으로 제공을 해 드리고 있습니다."

'에이, 결국 돈 내라는 얘기 아냐?'

살짝 실망스러웠지만 동주는 기왕 묻는 거 좀 더 자세히 물어보기로 했다.

"멤버십을 가입하려면 비용이 발생하는 건가요?"

"따로 돈을 받고 있지는 않습니다. 다만 고가의 물건이니까 도난을 당할 수도 있는 거고 한번 만져 보다가 실수로 파손을 할 수도 있기 때문에 회원님의 기본적인 개인정보를 받는 것뿐입니다. 그러니까 만에 하나 있을지 모르는 불의의 사고에 대처하는 방법 정도로 생각해 주시면 됩니다."

직원의 설명을 듣고 보니 꽤 설득력이 있었다. 작은 지갑 따위는 몰래 훔쳐 갈 수도 있으니 신상 정보라도 알고 있으면 찾기에 쉽겠다 싶었다.

"그러면 저도 멤버십 가입을 하고 ○○ 명품샵에 들어가 보고 싶네요."

"잠시만 기다리세요."

직원은 간단한 양식이 프린트된 종이 한 장을 건네주었다. 보통 멤버십 신청 종이와 마찬가지로 이름, 주민번호, 연락처, 주소 등을 기입하게 되어 있었다. 그것을 작성해서 주니 주민증과 대조해 보고는 동주에게 말했다.

"이거 회원 가입 처리하는 건 시간이 좀 걸리니까 내일 연락드리겠습니다. 명품관은 예약제로 운영이 되기 때문에 따로 저희가 전화를 드릴게요."

아마도 이리저리 조회를 해 보고 가짜 신분증이나 주소가 아닌가 알아보려는 모양이었다. 동주는 알았다고 하고 마우스만 들고 집으로 돌아왔다.

다음 날, 전화가 걸려왔다. ○○ 명품샵의 직원이었다.

[회원 가입되셨고요, 방문 예약 날짜를 잡아 드리려 하는데 괜찮으실까요?]

"아, 예, 예."

[내일 오후 2시경 타임이 비는데 괜찮으세요?]

"시간제로 운영되는 건가요?"

동주가 되묻자 그제야 직원이 설명해 주기 시작했다.

[네, 저희는 말씀하신 대로 시간제로 운영되고 있습니다. 2인 1조, 한 팀이 되어 들어갈 수 있으시고요, 관람 시간은 한 시간입니다. 한 팀당 한 시간입니다. 들어가시는 인원은 임의로 정해지는 게 아니라 저희의 기준에 맞춘 분들만 선별하여 연락드리고 있습니다.]

직원의 상세한 설명을 듣고 보니 백화점 명품샵이 떠올랐다. 백화점의 명품샵도 들어갈 수 있는 인원이 정해져 있다더니, 이곳은 백화점과 마찬가지로 똑같이 응대하는 모양이었다.

'거, 기대되네.'

"네. 그럼 내일 2시 타임 예약해 주세요."

예약을 마치고 전화를 끊었다. 괜한 설렘이 가슴속에 번졌다.

예약 당일 오후 2시. 동주는 시간을 맞춰 ○○ 명품샵에 찾아갔다. 도착해 보니 동주 외에 한 팀을 이룰 다른 한 사람이 기다리고 있었다.

직원을 따라 함께 지하로 내려갔다. 입구에 선 직원은 동주와 일행에게 설명을 시작했다.

"관람 시간은 한 시간입니다. 그리고 구매 의사가 있으시다면 한 시간 이내에 밝혀 주셔야 합니다. 예약은 받지 않습니다. 반드시 살 의사가 있는 경우에만 구매하시고 즉석에서 바로 결제 부탁드립니다. 예약 후 연락이 두절되는 고객이 간혹 있어서 부득이하게 조치하는 것이니 양해 부탁드립니다."

직원은 정중하게 설명을 마치고 문을 열어 주었다. 동주는 잔뜩 기대한 채 안으로 들어섰다.

'나도 그런 시계 있으면 바로 사야지.'

그런데 둘러볼수록 기대가 점점 사그라들었다. 인테리어는 수준급이었지만, 진열되어 있는 명품들은 그저 그런 것들이었다. 이런 값에 굳이 이런 물건을 살 필요가 있나 싶은 것들밖에 없었다.

'에이, 뭐야. 그런 시계 같은 건 없잖아? 게다가 종류도 얼마 안 되고.'

실망스러운 나머지 동주는 다소 불퉁하게 직원에게 따지듯 물었다.

"아니, 여기 내가 소개받았는데, 내가 들은 거랑 좀 다르네요? 종류도 별로 없고. 물건도 그저 그렇고."

동주의 불퉁한 말에도 직원은 당황하지 않고 상냥하게 대답해 주었다.

"네, 그렇게 생각하실 수 있습니다. 아시다시피 저희는 중고 물품을 취급합니다. 그래서 물건 수급이 될 때도 있고 안 될 때도 있답니다. 물건이 많이 들어올 때는 여러 사람이 좋아할 만한 물건이 전시되고, 요즘처럼 수급 상태가 좋지 않으면 말씀하신 대로 좀 불만족스러우실 수 있습니다. 중고다 보니 어떤 물건이 항상 있다는 보장이 없거든요."

직원의 친절한 설명을 듣고 보니 이해가 되었다.

'그러네. 중고다 보니 내가 원하는 게 항상 있다는 보장이 없네.'

마음이 좀 누그러진 동주가 다시 슬며시 물어보았다.

"그러면, 혹시, 제가 원하는 물건을 미리 말씀드리고 그게 들어올 때 연락 달라고 부탁하면 그렇게 해 주시나요?"

"죄송합니다. 저희는 그렇게 하지는 않습니다. 그때그때 원하는 물건이 보이시면 구매하시는 방법밖에는 없습니다."

미안한 듯한 직원의 표정을 보니 동주의 어깨가 아래로 늘어졌다.

"순 운이네요. 내가 좋은 시기에 와서 좋은 물건 보면 사는 거고, 아니면 못 사는 거고."

"네, 맞습니다."

여기서 직원을 붙잡고 더 따져 봐야 방법은 없었다. 직원 역시 사장이 시키는 대로 할 뿐이란 것을 동주는 너무나 잘 알고 있었다.

"알겠습니다. 다음에 또 오지요."

조금 실망스러운 마음을 안고 밖으로 나왔다. 그러나 별로 화가 나지는 않았다.

"사장이 똑똑하네. 결국 내가 원하는 게 들어올지 확인하려면 자주 여기 와야 하고, 그러다 보면 1, 2층에 있는 제품을 살 수도 있는 거 아냐? 사람 많이 드나들면 판매는 올라갈 테고. 거 괜찮은 전략이네?"

동주 역시 세일즈맨이다 보니 사장의 경영 전략이 잘 이해되었다.

그 후 동주는 몇 번 더 중고 샵에 방문했다. 그러나 매번 그저 그런 허접한 것뿐이었다.

"그분의 운이 좋았었나 보네. 별 볼 일 없는 곳에서 월척 낚은 거였어. 그럼 그렇지."

동주는 단념하고 가게에 대한 미련을 버리기로 했다.

사무실로 돌아온 그는 차량 출고를 위해 손님에게 전화를 걸었다.

[지금 거신 번호는 없는 번호…….]

"어? 잘못 걸었나?"

[지금 거신 번호는 없는 번호…….]

전화번호를 확인하고 다시 걸었지만 똑같은 기계음만 들려왔다.

간혹 계약서를 쓰고 계약금까지 줬지만, 마음이 바뀌어 해약하고 싶어 하는 사람도 있다. 그런 사람들은 계약금 10만 원, 그냥 날리고 만다는 식으로 연락을 피하기도 한다. 동주도 몇 번 겪어 본 일이었다.

"그런데 전화번호가 통째로 없어지다니?"

연락을 피하는 것도 아니고 연락처 자체가 사라져 버리니 방법이 없었다.

"하…… 계약 하나가 또 이렇게 날아갔구나."

그렇게 동주는 그 계약을 잊기로 했다.

시간이 흐르고 지인으로부터 소개받은 고객과 상담할 일이 생겼다. 늘 그래 왔듯 동주는 손님의 외모와 차림새를 죽 훑어보았다.

'어? 시계?'

연락이 끊긴 그 손님이 차고 있던 시계와 같은 브랜드이지만 다른 모델의 시계를 차고 있었다.

"사장님, 시계 좋습니다. 저도 그 브랜드 시계를 하나 갖고 싶어서 이리저리 알아봤는데 말이죠……."

시계를 화젯거리 삼아 한참 이야기를 풀어 놓던 중, 얼마 전 자신이 겪은 일도 이야기하게 되었다.

"그래요? 거 안됐네. 나도 그 중고 샵에서 이 시계 샀는데. 운이 없었나 보네."

'그 가게가 그렇게 유명했나?'

"사장님은 언제쯤 그 시계를 구매하셨나요?"

"한 반년 전쯤?"

손님의 대답을 듣고 시간을 헤아려 보니 자신이 거기에 발길을 끊은 즈음이었다.

'그러면 내가 갔던 시기가 물건이 별로 없었던 시기였나 보구나. 주기적으로 들러 봐야겠는걸?'

지인 소개였던 계약자와는 바로 계약을 하기로 하고 계약서까지 단번에 썼다.

동주는 다시 중고 샵에 가 보았다. 그날도 허탕이었다. 그러나 실망하지 않고 10~15일에 한 번꼴로 다녀 봤지만, 이상하게도 그가 갈 때마다 볼품없는 물건이 진열되어 있었다.

"에이, 난 여기랑 인연이 아닌가 보다."

다시 동주가 포기하고 잊으려 하던 즈음이었다.

또 이상한 일이 생겼다. 지인 소개였던 고객 역시 차량을 출고할 때쯤이 되어 전화를 걸었지만, 연결이 되지 않았다. 혹시 싶어서 소개해 준 지인에게도 물어봤지만, 지인도 요즘 그와 연락이 되지 않는다는 거였다.

"어휴, 그 시계 브랜드랑 무슨 원수가 졌나. 그 시계 찬 사람하고만 벌써 계약이 두 건이나 날아갔네."

이후 혹시나 하는 마음에 동주는 ○○ 명품샵에 몇 번 더 갔지만, 역시나 그가 갔을 땐 허접한 물건만 있었고 실망한 그는 아예 발길을 끊어 버렸다.

반년 후, 동주는 늘 하던 전단지 작업을 하고 있었다. 우체함에 팸플릿을 넣기도 하고, 전봇대에 플래카드를 걸어 두기도 하는 등 꽤 열심히 일했다. 그날은 아예 작정하고 나온 참이었다.

"어? 저기에 원룸촌이 있었네? 원룸촌이면 차 필요한 사람이 많겠지?"

마치 노다지라도 발견한 듯한 표정으로 동주가 원룸촌으로 달려갔다. 막상 도착해 보니 생각 외로 그리 크지는 않았다. 그러나 이왕 온 거 열심히 우체함에 전단지를 꽂았다. 아래쪽에서 위쪽으로 쭉 꽂아 가던 중 가장 위쪽에 있는 건물에 도착했다. 그런데 뭔가 이상한 느낌이 들었다.

다른 건물에는 카풀하는 사람들이 대어 둔 차들이 많이 주차되어 있었다. 그런데 그 건물에는 차가 딱 두 대 주차되어 있는데 그나마도 먼지가 두껍게 쌓인 데다 타이어 바람도 빠져 있는 게 마치 방치된 느낌이었다.

"어우, 뭐야…… 이상한 곳이네."

그는 중얼거리면서 우체함에 전단지를 꽂았다. 그러던 중 놀라운 것을 발견했다.

"어? 먼저 전화번호 없애고 잠수 타신 그 사장님 이름이잖아?"

전단지를 꽂던 중 우체함에 고지서가 있는 것을 보았는데, 워낙 특이한 이름이라 절대 동명이인이라고는 생각할 수 없는 이름이 고지서에 박혀 있었다.

"아니, 사장님이 주소를 옮겼나? 아니면 사업에 문제가 생겨서 잠수 탄 건가?"

건물을 휘휘 둘러보니 영 을씨년스러운 것이 사업이 망했다고 짐작할 만한 꼴이었다.

"에휴, 사정이 있으셨던 거구나. 쯧쯧."

동주는 고개를 절레절레 저으며 그 건물에서 나왔다.

얼마 후 동주는 다시 그 건물에 전단지를 꽂으러 가게 됐다. 마찬가지로 전단지를 꽂던 중 또 놀라운 점을 발견했다.

"어? 이건 두 번째 잠수 타신 사장님 이름이잖아? 아니, 동명이인인가……?"

첫 번째 사장님의 이름은 워낙 특이해서 동명이인을 생각할 수 없었지만, 두 번째 사장님의 이름은 비교적 흔한 탓에 긴가민가했다. 그렇다고는 해도 동주 자신이 아는 이름을 연속해서 두 번 보게 되니 뭔가 수상쩍게 느껴졌다. 그제야 동주는 건물을 유심히 둘러보았다. 전형적인 달방 원룸 모습이었다. 그런데 올 때마다 사람은 안 보이고 분위기는 을씨년스럽기만 했다. 고개를 갸웃거리며 발걸음을 돌리는 그의 눈에 계량기가 보였다. 동주는 무심코 그 계량기가 가리키고 있는 숫자를 적어 두었다.

"사람이 살고 있으면 다음번에 왔을 땐 숫자가 바뀌어 있겠지."

조금은 가벼운 마음으로 숫자를 적어 간 거였다. 그리고 며칠 후.

"어? 숫자가 전혀 안 바뀌었네? 그럼 사람이 안 산다는 말인가? 고지서는? 아, 하긴 등본상 주소지에 발송되는 거니."

동주는 두리번거리며 공동현관을 살펴보았다. 특이하게도 이곳의 공동현관은 기계식 비밀번호 키로 잠겨 있었다. 그는 창문 쪽으로 가서 안을 들여다보려 했지만, 아무것도 보이지 않았다. 궁금증이 솟아난 동주는 등기부등본을 떼어 보기로 했다. 그러나 등기부등본상으로는 아무 문제가 없었다.

"에이, 뭐야? 멀쩡한 건물이잖아?"

시간이 좀 흐른 후 동주는 후배 하나를 데리고 판촉을 하러 나갔다가 그 건물로 갔다.

"네가 보기에 이 건물은 어떠냐?"

"형님, 이 건물 이거 버려진 폐건물 아니에요?"

동주는 일부러 후배에게 건물에 관해 아무런 말도 하지 않았다. 그런데 후배는 단번에 그렇게 말했다.

"왜?"

"형님, 봐 봐요. 제대로 연결된 선도 하나도 없고 이게 어떻게 사람 사는 건물이에요?"

그러고 보니 전선이고 뭐고 제대로 연결된 것이 하나도 없었다.

"사실은 내가 계약했었던 분이 연락이 안 되거든. 봤더니 여기로 주소지가 이전이 돼 있는데 나 되게 궁금해. 내가 한번 둘러볼 테니까, 망 좀 봐."

"그래요. 그럼. 조심하시고요."

후배는 순순히 허락해 주었다. 사람이 오면 전화할 테니 바로 나오라고 했다. 혹시 의심 받을 때를 대비하여 전단지도 몇 장 가지고 들어갔다.

동주는 기계식 비밀번호 키를 유심히 살폈다. 유독 손때가 묻은 숫자 몇 개가 보였다. 그는 그 숫자로 조합을 해 보았다. 몇 번 숫자를 넣어 보던 중 마침내 키가 풀렸다.

문을 열고 안으로 들어가 보니 이건 완전한 암실이었다. 센서 등도 하나 없고 전혀 인기척이 느껴지지 않았다.

"빈집이잖아? 그럼 우편물은 누가 치우는 거야? 귀신이 관리하나?"

미약한 핸드폰 플래시에 의지하여 더듬거리며 가던 중 먼지 없이 반들반들한 손잡이가 달린 방 하나를 발견했다. 그는 홀린 듯 손잡이를 열고 방 안으로 들어갔다.

안에는 살림살이나 가재도구 따위는 전혀 없고 그저 캐비닛만 하나 덩그러니 있었다.

"뭐야. 누가 와서 물건 쌓아 두는 창고인가?"

동주는 캐비닛도 살펴봤는데 다이얼 방식으로 비밀번호가 걸려 있었다. 그가 별 기대 없이 손잡이를 돌려 보니 의외로 문이 텅 소리를 내며 열렸다. 동주는 캐비닛 안을 플래시로 비춰 보았다.

"으악!"

3단으로 나뉜 캐비닛 안에는 사람 손가락이 빽빽하게 채워져 있었다.

"으어! 으어어!"

동주는 놀란 가운데서도 다시 한번 캐비닛 안을 비춰 보았다. 사람 손가락이 10개씩 고무줄로 묶여 있었다. 너무 놀라 얼어 있던 그가 차츰 냉정을 되찾고 자세히 보니 진짜 사람 손가락은 아니고 실리콘으로 만들어진 모형이었다. 심지어 지문까지 제대로 묘사된 정밀한 모형이었다.

"아이고, 놀라라. 살다 살다 지문이 전부 다른 실리콘 손가락은 처음 보네."

동주는 놀란 가슴을 쓸어내리고는 캐비닛 문을 닫고 방에서 나왔다. 그는 왠지 모를 더러운 기분에 문손잡이를 셔츠로 닦은 후 건물에서 나왔다.

"참 저기는 뭔가 희한한 거투성이인 달방이구나."

첫 번째 잠수 탄 계약자도, 두 번째 잠수 탄 계약자도 이상하기는 했지만, 그런가 보다 하고 넘어갈 수는 있을 정도라 그렇게 잊고 지내던 중이었다.

일상생활을 하면서 계약도 여러 건 땄다. 새로운 계약을 한다는 분과 계약서를 쓰려던 참이었다. 계약자는 안주머니에서 몽블랑이라는 유명 만년필을 꺼내 들었다.

"오! 사장님, 안목이 좋으시네요. 그거 몽블랑 아닙니까? 멋진데요?"

"하하, 자네 눈이 좋군! 이 몽블랑도, 타이핀도 ○○ 명품샵에서 샀다네."

"아, 그러시구나. 하하……."

'그놈의 가게는 잊을 만하면 한 번씩 내 눈에 치이는구먼.'

그날 저녁 동주는 퇴근 후 텔레비전을 보고 있었다. 아무 생각 없이 웃던 중 갑자기 뭔가가 머릿속을 탁 스치고 지나갔다.

'그때 그 첫 번째, 두 번째 고객 가족관계가…… 혼자였지? 그럼 오늘 계약한 분은?'

궁금증이 한번 돌자 도무지 참을 수가 없었다. 그는 늦었지만 얼른 회사 사무실로 달려가 서류를 확인해 보았다. 그의 기억대로 첫 번째, 두 번째 고객은 혼자 사는 사람이었다.

다음 날, 그는 세 번째 고객에게 전화를 걸었다.

"사장님, 지금 뭐 결제할 건 아니지만, 닥쳐서 서류 떼면 귀찮으니까 미리 한꺼번에 떼 두시죠. 가족관계 증명서도 부탁드립니다."

세 번째 고객이 의아해하면서도 서류를 가지고 동주에게 왔다. 동주가 서류를 훑어보면서 확인해 보니 이 사람도 혼자 사는 사람이었다. 뭔가 그의 머릿속을 빠르게 지나갔다.

"사장님 그 몽블랑 펜이랑 넥타이핀이랑 ○○ 중고 명품샵에서 사셨잖아요, 거기 시스템이 어떻게 돼요?"

그러자 고객은 자신이 알고 있는 것을 설명해 주었다. 건물 외형이라든가 인테리어, 멤버십 등은 동주가 알고 있는 것과 똑같았다. 그런데 마지막에 동주가 알고 있는 것과 다른 점이 있었다.

동주가 ○○ 명품샵에 들어갈 땐 항상 왼쪽에 있는 문을 통해서 들어가곤 했다. 오른쪽에도 문이 하나 있기는 했지만, 한 번도 그 문이 열리는 것을 본 일이 없었기 때문에 그 문은 쓰지 않는 모양이라고 짐작했었다. 그런데 지금 이 고객은 항상 오른쪽에 있는 문으로 들어갔다는 것이다.

동주는 표정을 갈무리하고 고객에게 친절한 표정으로 말했다.

"고객님, 밤 10시가 됐든 새벽 4시가 됐든 좋으니까 그 명품관에 혹시 또 다음에 가시거든 저한테 '할부 잘 부탁드려요'라고 문자 하나만 좀 보내 주시겠습니까? 그리고 명품관에서 쇼핑하고 나오면서 저한테 전화 한 통만 좀 주시고요. 이거 잊지 말고 꼭 약속 좀 해 주시면 제가 선팅 진짜 좋은 걸로 해 드릴게요."

동주의 뜬금없는 부탁에 고객은 얼떨떨해하면서도 알겠다고 대답했다.

그런 후 3주가 지났다.

새벽 1시. 상식적으로 납득이 안 되는 시간에 '할부 잘 부탁드려요'라는 문자가 들어왔다.

"뭐야? 새벽 1시에 명품샵에 간다고?"

아무리 생각해도 수상쩍었다. 동주는 잠도 자지 않고 전화가 오기를 기다렸다. 그러나 끝내 전화는 오지 않았다.

결국 동주가 아침 8시에 전화를 걸었더니 전화기는 꺼져 있었다. 점심시간에도, 저녁 시간에도 전화기는 계속 꺼져 있었다.

덜컥 겁이 난 동주가 경찰에 신고하려 했지만, 대체 뭐라고 신고를 해야 할지 알 수가 없었다.

어영부영 시간을 보내던 중 동네 형님 가운데 건달 출신으로 주점을 운영하는 분을 만나게 되었다. 그러곤 자신이 겪은 일들을 털어놓았다.

"야, 네가 그걸 왜 신경 써? 그냥 조용히, 조용히 사는 게 좋은 거야. 네가 그거 신고해 가지고 뭐 어쩔 건데? 네가 정의의 사도냐?"

형님이 그렇게까지 말하니 동주도 더는 이야기를 할 수 없었다. 그러나 계속해서 연락이 두절된 고객 생각이 그의 뒷덜미를 잡아챘다.

"그래도 경찰한테 자초지종을 이야기해 둬야 하지 않을까? 그냥 제보 정도인데 뭐."

그렇게 마음먹고 오전 업무를 보던 중이었다. 갑자기 건달 형님이 그에게 전화를 걸었다.

[야, 근데 어제 네가 나한테 물어본 거 있잖아, 갑자기 너는 왜

그게 궁금해?]

"아, 형님. 이상하잖아요. 벌써 세 명이나 이런 식으로 연락이 두절되는데, 신경이 안 쓰여요?"

그제야 형님은 그에게 이야기를 하나 해 주었다.

[건달 세계에도 층이 나뉘어 있어. 신상명세서 받았다고 했지? 그거 있으면 오만 정보 다 알 수 있다고. 아마 그 오른쪽 방으로 안내된 사람들은 사라져도 누구 하나 신고할 만한 친척이나 가족이 없는 사람들이었을 거야. 친구가 굳이 실종 신고까지 하지는 않을 테니까. 아마 명의만 남긴 채 세상에서 사라졌을 거야. 그 명의로 나쁜 짓을 하는 거지. 작게는 과태료부터 크게는…… 네가 말한 실리콘 손가락들 있지?]

"네, 가득 있었죠."

[그게 있어야 서류 떼기 편하거든.]

형님의 말을 듣자니 모든 일이 딱딱 맞아떨어졌다. 동주는 갑자기 몸이 으슬으슬 떨리는 것만 같았다.

[동주야, 이건 그냥 괴담이야. 도시괴담. 그렇게만 생각해. 우리가 그냥 밑바닥이면 거기는 심연이거든? 우리랑 아예 어두운 정도가 다른 곳이야. 행여 너 신고 같은 거 할 생각하지 마. 남의 일이잖아. 넘어가. 이런 거 괜히 쑤시지 마.]

장난기라고는 전혀 찾아볼 수 없는 형님의 음산한 목소리에 동주는 저도 모르게 고개를 끄덕였다. 저 형님이 저렇게까지 말하는 데에는 분명히 이유가 있을 터였다.

[다신 그 ○○ 명품샵 근처에는 얼씬도 하지 말고. 우리나라 치안이 좋은 것 같지? 네가 지금 살고 있는 옆집에서 진짜 사람을 해치는 사건이 현재도 일어나고 있을 수도 있고 나쁜 약을 거기서 제조하고 있을 수도 있는 나라에 살고 있어. 원래 사람이란 자기가 아는 만큼만 보는 법이야. 결코 네가 아는 상식이 전부가 아니야. 그렇지만 그냥 살아. 네가 지금 보는 것만 믿고 조용하고 평화롭게.]

통화를 마치고 전화를 끊는 동주의 등으로 한 줄기 식은땀이 흘러내렸다.

과연 그의 고객들에게는 어떤 일이 일어난 것일까……? 형님은 그저 도시괴담이라 생각하라고 했지만, 정말 그러면 되는 것일까……?

무서운 이야기
세 편

버
몬
트

첫 번째 이야기_묻지 마 저주 걸린 인형

...

대한민국에 인형뽑기 광풍이 일던 시절이 있었다. 지금은 많이 사그라졌지만, 그때는 길가에 있는 가게 중 한 집 건너 하나씩 인형뽑기 가게가 있을 정도였다.

어느 날, 버몬트가 오랜만에 친구들과 술자리를 가진 후 집에 돌아가려던 중이었다. 방향이 같은 친구 동훈과 집에 가는데 저 만치에 인형뽑기 기계가 덩그러니 놓여 있는 게 보였다.

"어? 저런 곳에 인형뽑기 기계가 있네?"

멀리서 봐도 기계는 녹슬어 있고 안에 있는 상품도 별로 없는 게 기묘하게 위화감이 들었다.

'뭐야, 인형도 별로 없고. 저렇게 더러운 게 어떻게 시내 한복

판에 있지? 저것도 다 자릿세 줘야 하는데.'

이상하게 생각한 버몬트는 모른 척 지나치려 했다. 그런데 곁에 있던 동훈이 홀린 듯 돈을 들고 인형뽑기 기계로 달려갔다.

"어? 야!! 너 게임도 못 하면서 뭐 하려고?"

버몬트가 소리를 지르며 동훈을 말리려 했지만, 그는 아랑곳하지 않고 기계로 달려가더니 이미 지폐 투입구에 돈을 넣고 있었다.

"하, 저 자식. 술 취했나. 온라인 게임도 못 하고 보드 게임도 못 하는 놈이, 인형뽑기는 무슨?"

버몬트는 투덜거리며 인형뽑기 기계 앞에 선 동훈 옆으로 가서 섰다.

끼끼끼—

기계 안의 녹슨 기계 팔이 동훈의 조작을 따라 그가 고른 인형으로 향했다. 늙은이의 메마른 팔처럼 덜덜 떨리는 기계 팔은 영 미덥지 못했다. 버몬트는 마땅찮은 표정으로 그 장면을 보고 있었다.

'저러다 떨어뜨리겠지.'

빰빠바—

"어?"

그러나 버몬트의 예상과 달리 동훈은 단 한 번 만에 인형을 하나 뽑아냈다.

"야! 봤냐? 봤어?"

동훈은 팔짝팔짝 뛰며 버몬트의 눈앞에 인형을 흔들고 자랑했다.
"허, 참. 너한테 이런 재주가 있는 줄은 몰랐다."
"캬하하하!"
살짝 술에 취한 듯 동훈은 필요 이상으로 기뻐했지만, 버몬트는 그러려니 했다.

다음 날, 버몬트가 일어나 보니 숙취가 제법 있었다.
"으, 머리야. 이거 힘드네. 동훈이 놈은 괜찮으려나……?"
지난밤 유난히 취해 보였던 동훈이 떠올라 문자를 보냈다.
「너 술 어제 많이 취했는데 괜찮으냐?」
시간이 꽤 지날 때까지 동훈에게서 답장은 오지 않았다.
"역시, 이 자식도 숙취에 쩔었구먼. 정신 차리면 답장하겠지."
버몬트는 대수롭지 않게 여기고는 잊어버리고 있었다.
그러나 그다음 날도, 또 그다음 날도 동훈은 답장하지 않았다.
"이거 진짜 뭔 일 난 거 아냐? 이렇게까지 답장을 안 하는 놈은 아닌데."
슬슬 걱정이 든 버몬트가 동훈에게 다시 연락을 하려던 참이었다.
Rrrrrrr—
[버몬트니? 나 동훈이 엄마야.]
"어? 네, 어머니. 무슨 일이세요?"

[실은 동훈이가 사흘 전부터 혼수상태야. 먹는 족족 다 토하고…… 지금은 중환자실에 있어.]

'사흘 전? 나랑 술 마시고 헤어진 날부터?'

동훈의 어머니는 울먹이고 계셨다. 버몬트는 급히 병원으로 달려갔다.

"어머니! 동훈이 어때요?"

걱정으로 얼굴이 거멓게 죽은 동훈의 어머니가 힘없이 버몬트를 맞이했다.

"왔구나. 아직도 중환자실에 있단다. 중환자실은 면회도 안 돼."

버몬트는 조용히 동훈의 어머니 곁에 앉았다.

"어머니, 괜찮을 거예요. 워낙 건강한 녀석이잖아요. 저랑 술 마신 날 밤에는 괜찮았는걸요. 뭘 잘못 먹어서 그런 걸 거예요. 금세 일어날 거예요."

"그래야 할 텐데……."

하지만 그들의 기대와는 달리 동훈은 일주일 동안 깨어나지 못했다.

그사이 동훈은 90킬로그램에 육박하던 체중이 50킬로그램까지 쭉 빠져서 미라 수준으로 말라 버렸다.

"선생님, 우리 동훈이 대체 왜 못 일어나는 거예요? 네?"

"그것 참, 저희도 영문을 모르겠습니다. 지금 잘못된 부분은 아무 데도 없거든요."

진료 온 의사가 난처한 듯 쩔쩔매며 대답했다. 수액을 꽂아도 사람이 말라 가고 정신을 차리지 못하는데 뚜렷한 병명은 나오지 않으니 의사로서도 난감하기 이를 데 없었다.

상황이 이쯤 되자 동훈의 어머니는 이성을 잃기 시작했고, 버몬트 역시 어찌 할 바를 몰라 했다.

"저, 안동훈 님 보호자님시죠?"

멀찍이서 동훈의 어머니와 버몬트를 보며 안절부절못하던 간호사가 그들에게 다가와 조심스레 물었다.

"그런데요?"

"저기, 이상하게 듣지는 마시고요, 저도 고민 많이 하다가 말씀드리는 거예요. 실은 제 어머니가 무속인이세요. 저도 약간 신기가 있어서 보이는 게 좀 있고요. 지금 아드님 침대 밑에 할아버지가 계세요."

갑작스러운 엉뚱한 말에 동훈의 어머니가 정색하고 되물었다.

"네? 그게 도대체 무슨 말이에요? 할아버지라뇨?"

"그게, 제가 설명해 드리기는 어렵고요, 제 어머니 소개해 드릴 테니 상담 한번 받아 보세요."

간호사는 전화번호 하나를 건네주었다.

동훈의 어머니는 물에 빠진 사람 지푸라기 잡는 심정으로 메모에 적힌 전화번호로 전화를 걸었다. 그러곤 자초지종을 설명하고 예약 시간을 잡았다.

"애, 버몬트야. 나랑 같이 좀 가 주지 않을래? 내가 그런 데는 다녀 본 일이 없어서……."

"네, 같이 가요. 어머니."

버몬트와 동훈의 어머니는 무당이 알려 준 주소로 찾아갔다. 도착해 보니 울긋불긋한 천과 장식품 등이 눈길을 끌었다.

둘은 무당이 있는 방으로 안내 받아 들어갔다.

"저, 전화로 예약했는데요……."

동훈의 어머니 대신 버몬트가 모기 소리만 한 목소리로 용건을 말했다. 그러자 무당은 동훈의 어머니를 딱 쏘아보기 시작했다.

"좀 있으면 상 치르겠구먼. 송장 치우겠어."

무당의 말에 혼비백산한 동훈의 어머니가 앞으로 퍽 주저앉으며 무당 앞에 무릎걸음으로 다가가 매달렸다. 그러곤 울고 불며 무당에게 물었다.

"아니, 그럼 어떻게 해야 하나요? 네? 좀 도와주세요!"

무당은 동훈의 어머니를 물끄러미 내려다보더니 입을 열었다.

"흠…… 혹시 최근에 집에 뭐 주워 온 물건 있나?"

"아니요. 그런 거 없어요."

무당과 동훈 어머니의 대화를 듣던 버몬트의 머릿속에 순간 떠오르는 기억이 있었다.

"아! 있어요! 인형! 그 친구랑 술 마신 날 밤에 인형뽑기를 했거든요. 그날 이후로 저렇게 된 것 같아요."

"그래? 그럼 가서 얼른 그거 갖고 오게."

"네!"

버몬트는 쏜살같이 달려 나가 15분 정도 만에 인형을 가지고 돌아왔다. 그러곤 무당에게 공손히 들이밀었다. 무당은 인형을 손에 쥐자마자 욕설을 내뱉었다.

"이런 육시럴!"

그러더니 무당이 시퍼런 칼을 하나 들고는 인형의 배를 쫙 갈랐다.

부우욱!

"아니, 시발? 저게 뭐야? 왜 솜이 아니라…… 저런 게 나와?"

그 장면을 본 버몬트의 입에서 저도 모르게 욕이 튀어나왔다. 흠칫 놀란 버몬트가 입을 잠시 가렸다가 무당에게 물었다.

"저, 선생님. 저게 뭡니까? 솜은 아닌 것 같은데요."

"퉷!"

무당은 인형에 거칠게 침을 뱉으며 대답했다.

"더러운 것. 저건 태워야 해. 따라오게."

무당과 동훈 어머니, 버몬트는 마당에 놓인 아궁이 앞에 섰다. 무당은 인형을 아궁이 깊숙이 던져 넣었다. 그러고는 땔감을 잔뜩 쑤셔 넣고 불을 붙였다.

"저런 사악하고 불길한 물건을 보았나. 빌어먹을 것 같으니. 에이! 퉤!"

한참 동안 불꽃이 날름거리고 마침내 재도 남지 않을 만큼 인형은 타 버리고 말았다. 그제야 비로소 무당이 한숨을 내쉬며 동훈의 어머니와 버몬트를 방 안으로 데리고 가 설명해 주었다.

"방금 태운 저 물건은 저주인형일세. 누가 저런 짓을 한 건지는 모르겠지만, 무작위로 저주를 건 거야. 묻지 마 저주라고 해야 할까? 아무나 재수 없는 놈 걸려라, 이런 심보인 거지. 어떤 빌어먹을 놈의 새끼가 그런 짓을 한 건지. 그런 짓을 잘못하면 자신도 저주에 걸리는 법이거늘. 태웠으니 이제 자네 아들 깨어날 거야. 집에 출처 모를 물건 함부로 들이지 말게. 뭐가 붙어 있을지 모르는 법이니."

"아이고! 감사합니다, 감사합니다!"

무당의 말에 동훈의 어머니는 오열하며 감사 인사를 반복했다.

인형을 태운 덕분일까. 동훈은 다음 날 기적처럼 의식이 돌아오더니 곧 훌훌 털고 일어났다. 그리고 얼마 지나지 않아 동훈은 퇴원할 수 있었다.

퇴원하던 날, 동훈의 방까지 함께 간 버몬트가 동훈과 이야기를 나누었다.

"아니, 대체 어떤 놈이 그런 악랄한 짓을 한 걸까? 괜히 나만 손해 봤잖아."

"글쎄. 확실하지는 않지만, 인형뽑기 기계 주인 아닐까? 기계 열 수 있는 열쇠를 가진 건 주인뿐이잖아. 그리고 그 기계 지금 생각해 봐도 이상하지 않았어? 바로 옆에 있는 인형뽑기 가게의 기계는 화려하고 깨끗했는데, 네가 인형 뽑은 그 기계는 유독 더

럽고 녹슬어 있었다고."

"그러게…… 잘 기억은 안 나지만 생각해 보면 마치 그 기계가 날 부른 것 같았다니까?"

"앞으로는 그런 거 함부로 하지 마."

사람의 심신이 허약해지면 저주나 헛것에 씌기 쉽다고 한다. 어쩌면 그날 동훈은 술에 심하게 취해 나쁜 것이 파고들기 쉬운 상태였는지 모른다.

두 번째 이야기_주인 없는 구두
…

"우와! 드디어 나만의 공간!"

취업에 성공한 버몬트는 처음으로 원룸을 얻어 혼자 살게 되었다. 특별히 집세가 싼 것은 아니었지만 3층에 있어 햇빛 잘 들어오는, 흔한 조건의 집이었다. 다만, 특이하다면 특이한 일은 한 가지 있었다.

버몬트의 눈길이 현관에 놓인 여성용 구두로 향했다.

"저거 도대체 누구 거지?"

버몬트가 집 계약을 하던 날까지는 몰랐는데, 이삿짐을 들여오고 신발장 정리를 하던 중이었다.

"어? 저게 뭐지?"

버몬트의 눈에 여성용 구두 한 켤레가 들어왔다. 신발장의 안쪽 구석에 숨겨져 있어서 보지 못했던 것인데 짐 정리를 하던 중 발견되었다.

여성용 구두에 관해서 잘 모르는 버몬트가 보기에도 구두는 꽤 값비싸 보였다. 그는 얼른 스마트폰으로 구두를 검색해 보았다.

"일, 십, 백……? 힉? 구두 한 켤레에 200만 원이 넘어? 으메, 명품은 명품이구먼. 이거 함부로 버렸다가 주인이 찾으러 오면 물어내야 하는 거 아냐?"

그는 구두를 고이 집어 들어 신발장 한 구석에 모셔 두었다. 그러곤 언제든 주인이 찾아오면 돌려주리라 마음먹고 잊어버렸다.

열심히 일을 하고 퇴근하고 밥을 먹고 잠을 자는 일상이 반복되었다. 그런데 언제부터인가 아무리 쉬어도 피로가 풀리지 않았다.

"하아, 피곤하다. 왜 자도 피로가 안 풀리지? 회사 쉴까……."

하지만 어렵게 취업한 건데 좀 피곤하다고 함부로 쉴 수는 없었다. 버몬트는 물에 잔뜩 젖은 빨래 같은 몸을 이끌고 힘겹게 출근했다.

"좋은…… 아침입니다……."

"야, 너 얼굴이 왜? 뭐 어제 술 먹고 싸웠냐?"

사수가 버몬트의 얼굴을 보더니 깜짝 놀라 물었다. 그의 말에 버몬트는 무슨 소리인가 싶어 화장실로 가 얼굴을 보았다.

"어? 이게 뭐야? 아침에 세수할 땐 없었는데? 이게 뭐지?"

얼굴에 정체불명의 무늬 같은 것이 찍혀 있었다. 거울 안으로 들어갈 듯 가까이 얼굴을 대고 들여다봤지만, 좀체 무슨 자국인지 알 수 없었다. 무슨 잉크인가 싶어 물로 지워 보려 했지만 지워지지도 않았다.

"베개에 눌린 자국인가……?"

아무리 씻어도 지워지지 않기에 지우기를 포기하고 화장실에서 나왔다.

여전히 피곤하고 힘든 하루를 보내고 그는 원룸에 돌아왔다. 그러곤 씻으러 세면대 앞에 선 순간이었다. 문득 그의 머릿속에 떠오르는 것이 있었다.

'잠깐만, 혹시?'

버몬트는 얼른 신발장으로 달려가 이사 오던 날 넣어 둔 여성용 구두를 꺼내 들고 뒤집었다.

"어? 무늬가 비슷하네?"

신발 밑창의 무늬와 그의 얼굴에 남은 무늬가 매우 비슷했다. 그제야 사수가 그에게 했던 말이 이해되었다.

"나한테 몽유병이 있나? 설마 내가 술 먹고 자면서 구두를 얼굴에 문질렀나?"

신발 밑창의 무늬와 제 얼굴에 남은 무늬가 비슷하기는 하지만, 둘의 연관성을 찾을 수 없었던 버몬트는 대수롭지 않게 넘겨 버렸다.

며칠 후, 길을 걷던 중 그가 사는 원룸을 소개해 준 공인중개사를 우연히 만났다.

"안녕하세요?"

"아이구, 버몬트 씨, 잘 살고 계세요?"

"예, 덕분에…… 참, 전에 세입자분, 그 여자분 말인데요, 그렇게 비싼 구두를 놔두고 가시면 어떡합니까? 200만 원도 넘는 거던데. 혹시 연락 되세요? 구두 가져가라고 전해 주셨으면 해서요."

그런데 공인중개사가 묘한 표정을 지으며 버몬트에게 되물었다.

"네? 거기 남자분 사셨는데요?"

"아, 남자분 사셨구나. 그럼 여자 친구 구두인가? 아무튼 돌려드려야 하니까 연락처 좀 주십시오."

버몬트는 공인중개사에게서 전화번호를 받아 집에 오자마자 전화를 걸어 보았다.

[지금 거신 전화는 없는 번호이오니…….]

"어? 번호가 없어? 여친이랑 헤어지고 번호도 바꾼 건가? 하, 나 참. 이거 버리지도 못 하고 어쩌지?"

본의 아니게 애물단지를 하나 안게 된 버몬트가 휴, 한숨을 내쉬었다.

시간은 흐르면서 버몬트의 피로는 점점 더 심해져 갔다. 이제는 기침을 하면 피가 섞여 나오는 정도까지 이르렀다. 그러나 잔업에 야근까지 하던 중이라 어쩔 수 없다며 버티는 중이었다.

"어휴, 돈이 웬수다. 돈이."

오늘도 잔업과 야근까지 할 예정이었는데 결국 그는 화장실에서 기침을 하던 중 핏덩어리를 하나 토해 내고 마음을 달리 먹었다.

"팀장님, 제가 너무 몸이 안 좋아서요. 오늘은 야근 못 하겠습니다."

"그래, 그래. 너 요즘 너무 안 좋아 보이더라. 가서 쉬어."

평소 그를 걱정하던 사수도 별말 하지 않고 버몬트의 등을 두드려 주었다.

버몬트는 무거운 발을 질질 끌며 집으로 돌아왔다. 그가 원룸에 도착하여 문을 열려는데 옆집에 사는 아저씨가 나오더니 말을 걸었다.

"이야, 총각 능력이 아주 좋아?"

"네? 갑자기 뭔 말씀이세요?"

안 그래도 몸이 안 좋아 죽겠는데 옆집 아저씨의 이기죽거리는 표정을 보자 울컥 화가 치솟았다.

"뭔 방에 여자가 그렇게 많아? 여자들 목소리 때문에 시끄러워 죽겠던데?"

"그게 뭔 말에요! 저 혼자 사는데요!"

버몬트가 억울하다는 듯 소리를 빽 질렀지만 옆집 아저씨는 계속해서 능력 타령을 해 댈 뿐이었다.

"아이참, 뭐 어때, 능력 있는 남자면 그럴 수 있지. 부럽구먼."

"어휴, 내가 말을 말지."

늘 야근을 하다가 평소보다 2~3시간 빨리 퇴근한 참이라 얼른 들어가 쉬고 싶을 뿐이었다. 그가 투덜거리며 방문을 열었다.

"헉, 뭐, 뭐지? 왜 이리 추워?"

여름인데도 방 안이 마치 냉동고처럼 서늘했다. 혹시 에어컨을 켜 놓고 나갔나 싶어 살폈지만 에어컨은 켜져 있지 않았다. 하루 종일 햇볕이 들어오는 방이라 이 시간이면 더우면 더웠지 결코 추울 수는 없었다. 순간 소름이 쫙 끼치며 본능적인 오싹함이 느껴졌다.

'이건 뭔가 이상해. 여기 나가야 해.'

버몬트는 얼른 들어가 당장 필요한 것만 챙겨 밖으로 뛰어 나왔다. 그러곤 도로로 나가 자신의 방을 올려다보았다.

"어? 저게 뭐야!"

이미 어두워진 도로에는 가로등이 켜져 있었고 그 불빛이 버몬트의 방을 비추고 있었다. 그런데 그의 방에는 마치 여성의 모습 같은 실루엣이 6~7명 정도 일렁이고 있었다. 소스라치게 놀란 그는 바로 자리를 떠나 PC방으로 달려갔다. 그곳에서 밤새 자는 둥 마는 둥 보내고는 다음 날 아예 이삿짐을 쌌다. 그러던 중 여태 있는지 몰랐던 공간 하나를 발견했다.

"햐, 내가 여기서 서너 달은 살았는데 여태 저런 데가 있는 걸 몰랐네?"

신발장 안, 위쪽에 수납공간이 하나 있었다. 그는 무심코 그 공간의 문을 열었다.

벌컥!

우르르, 투둑, 탁, 탁.

"으악! 이게 뭐야!"

안에서 우르르 쏟아진 것은 여성용 구두였다. 한두 켤레도 아니고, 수십 켤레의 여성 구두. 게다가 모두 사이즈가 달랐다.

"아이씨! 분명 남자 혼자 살던 집이랬는데 웬 여자 구두가 이렇게 많아?"

버몬트의 온몸에 소름이 오소소 돋았다. 집에 흐르는 냉기며 최근 극도로 나빠진 건강 등 수상한 점이 한두 가지가 아니었다. 결국 그는 회사도 그만두고 원룸도 빼기로 결정했다.

원룸 계약 해지를 위해 공인중개사와 통화를 하던 중이었다.

"저기, 원룸에서 그런 일이 있었어요. 이거 뭐 경찰에 신고해야 하는 거 아닐까요?"

[그냥 조용히 나가세요. 집주인분도 그냥 나가시라고 그랬어요. 계약기간 안 맞춰도 되고 보증금도 돌려 드릴 테니까, 조용히 나가시는 게 좋을 것 같아요.]

"……네."

뭔가 있는 것 같지만, 이미 피폐해진 몸으로 더 싸우고 싶지도 않았던 버몬트는 군말 없이 이사하기로 했다.

대체 그 구두들은 뭐였을까? 어떤 범죄의 증거물일까? 아니면 단순히 여성 구두를 수집하는 변태의 수집품에 불과했을까?

세 번째 이야기_그 아이들은 누구였을까?
...

버몬트가 어릴 때, 그의 아버지는 운송업에 종사하셨다. 선박을 이용해 해외도 들락거리는 일이었는데, 돈이 좀 많이 들었던 탓에 살림집은 싸고 허름한 곳에 얻어야 했다. 버몬트네 가족이 살았던 집은 슬레이트로 얼기설기 얹어 둔 지붕 밑에 시멘트 벽돌로 대충 벽만 세워 둔 다가구 주택이었다. 가구별로 화장실도 별도로 없어서 화장실 하나를 여섯 가구가 공동으로 사용해야만 하는 열악한 집이었다.

당시 버몬트에게는 달리 놀거리가 없었다. 그저 동네 친구끼리 어울려 이쪽 동네에서 저쪽 동네까지 하염없이 걸어갔다 돌아오곤 하는 게 유일한 놀이였다.

어느 날, 친구들과 동네를 떠돌며 놀던 중 산 밑에서 얼기설기 지은 움집 비슷한 것을 발견했다. 합판과 각목 따위로 얼기설기 엮어 비만 겨우 가릴 수 있게 해 둔 것이었다.

"어? 이게 뭐지? 우와! 로봇!"

움집을 뒤지던 그는 그 안에서 장난감 로봇 하나를 찾아냈다. 어려운 형편이라 부모님이 사 주실 수 없는 장난감이었다. 한참이나 가지고 놀던 그는 무심코 로봇을 들고 그대로 집으로 돌아왔다.

그날 밤부터 버몬트는 괴상한 꿈을 꾸기 시작했다.

†

어떤 아저씨 한 사람이 버몬트의 집 쪽으로 걸어왔다. 그 모습을 어린 버몬트는 하염없이 보고 있다. 그 아저씨는 가까워지는 듯하지만, 눈에 띄게 가까워지지는 않는다.

다음 날 밤 꿈에서 배경인 동네는 바뀌었지만 그 아저씨는 버몬트의 집에 훨씬 가까워져 있었다.

그런 식으로 그 아저씨는 매일 밤 버몬트의 꿈에서 조금씩 그의 집으로 가까워져 왔다.

마침내 동네 하나 정도로 가까워지고…….

†

꿈이 이어질수록 버몬트의 불안 증세가 심각해져 갔다. 오줌을 못 가리는 나이가 아닌데도 밤에 오줌을 싸거나 이상한 말을 지껄이기 시작했다. 보다 못한 어머니가 그를 닦달하고 야단쳤지만, 그로서도 어쩔 수 없었다.

"너 대체 왜 그러니?"

"아저씨가 잡으러 와."

"무슨 아저씨가 온다는 거야?"

그제야 버몬트는 며칠 전 산에서 주워 온 로봇 장난감을 엄마에게 보여 주며 대답했다.

"이거, 이거 주워 왔는데, 그때부터 아저씨가 잡으러 와."

멍한 눈동자로 말하는 버몬트를 자세히 들여다보던 어머니는 뭔가 이상한 낌새를 눈치챘다. 무서워진 어머니는 얼른 버몬트의 손을 잡고 아는 스님에게 달려갔다.

스님은 버몬트와 로봇을 자세히 들여다보시더니 말했다.

"아가야, 네가 손대면 안 될 거를 가져온 거 같다."

깜짝 놀란 어머니가 스님에게 물었다.

"그럼 어떻게 하나요? 이거 버릴까요? 아니면 갖다 놓을까요?"

그러나 스님은 고개를 좌우로 저으며 대답했다.

"그걸 집에서 옮기는 건 안 될 것 같습니다."

"아니, 왜요?"

"이 아이가 건드리면 안 될 걸 건드려서 지금 집에 화가 오는 중입니다. 걷잡을 수 없는 화가······."

어머니는 기가 막혔지만, 별 소득 없이 버몬트와 함께 집으로 돌아왔다.

버몬트가 학교 수업을 마치고 하교하던 중이었다. 웬 아저씨 둘이 그를 찾아왔다. 소위 말하는 건달 같은 남자들이었다. 그러나 버몬트의 아버지 역시 운송업을 하면서 그런 건달 같은 사람들과 친하게 지내고 호형호제했기 때문에 그에게는 비교적 익숙한 모습이었다.

'와, 건달이다. 얼굴에 칼자국 봐.'

익숙하다고는 해도 아이의 눈에 건달이 무섭지 않을 리는 없었다. 그래서 슬슬 눈을 피하며 돌아서 가려는데 그들이 버몬트를 불렀다.

"야! 너. 거기 딱 서."

"네? 저요?"

"그래. 너네 아버지 이름이 ○○○이지? 내가 네 아버지 친구거든. 너네 아버지가 너 데려오란다. 같이 좀 가자."

"네."

보통 아이들이라면 싫다며 도망갔을 텐데 버몬트는 어려서부터 그런 사람을 보며 자라 온 탓에 겁도 없이 알겠다며 쫄래쫄래 따라갔다. 그들은 버몬트를 봉고차에 태웠다.

봉고차는 어떤 다리 아래에 도착했다. 그들은 버몬트를 다리 밑 판잣집으로 데리고 갔다. 집에 도착하여 미닫이문을 여니 담배 연기가 자욱한 가운데 여러 험상궂은 아저씨들이 둘러앉아 있었다. 귀가 없는 사람, 한쪽 눈이 없는 사람, 손가락 한두 마디가 없는 사람도 있었다. 그러나 분위기 자체는 그리 험악하지 않았다.

"얘가 ○○○ 아들이란다."

"어, 그런갑다. 닮았네."

"니 일로 와 봐라. 까자 묵을래?"

"네, 고맙습니다."

겉보기엔 무서운 아저씨들이었지만 그들은 버몬트에게 친절한 편이었다. 과자도 주고 삼겹살도 구워 주었다. 그렇게 아저씨들이 주는 음식을 먹으며 텔레비전을 보던 중이었다.

'아빠는 언제 오시지?'

문득 버몬트가 고개를 들어 주변을 둘러보았다. 그러던 중 위화감이 드는 곳이 하나 보였다. 얼핏 보면 욕실 같은데 욕조 대신 타일로 된 수족관과 고무통이 여러 개 있었다. 그리고 가정집이라고 하기에는 지나치게 큰 배수구도 있었다.

'저긴 뭐지?'

과자를 우물거리며 그쪽을 기웃거리는데 거기서 아이들 몇 명이 고개를 내밀었다. 버몬트와 비슷한 또래도 있었고 더 어려 보이는 아이도 있었다.

'아저씨 아이인가?'

Rrrrrrr—

갑자기 전화벨이 울리고 앉아 있던 아저씨 중 한 사람이 전화를 받더니 버몬트에게 말했다.

"야, 너희 아버지 왔단다. 넌 집에 가도 된다."

아저씨의 말에도 버몬트는 그런가 보다 할 뿐이었다. 그보다는 욕조에 있는 아이들이 더 궁금했다. 버몬트는 귀가 없는 아저씨에게 다가가 물었다.

"아저씨 저기 화장실인지 욕실인지에 있는 아이들은 누구예요?"

"허허허허, 야, 이 새끼. 존만아, 니 눈에 저게 보이나?"

못 볼 것을 본 것도 아닌데 이상한 대답을 들었다. 그러나 어린 버몬트는 그게 무슨 의미인지 알 수 없었다. 곧 다른 아저씨를 따라 차를 타고 항구로 갔다.

항구에 도착하니 버몬트의 아버지가 어두운 얼굴로 그들을 기다리고 있었다.

"물건은?"

아저씨가 짧게 물었고 아버지는 말없이 커다란 등산용 가방 하나를 그들에게 건넸다.

"열어 보지 않았겠지?"

아버지는 이번에도 말없이 고개를 크게 끄덕였다. 그들이 돌아간 후 아버지가 버몬트에게 속삭였다.

"엄마한테는 비밀로 하자. 엄마 알면 기절하신다."

버몬트는 말없이 고개만 끄덕였다.

며칠 후, 학교를 마치고 집에 온 버몬트는 혼자 집에서 텔레비전을 보고 있었다.

드르륵!

"야! 느그 엄마 아빠 어데 있노?"

갑자기 문이 열리더니 누추하고 남루한 차림의 아저씨 한 사람이 방으로 들어와 버몬트에게 물었다.

"엄마 아빠 밖에 나가셨는데요?"

"그래? 그마 느그 엄마 아빠 올 때까지 여 좀 있자."

"네……."

할 수 없이 대답은 했지만, 버몬트가 보기에 아저씨는 좀 이상했다. 몸에서 냄새도 나고 얼굴 표정도 좋지 않았다. 별로 가까이 가고 싶은 생각이 들지 않았다. 그런데 버몬트의 마음속에서 뭔가가 자꾸만 그를 일으켜 세웠다.

"저기, 아저씨, 라면 드실래요?"

그러자 아저씨가 버몬트를 쳐다보더니 묘한 표정을 지으며 대답했다.

"라면 있나?"

"네."

"그마 함 끼리 와 봐라."

버몬트는 바로 부엌으로 가 라면 3개를 끓여서 상을 펴고 아저씨 앞에 놓았다. 그러자 아저씨는 마치 며칠 굶은 사람처럼 허겁지겁 라면을 먹었다. 그 모습을 본 버몬트가 물었다.

"아저씨, 밥도 드실래요?"

"그래. 밥 가 온나."

그렇게 아저씨는 버몬트가 가져온 라면과 밥 한 공기를 게 눈 감추듯 먹고는 아무 말 없이 가만히 앉아만 있었다. 그러다 문득 아저씨가 입을 열었다.

"내가 니를 보이께네 우리 아들 생각난다."

한참이나 말이 없던 아저씨는 잠시 후 품 안에서 검은색 비닐봉지를 꺼내 버몬트에게 건네주었다. 그러고는 바로 자리에서 일어나며 말했다.

"이거 너그 아버지 오마 보이 드리라. 내는 간데이."

말을 마친 아저씨는 훌쩍 나가 버렸다.

저녁때 부모님이 돌아오셨고 버몬트는 부모님에게 자초지종을 말씀드린 후 검은 비닐봉지를 전해 드렸다.

"미친놈인가?"

그에게서 받은 검은 비닐봉지를 열어 보던 아버지는 사색이 되고 말았다. 봉지 안에는 회칼과 청산가리가 들어 있었다.

그 사건 이후 충격을 받은 어머니의 성화로 버몬트네 가족은 결국 그 동네를 떠나기로 했다.

세월이 흐르고 아버지의 친구인 건달 아저씨 한 분이 놀러 오셨다. 마침 그때 생각이 난 버몬트가 그 아저씨에게 상황을 설명하고 물어보았다.

"거기, 제가 잡혀갔던 데가 대체 뭐 하는 데였을까요?"

"거기가, 우리 쪽 말로 생선 배 따는 데인데…… 보통은 그렇게 받은 가방을 열어 보거든? 그 안에 든 건 잡혀 있는 자식이나 가족이라도 버리고 갈 정도의 물건이 들어 있어. 근데 형님은 안 열어 본 거지. 그리고 욕조 말인데, 그냥 생선 배만 따는 데는 아니야. 그 뒤에 배수구가 큰 게 있다고 했지? 그게 오폐수가 잘 빠지게 일부러 그렇게 크게 만든 거고 대부분 바다로 흘러가게 돼 있어. 그 이상은 들어 봐야 너한테 좋을 거 없다. 그냥 잊어."

아저씨의 무심한 듯한 말에 버몬트는 더 이상 묻지 않고 고개를 끄덕였다.

'그럼 내가 그날 거기서 본 아이들은 누구였던 거지? 대체 무슨 일이 있었던 거지?'

그 판자촌은 도시 개발 사업 때문에 모조리 사라져 버리고 이제는 관광지가 되었다.

그러니 아마도 이 질문의 대답은 영원히 들을 수 없으리라.

사이비 종교
이야기

이
세
계
여
행
자

    지금도 간혹 사이비 종교와 교주의 악행이 텔레비전 등에 보도되곤 한다. 그들은 순진한 신도들을 속여 돈을 갈취하거나 성적으로 유린하는 등 종교 집단인지 조폭 집단인지 구별이 안 가는 짓을 저지르다가 가까스로 탈출한 신도의 제보로 세상에 알려지는 것이다. 그런 뉴스를 볼 때면 사람들은 교주뿐 아니라 속은 신도들을 비난하기도 한다.

    그러나 정말 무서운 사이비 종교는 아예 비난조차 할 수 없다. 왜냐하면 그런 사이비는 방송에서조차 기사화할 수 없을 정도로 악하고 어두운 모습을 하고 있기 때문이다.

첫 번째 이야기_악마의 세례명

...

이세가 초등학교 5학년 무렵이었다. 같은 반에 민수라는 친구가 전학 왔다. 그 또래 아이들이 그러하듯 민수와 이세는 금세 친해졌고 시답잖은 장난을 치는 사이가 되었다.

어느 날 같은 반 친구 경태와 이세, 민수 셋이 수다를 떨던 중이었다. 경태가 갑자기 이세에게 물었다.

"야, 이세야, 너 종교가 뭐야? 나는 성당 다녀."

"어? 난 딱히 종교가 없는데. 음, 집안 어른들은 절에 다니시는 것 같아."

이세가 대답하고 나자 경태가 이번에는 민수에게 물었다.

"민수야, 너는? 어디 다니는 곳 없으면 나랑 성당 가자."

"나는 교회 다녀."

민수의 대답에 경태는 조금 김이 빠진 듯 입술을 뿌우 내밀었다. 그러다 갑자기 뭔가 생각난 듯 이세와 민수에게 말했다.

"야아! 너네는 세례명 없지? 나는 있다."

이세는 세례명이 뭔지 몰랐다. 다만 경태는 가지고 있다는데 저는 없으니 뭔지는 몰라도 조금 부러운 마음이 들었다. 그런데 민수가 고개를 갸우뚱하며 경태에게 대답했다.

"아닌데? 나 세례명 있는데?"

"야! 교회에 세례명이 어디 있어?"

"진짜 있다니까?"

"세례명이 뭔데?"

"○○○○."

분명, 이름을 들었는데 생전 처음 듣는 이름이었다. 천주교 세례명으로 흔한 베드로니, 요한이니 하는 이름은 아니었다. 그러나 특별히 이상하다고는 생각하지 않았다. 그냥 '그런 성인이 있나 보다.' 하며 넘어가 버렸다.

초등학교 5학년 때 만난 그들 셋은 고등학교 때까지 친하게 지냈다.

지옥 같은 수능을 마치고 대학 입시까지 짧지만 꿈같은 여유 시간이 주어졌다. 그들은 아직 고등학생 신분이었지만, 마음만은 성인이었다. 선생님과 부모님의 눈을 피해 몰래 술을 한두 잔씩 홀짝이는 것으로 성인 기분을 맛보던 중이었다.

"수능 끝났으면 성인이지."

스스로를 성인이라 여겼지만, 사회는 그들을 성인으로 취급해 주지 않았다.

19세의 마지막 날 밤. 즉 12월 31일이었다.

"아이! 사장님! 우리 2시간만 지나면 성인인데!"

"어허! 그건 그거고. 오늘 밤 11시 59분까지 너희는 미성년자여!"

도무지 말이 통하지 않는 PC방 사장님은 그들을 밤 10시 정각에 내쫓았다. 사정도 해 보고 화도 내 봤지만, 막무가내였다.

할 수 없이 쫓겨난 그들은 연말이라 불야성을 이루는 거리를 돌아다니다가 빈자리가 있는 술집 한 곳을 발견했다.

"일단 들어가자. 추워 죽겠네. 자정 전까지 술만 안 마시면 되는 거 아냐?"

이세의 제안에 경태도 민수도 동의했다. 왁자지껄 소란스럽지만 들뜬 분위기인 데다, 이미 몸집은 성인만큼 커다랬던 그들은 쉽게 자리를 잡을 수 있었다.

"여기요! 이거, 이거 주세요. 술은 좀 이따 시킬게요."

얼마 후 주문한 안주가 나왔다. 이세와 경태, 민수는 시계를 노려보며 시간이 가기만 기다렸다.

술집 안의 커다란 텔레비전에서 제야의 종 타종 방송을 틀어 놓은 덕분에 시간이 그나마 좀 빨리 갔던 것 같다.

"5…… 4…… 3…… 2…… 1……! 해피 뉴이어!"

술집 여기저기에서 새해 축하 인사가 터져 나왔다. 그러나 그들에게 그런 건 중요하지 않았다.

"여기요! 소주 세 병 주세요!"

"해 넘어갔으니 우리 성인 맞지? 술 마시다 안 쫓겨나겠지?"

1분 전의 그들과 지금의 그들은 같은 사람인데 사회적 대접이 달라졌다. 이 우스운 상황에 관해 어른인 척 심각하게 토론하는 시늉을 하며 술잔을 기울였다.

안주도 다 먹고 술을 시키자니 돈이 좀 부족했다. 얼굴이 불그스레해진 경태가 불쑥 한마디 내뱉었다.

"안 되겠다. PC방 다시 가자. 암만 생각해도 열 받네."

이세나 민수도 경태의 말에 동의했고 그들은 두 시간 전에 그들을 쫓아냈던 PC방으로 돌아갔다.

"사장님! 아까 미성년자라고 쫓아냈던 우리가 성인이 돼서 왔다 아입니까!"

경태는 술이 덜 깬 건지 사장님에게 얼굴을 들이밀었다. 사장님은 경태를 물끄러미 내려다보더니 군말 없이 자리를 내주었다.

이세와 민수, 경태는 각자 자리에 앉아 게임을 시작했다.

게임을 하던 중 경태는 지쳤는지 게임을 멈추고 SNS를 보았다. 그러다 어떤 영상을 보는 눈치더니 가운데에 앉은 민수에게 물었다.

"민수야, 너 세례명 있다 그러지 않았냐?"

"있지. 나 얼마 전부터 할머니랑 성당 다니잖아."

"아니, 그거 말고. 너 어렸을 때 세례명 있다고 그랬잖아."

"아, 그랬지. 근데 까먹었어. 뭐였는지 기억 안 나는데?"

민수는 인상을 찌푸리며 기억을 되살리려 했지만, 기억나지 않는 모양이었다. 이세 역시 곁에서 들으며 기억을 되살리려 해봤지만, 떠오르지 않았다. 별로 중요한 문제가 아니라 이세도 민수도 곧 잊고 다시 게임에 열중했다. 그런데 경태는 이상하게도 집요하게 그 이름을 기억해 내려 애를 쓰고 있었다.

"아, 뭐였지? 궁금한데, 궁금하네……."

시간이 조금 흐르고 게임에 열중하는 듯하던 민수가 갑자기 툭 내뱉었다.

"기억났다!"

경태는 민수가 말한 세례명을 듣고는 재빨리 검색하기 시작했다. 마침내 경태의 검색망에 그 이름이 걸려 나왔다. 경태는 사뭇 진지한 표정으로 세례명의 설명을 천천히 읽어 내려갔다. 그러나 경태의 손가락이 마우스 휠을 굴릴 때마다 그의 표정이 점점 굳어만 갔다.

"야, 뭔데? 너 표정이 왜 그래?"

조금 걱정이 된 이세가 경태에게 물었다. 민수 역시 궁금증 가득한 얼굴로 경태의 눈치를 살폈다.

"이게 성인의 이름이 아닌데……? 세례명이……."

말을 제대로 맺지 못하는 경태가 답답한 나머지 이세가 컴퓨터 화면에 떠오른 이름과 설명을 읽었다.

"레오나르. 악마. 중세 유럽에서 마녀를 핍박하는 과정에서 등장한 악마입니다. 마녀 집회에서 마녀들을 지휘하고, 마녀들을 사탄에게 바치는 역할을 합니다……?"

설명을 읽는 이세도, 그것을 듣는 민수와 경태도 당황스럽기는 마찬가지였다. 천사 이름도 아니고 무슨 악마 이름을 세례명으로 쓰다니. 종교 쪽으로는 문외한인 이세조차 들도 보도 못한 일이었다.

잠시 분위기가 무겁게 가라앉았다. 대체 어떻게 이 분위기를 깨야 할지 몰라 쩔쩔매는데 경태가 입을 열었다.

"민수 저 자식, 사이비 다녔구먼? 교회가 아니라 사탄교 다니셨세요?"

"뭐, 인마? 그래, 내가 사탄의 왕이다!"

민수와 경태는 티격태격하며 놀리고 웃으며 그 상황을 무마했다. 이세도 함께 웃으며 민수를 놀리는 것으로 넘어갔다.

하루에 한 번은 이세와 연락을 하던 민수가 며칠 연락이 되지 않았다. 은근히 걱정되기는 했지만, 좀 더 기다려 보자 하던 즈음 마침내 민수에게서 전화가 왔다.

[이세야, 나 할 말이 있는데, 술 한잔하자.]

"그래. 그러자."

이세는 민수와 만나기로 한 주점으로 갔다. 민수는 이미 와서 자리를 잡고 기다리며 술을 한 잔쯤 마신 상태였다.

"어, 왔냐? 앉아."

"그래. 너 며칠 무슨 일 있었어? 왜 연락이 안 돼?"

그러자 민수는 다시 술을 한 잔 들이켜더니 가라앉은 목소리로 이야기를 시작했다.

"이세야, 너 우리 부모님이 나 어렸을 때, 생활고에 시달리다가 자살하신 거 알지? 그 후에 할머니랑 함께 사는 것도."

"어, 알지."

"며칠 전에 좀 생각나는 게 있어서 할머니한테 여쭤봤거든. 할머니가 한숨을 푹 쉬시더니 '이제 너도 성인이니까 말해 준다. 대신 충격은 받지 마라.' 이러시는 거야."

†

　민수의 아버지와 할머니는 본래 독실한 천주교 신자였다. 매주 함께 성당에 나가고 봉사도 열심히 하는 신도였다. 그런데 민수의 아버지가 어느 날 결혼할 여자라며 민수의 어머니를 데리고 왔다. 어딘가 약간 음침한 구석이 있는 게 꺼림칙한 느낌을 주는 여자였다.
　"그래…… 아가씨, 종교는?"
　"저는 교회 다닙니다."
　'고아인 데다가 종교도 다르구먼. 그래도 같은 신을 믿는 종교니 그나마 다행인 건가.'
　민수 할머니는 그래도 아들이 좋다는 여자라 민수의 어머니를 좋게 보려고 애를 썼다. 그러나 첫인상부터 별로였고 종교마저 다르자 하나둘씩 눈에 거슬리는 점이 보이기 시작했다. 미세하지만 분명한 균열이 자꾸만 생겨났다.
　'그래도 이제 내 며느리인데. 좋게 봐야지.'
　결혼 후에도, 민수가 태어난 후에도 민수 할머니는 좀체 며느리에게 정이 가지 않았다. 그래서인가 아들과도 사이가 점점 벌어지고 있었다.
　"이게 다 며느리 때문이다. 그 애가 아니라면 너랑 내가 이리 사이가 안 좋아질 리 있겠니?"
　"어머니! 아무리 그래도 제 아내예요. 그러시지 마세요!"

민수 아버지와 민수 할머니 사이의 감정의 골은 점점 깊어졌다. 그래도 사이가 완전히 벌어진 건 아니라 명절 같은 때에는 아직 왕래를 하고 있었다.
　어느 명절이었다. 명절 쇠려고 집에 온 아들의 몸을 본 민수 할머니는 눈을 의심했다.
　"아니! 얘! 너 이게 뭐니?"
　할머니의 손이 닿은 곳에는 생전 처음 보는 문신이 새겨져 있었다. 할머니 세대 사람의 눈에 문신이란 양아치들이나 새기는 천하고 나쁜 것이었다. 그런 것이 아들의 몸에 새겨진 걸 보니 기함할 수밖에 없었다. 그러다 문득 할머니가 민수를 데리고 와 몸을 살폈다. 민수의 몸에 새겨진 문신을 본 할머니가 깜짝 놀라 소리를 질렀다.
　"아니! 애 몸에도 이런 것을 새겼어? 너 미쳤니? 어디 이런 천한 짓을!"
　"가족 문신이에요. 가족끼리 문신한 것 가지고 왜 그렇게까지 말하세요?"
　"뭐가 어째? 애 몸에까지 문신 같은 걸 새기는 게 제정신이니? 엉?"
　욕설만 하지 않았지 고성이 오가는 싸움이었다.
　"에이! 말이 안 통해!"
　결국 민수 아버지는 민수와 민수 어머니를 데리고 예정보다 일찍 집으로 돌아가 버렸다.

민수 할머니는 그런 아들에게 느낀 배신감 때문에 치를 떨었다. 그러나 시간이 흐른 후 머리가 차가워지고 나니 생각이 조금 달라졌다.

'그래. 그래도 아예 연을 끊을 것은 아니잖은가. 며느리를 불러서 잘 이야기를 해 봐야겠다.'

민수 할머니는 큰맘 먹고 며느리에게 전화를 걸어 단둘이 만날 약속을 잡았다.

"아가, 요즘 민수 애비가 아예 내 말을 듣지 않는구나. 네가 다리를 좀 놓아주지 않을래?"

"내가 왜? 이봐, 할망구. 내가 왜 네년 하라는 대로 해야 하는 건데? 엉?"

"어, 어……."

평소 순하게만 보였던 며느리는 갑자기 표독스러운 표정을 지은 채 민수 할머니에게 상스러운 말을 쏟아부으며 행패를 부렸다. 할머니는 너무 놀라 더는 말도 하지 못하고 얼른 집으로 돌아왔다.

놀란 가슴을 부여잡고 정신을 가다듬은 할머니는 아들의 회사로 전화를 걸었다. 다행히 민수 아버지가 바로 전화를 받았.

[무슨 일인데요?]

"민수 애비야, 네 아내가 나한테 쌍욕을 하며 자기가 왜 내 말을 들어야 하느냐고 야단을 하더구나."

[어머니! 아무리 며느리가 마음에 안 들어도 그렇지. 이렇게

중간에서 이간질을 해요? 그게 어머니가 그렇게 열심히 다니는 성당에서 가르치는 거예요? 천주님이 그렇게 하라고 시켰어요?」

아들의 막돼먹은 말을 듣던 민수 할머니는 가슴속에서 뭔가 푹 꺼지는 기분이 들었다.

'안 되겠구나.'

이후 민수 할머니는 더 이상 민수 부모님에게 연락을 하지 않고 연을 끊기로 했다.

그러나 민수 할머니는 화가 가라앉자 다시 민수도 떠오르고, 아들도 생각났다. 아무리 뭐라 해도 핏줄인지라 도저히 그들을 내칠 수가 없었다.

"주여…… 어른인 내가 져 줘야지."

민수 할머니는 화해를 위해 아들의 회사로, 집으로 전화를 걸었다. 그러나 아들도 며느리도 도무지 전화를 받지 않았다. 할머니의 시름이 깊어졌다.

'이걸 어찌 하면 좋을꼬.'

고민하던 할머니가 깜빡 잠이 들었다.

†

꿈에서 할머니는 낯익은 복도에 서 있었다. 그런데 저쪽에서 짐승처럼 생긴 무언가가 어떤 문 앞에 서서 마구 웃어 대고 있었다. 그러더니 그것이 문을 열고 들어가려 했다. 할머니는 왜인지

저게 들어가게 두면 안 되겠다는 생각에 그것을 막으려고 달려갔다. 그러나 그것은 이미 문을 열고 들어간 후였고 할머니는 들어갈 수 없었다. 멀거니 서서 문 앞에 붙은 호수를 올려다보았다.

'302호……? 우리 아들네 집?'

†

"헉!"

숫자를 확인한 순간, 할머니는 꿈에서 깼다. 아무리 좋게 생각해 보려 해도 너무 불길하게 느껴지는 꿈이었다. 하필이면 아들네 집 호수라니. 시계를 보니 아주 이른 아침이었다. 망설여지기는 했지만, 얼른 옷을 껴입고 나가 택시를 탔다.

'너무 이른 시간이 아닐까? 여유로운 시간에 만나서 이야기해도 화해가 될까 말까 한데…… 너무 이른 시간에 찾아왔다고 또 싸우는 건 아닐까?'

택시를 타고 가는 내내 할머니는 고민에 고민을 거듭했다. 그러는 중에도 시시각각 택시는 아들네 집에 가까워지고 있었다.

마침내 아들이 사는 아파트 단지 입구에 도착한 할머니는 다시 한번 마음을 다잡았다.

"만약에 별일이 없으면 아침밥 차려 주면서 화해를 하고 별일이 있으면 해결을 하자."

그래도 너무 이른 아침이라 할머니는 조심스레 전화를 걸었다. 그러나 아들네는 계속해서 전화를 받지 않았다. 결국 집 앞에 도착했지만, 여전히 전화는 받지 않았다.

딩동—.

초인종을 눌렀지만, 여전히 아무 반응이 없었다. 몇 번이나 초인종을 눌러도 아무 반응이 없었다.

"비밀번호를 누르고 들어가야 하나……."

혹시 비밀번호가 바뀌었나 걱정했지만, 뜻밖에 문은 순순히 열렸다.

안으로 들어가자 정면으로 거실이 있는데 보이지 말아야 할 것이 보였다. 이미 이 세상 사람이 아닌 아들과 민수의 목에 올가미를 걸고 있는 며느리의 모습이 동시에 눈에 들어왔다.

"그만둬!"

할머니는 가슴속에서 솟아오르는 오만 가지 감정 중 손자를 살려야 한다는 일념만으로 신발도 벗지 않고 뛰어 들어갔다.

갑작스러운 시어머니의 등장에 놀란 민수 어머니는 민수의 목 올가미를 재빨리 완성하고는 민수가 서 있던 의자를 걷어찼다. 깜짝 놀란 민수 할머니는 아이를 받아 낼 수 있을 것 같지 않다는 판단에 얼른 민수의 발아래로 제 몸을 밀어 넣었다. 버둥거리던 민수는 할머니의 등에 발을 디딘 덕분에 목이 조이지 않을 수 있었다. 그리고 조심스레 움직여 의자로 민수를 받친 후 앉히고 보니 올가미가 반쯤 풀려 있었다. 그러나 충격에 민수는 기절한 상태였다.

"휴우, 다행이다. 민수야."

민수가 무사한 것을 확인하고 나자 할머니의 머리끝까지 화가 치밀어 올랐다. 할머니는 얼른 며느리를 찾아 고개를 돌렸다. 순간 할머니는 소스라치게 놀랐다.

"으헉!"

이미 올가미에 목을 맨 채 비웃는 표정으로 매달린 며느리와 눈이 마주친 것이다. 이미 며느리는 이 세상 사람이 아니었다.

할머니는 이 참담한 상황에 놀라 눈물도 나지 않았다. 무슨 정신으로 119를 부르고 민수를 병원까지 데리고 갔는지 몰랐다. 다행히 민수는 어리고 체중이 가벼워서 별로 다치지 않았다.

이후 아들 내외의 장례를 치르던 중 할머니는 이상한 것을 발견했다.

며느리의 몸에 새겨진 문신 아래에는 614, 아들의 몸에 새겨진 문신 아래에는 615라는 숫자가 새로 새겨져 있었다. 혹시나 싶은 마음에 민수의 몸을 살펴보니 616이라는 숫자가 새겨져 있었다.

할머니는 신부님께 여쭤보았다.

"이게 대체 무슨 뜻일까요? 아, 그리고 애 세례명이 레오나르라고 하네요. 저는 처음 들어 보는 이름이라······."

"정상적인 교회가 아닌 거 같습니다. 레오나르라는 건 사실은 기독교 성인의 이름이 아니라 악마의 이름입니다. 아무리 봐도 정상적인 교회가 아닌 거 같습니다. 그리고 이 문구는 정확히 무슨 내용인지는 모르겠지만 좋은 내용은 아닐 거 같고 아래 숫자는 아무래도 순번인 거 같군요."

아마 민수의 어머니가 이상한 사이비 교회에 다녔던 모양이고 그녀가 민수의 아버지까지 끌어들인 끝에 최악의 상황에 이르게 된 모양이었다.

†

"난 그냥 평범한 교회에 다닌 줄 알았는데, 악마를 숭배하는 이상한 교회였을지도 모른다는 거야. 그러니까 우리 부모님은 생활고 때문에 극단적인 선택을 한 게 아니었다는 거지."

이세는 민수의 침통한 표정을 보면서도 좀처럼 실감이 나지 않았다. 그저 속으로 '무슨 이상한 영화라도 보고 왔나?' 하는 생각만 들었다.

그 후 민수는 대학에 진학하기는 했지만, 결국 대학을 자퇴하고 할머니와 함께 한국을 떠나 버렸다. 민수의 문신은 다른 문신으로 커버를 하기는 했지만, 만에 하나라도 부모님이 다니던 교회 사람들이 자신의 문신을 알아보고 찾아오면 어쩌나 걱정이 되었다고 했다.

흔히 악마의 숫자를 666이라고 한다. 그런데 자신이 빠져나감으로써 숫자가 비게 되면 쫓아올지도 모른다는 걱정에 살 수가 없다고 했다.

훗날 듣기로 악마의 숫자가 616이라고도 했다. 민수의 몸에 새겨져 있던 숫자. 어쩌면 그 숫자가 다 채워져서 모종의 계획을 실천하려던 것은 아니었을까? 그 후 집단자살 사건 따위가 보도되지 않았으니 그건 가능성이 별로 없는 일이기는 했다.

이세와 민수는 7~8년쯤 연락이 안 되고 있다. 민수는 이 사실을 알고 있는 이세와 경태랑 연락하는 게 그들에게 위험할지도 모른다고 했다. 언젠가 정말 괜찮아졌다는 확신이 들면 연락을 하겠다고는 했지만 아직 연락은 없다…….

두 번째 이야기_보도할 수 없는 이야기
...

이세에게는 언론정보학을 전공하고 기자가 된 동민이라는 친구가 있었다. 어려서부터 기자를 꿈꿨고 열심히 공부하여 꽤 유명한 대학에 들어갔고, 졸업 후 유명 언론사에 인턴으로 입사했다. 아는 사람들은 알겠지만, 사회부 신입 기자 시절에는 한동안 경찰서에 붙박이로 가 있어야 한다. 그래야 경찰서 분위기도 파악하고 사건 사고도 빨리 잡아낼 수 있기 때문이란다. 거기서 어느 정도 짬이 쌓이면 사무실로 돌아갈 수 있었다.

동민이 경찰서 붙박이 노릇을 마치고 회사로 복귀한 후 상사의 주도로 회식 자리를 가진 적이 있었다.

당시는 1990년대 말~2000년대 초 무렵으로 경제부는 무조건 IMF 관련 기사, 사회부는 신창원과 IMF 관련 기사, 스포츠연예부는 박찬호 선수랑 박세리 선수에 관한 기사들로 사실상 도배가 되는 분위기였다. 그런데 이게 너무 오래되니 독자들이 싫증을 느끼기 시작했다. 한데 마침 다른 지역 신문사에서 사이비 종교 기사가 대박을 터뜨렸다. 여름이라 납량특집 방송이 많을 때였는데, 그 사이비 종교 관련 기사는 오락용 방송보다 더 인기를 끌었다. 주요 일간지까지 사이비 종교를 취재, 보도하기 시작했을 정도였다.

"이봐, 동민 씨. 이렇게 시류를 읽는 눈이 없나? 요즘 눈만 돌리면 사이비 종교 관련 기사가 쏟아지는데, 동민 씨는 뭐 하고 있는 거지? 하다못해 경제부에서까지 이걸 다뤘는데, 사회부인 우리가 넋 놓고 있으면 되겠느냐고."

"아, 네……."

사실상 회식을 가장한 업무 압박이었다. 그 때문에 동민은 꽤나 스트레스를 받고 있었다. 그러던 어느 날.

「제보합니다.」

"어? 이게 뭐지?"

동민의 메일로 제보 메일이 하나 들어왔는데, 마침 사이비 종교에 관한 내용이었다.

「모 지역 어떤 마을에 되게 큰 사이비가 있는 거 같습니다. 근데 사이비가 아닌 척을 합니다. 기자님이 취재를 좀 해 보셨으면 좋겠습니다.」

평소라면 팩트 체크도 하고 좀 더 신중하게 움직였을 동민이지만, 회사 압박이 꽤나 심하던 차에 마침 사이비에 관한 제보를 받으니 마음이 급해지던 참이었다.

그는 방송국 촬영 기사 출신으로 독립하여 다큐멘터리 촬영하는 분에게 연락하여 협업을 제안했다.

"현석이 형, 내가 제보를 하나 받았는데 요즘 이슈인 사이비 관련 건이거든요. 저는 취재를 하고 형은 촬영분으로 다큐멘터리를 내면 둘 다 대박일 것 같은데, 어때요?"

[오? 그래. 그거 좋네.]

워낙 사회적으로 이슈가 되는 건이라 동민과 현석은 바로 취재에 착수하기로 했다.

†

동민에게 들어온 제보 메일에 적힌 주소를 따라가 보니 경기도 남부의 어느 마을이었다. 그것도 아주 시골 마을로 깡촌 중의 깡촌이었다. 그런데 마을이 가까워질수록 분위기가 묘하게 변해갔다.

"시골 마을이면 천하대장군, 지하여장군 같은 장승이 서 있는 건 그렇다 치겠는데, 저건 대체 뭐냐? 모아이 석상도 아니고."

현석이 카메라를 들고 주위를 두리번거렸다. 동민은 석상을 자세히 들여다보았다. 잘은 모르지만, 성경에 나오는 구절 같은 것이 적혀 있었다.

근처에는 슈퍼가 하나 있었다. 마실 물도 사고 분위기 파악도 할 겸 동민과 현석이 슈퍼로 들어갔다.

"안녕하세요. 물 두 병 주십시오. ······그런데 혹시 이 마을에 사시나요? 실은 저희가 기자인데 제보가 들어왔거든요. 저희야 월급쟁이니 시키는 대로 해야 해서 오기는 왔습니다만, 별다른 건 없네요?"

현석은 대수롭지 않은 듯 슈퍼 주인에게 말을 걸었다. 그런데 슈퍼 주인의 표정이 눈에 띄게 굳었다. 그러곤 경계하는 눈빛으로 바뀌었다. 말은 어물어물 분명하지 않게 했다.

마을에 도착하기 전에 미리 연락을 해 둔 터라 밖을 살피는데 마침 청년 3~4명이 마을 안쪽에서 나오는 모습이 보였다. 순간 슈퍼 주인은 웅얼거리던 입을 딱 다물었다. 그걸 본 동민은 재빨리 눈치챘다.

'아무래도 뭐가 있는데 말해 줄 것 같지는 않네.'

"일행이 왔나 봅니다. 안녕히 계세요."

가게 주인의 수상쩍은 시선을 뒤로하고 동민과 현석은 마을 청년과 합류하러 갔다. 그들을 따라 마을을 둘러보는데 마을 한가운데에 설명할 수 없는 이질감이 느껴지는 교회가 하나 서 있었다. 그 교회를 기웃거리던 중, 안에서 매우 선한 인상의 농사꾼 한 분이 나왔다.

"어떻게 오셨습니까?"

"실례합니다. 저희는 기자인데요, 혹시 이장님이세요?"

"저는 이장은 아니고 이 교회 목사입니다. 목사라고 기도만 하고 있어서는 안 되거든요. 함께 농사일도 하고 노동을 해야지요."

'오, 생각이 깨어 있는 분이네. 말투도 되게 젠틀하시고.'

동민과 현석이 목사님과 몇 마디 나눠 보고는 아주 좋은 인상을 받았다.

"그런데 기자님이 왜 이런 곳까지 오셨습니까?"

"아, 제 상사가 무슨 제보를 받았다고 여기 보내서 왔습니다. 둘러보니 아무것도 없는 것 같은데. 저야 뭐 월급쟁이니 까라면 까야 해서 오기는 왔는데요. 별거 없네요. 온 김에 그냥 좀 쉬다 가려고요."

동민의 설명을 들은 목사님은 예의 그 사람 좋은 웃음을 띠고는 고개를 저었다.

"그러시군요. 참 세상에 이상한 사람 많아요. 이런 마을에 무슨 제보할 게 있다고."

인상 좋은 목사님과 인사한 후 동민과 현석은 숙소로 갔다. 숙소 옆에 편의점이 있어서 술과 음료수, 안줏거리를 산 후 방으로 들어갔다. 방에 들어가 짐을 내려놓고 자리를 잡은 둘은 그제야 속에 있는 말을 꺼내 놓았다.

"형, 뭐 있는 거 같죠?"

동민이 조용히 현석에게 물었다.

"아니, 그다지? 너무 시골 마을 그 자체 아니냐? 별거 없어 보여."

"아이, 이 형. 감이 왜 이래? 아까 교회에서 뭔지 모를 위화감이 느껴졌다고요. 근데 그게 뭔지 모르겠단 말이야……."

"신경과민 아니야?"

"아닌데……."

주거니 받거니 술을 마시다가 밤이 깊었다. 이상하게 잠은 오지 않고 바람도 쐴 겸 편의점으로 갔다. 편의점에서 담배를 사서 나오던 동민은 그제야 자신이 무엇 때문에 위화감을 느꼈는지 알 수 있었다.

깊은 밤, 편의점에서 마주 본 교회 지붕에 서 있는 십자가는 일반 교회의 그것과는 달랐다. 낮에 봤을 때는 보통 십자가와는 약간 다른 열 십(十)자 형의 십자가였는데, 밤이 되어 십자가에 불이 들어온 것을 보니 십자가의 아래쪽이 좀 더 짧았다. 즉 거꾸로 선 십자가형이었다.

'이거구나! 대박이다!'

동민은 재빨리 숙소로 들어가 현석을 데리고 나와 담배를 피우는 척하며 십자가를 촬영했다. 그런데 뭔가 이상한 낌새에 주변을 몰래 훑으니 편의점 주인이 그들을 묘한 눈초리로 주시하고 있었다.

'형, 안으로 들어가자.'

'……?'

동민과 현석은 최대한 아무렇지 않은 척 숙소로 들어갔다. 3층에 있는 그들의 방에서 조심스레 아래를 내려다보니 주차된 차 안에 사람 여럿이 타고 있는 게 보였다. 그들이 밖에 있을 때만 해도 차에 불이 켜져 있지 않았는데, 지금은 켜져 있었다.

"동민아, 이거 보통 일 아닌 것 같아. 얼른 튀자!"

동민은 현석의 말이 떨어지자마자 짐을 챙겨 조심스레 차로 달려갔다. 술을 좀 마신 상태였지만, 지금은 음주운전이고 뭐고를 걱정할 때가 아니었다. 그만큼 생존에 위협이 느껴졌다.

차를 몰아 마을 입구까지 도착해 보니 사람 여럿이 석상 사이에 줄을 묶는 모습이 보였다.

"저거 다 묶으면 우리 못 가. 그냥 돌파하자."

현석은 눈 질끈 감고 엑셀을 밟았다. 그냥 천으로 된 끈이 아니었던 탓에 범퍼가 찌그러졌지만, 그런 건 중요하지 않았다.

"일단 튀자. 튀어야 해!"

부아아아앙!

현석과 동민이 탄 차는 뒤도 돌아보지 않고 서울로 내달렸다. 우여곡절 끝에 그들이 탄 차는 동민이 사는 집 앞에 도착했다. 둘은 그제야 거친 숨을 몰아쉬며 진지하게 의논을 시작했다. 현석이 무거운 입을 열었다.

"이거 고(Go)냐, 스톱(Stop)이냐."

"고(Go)지! 이거는 여태까지 없었던 대박 사건이야! 무조건 고야, 고!"

"불안해. 이거 섣불리 건드려서는 안 될 것 같아. 너야 가족이 외국에 나가 있기라도 하지. 우리 가족은 다 한국에 산단 말이야. 알잖아. 저런 놈들 잘못 건드리면 가족까지 해코지하는 거."

"그건 그렇지. 생각 좀 해 봐요."

현석과 동민은 조금 더 생각해 보기로 하고 헤어졌다. 의논을 거듭했지만, 역시 손을 떼는 편이 낫겠다는 쪽으로 반쯤 합의가 되어 가던 중이었다.

며칠 뒤 동민은 회사에서 또다시 거하게 깨지고 말았다. 편집장은 동민에게 쌍욕만 안 했을 뿐이지 온갖 모욕을 다 퍼부었다.

"일을 이것밖에 못 해? 중고등학교 신문부 애들도 너보다는 잘하겠다! 그럴 거면 사표 써!"

이쯤 되자 동민은 무슨 수를 써서든 대박을 하나 터뜨리기는 해야 했다. 고민 끝에 그는 현석을 찾아가 설득했다.

"이번 기회에 이거 찍고 형은 유명 감독 되고 나는 대박 기자 돼서 각자 돈방석에 앉읍시다. 같이 대박 나자고요. 언제까지 외주 촬영 기사만 할 거요?"

동민의 끈질긴 설득에 결국 현석도 동의했다. 대신 사설 경호 업체를 대동하기로 했다.

며칠 후 동민과 현석은 경호원에게 경찰 옷을 입혀 마을을 다시 방문했다. 그런데 마치 마을 사람이 모두 증발하기라도 한 듯 깨끗이 비워져 있었다. 몇몇 집은 정돈되어 있었지만, 어떤 집은 폭탄이라도 맞은 듯 엉망진창이었다. 특히 교회는 전쟁이 휩쓸고 지나간 듯 엉망이었다. 현석이 기운 빠진 목소리로 동민에게 물었다.

"어떡할래? 추적 취재를 해? 아니면 멈출까? 난 사실 여기까지만 해도 괜찮은 거 같은데."

현석은 망설이는 눈치로 동민에게 말했다. 그때까지 동민은 턱을 손으로 쥔 채 고민 중이었다.

'이걸 그냥 손 떼? 그러기에는 찝찝한 부분이 너무 많아. 끝을 제대로 맺어야지.'

얼마간 고민하던 동민은 마침내 마음을 정하고는 현석에게 말했다.

"추적 취재합시다."

서울로 돌아온 동민이 자료 수집도 하고 그 마을 관계자들 취재도 하며 지내던 중이었다. 퇴근 후 집으로 들어가려는데 이상한 느낌이 들었다. 뭐가 특별히 눈에 띄게 이상한 건 없는데 공기가 미묘하게 달라져 있었다.

'수상한데. 이 동네에서 못 보던 사람이 보이네. 심지어 그 마을에서 본 듯한 사람이야. 느낌이 별로 안 좋은데?'

그는 발길을 돌려 도로 회사로 갔다. 회사에서 동민은 현석에게 전화를 걸었다.

"형, 뭐 해요?"

[편집하는 중이여.]

"형, 형네 동네에 좀 이상한 사람 안 보여요?"

[글쎄, 잘 안 나가서 모르겠네.]

전화기 너머로 현석이 의자 끄는 소리와 창문 여닫는 소리가 들려왔다.

[음…… 그러고 보니 처음 본 사람이 좀 있는 것 같기는 하네.]

역시 현석의 집 근처에도 수상한 사람이 나타난 모양이었다.

"혹시 모르니까 조심해요. 오늘은 집에 들어가지 말고요. 우리 집 앞에 그 마을에서 본 것 같은 사람이 보였어요. 나는 그때 가짜 명함 줬는데, 형은 진짜 명함 줬잖아요."

[알았어. 조심할게.]

그렇게 동민은 며칠간 회사에서 숙식하며 시간을 보냈다. 그러다 옷도 갈아입어야 하고 이제는 괜찮겠지 하는 생각도 들어 모처럼 집으로 갔다. 집에 가 보니 자신이 주문한 적이 없는 택배 상자가 하나 놓여 있었다.

"어? 저게 뭐지? 누가 택배 보냈나 보네."

동민은 무심코 택배 상자를 들고 집 안으로 들어갔다. 상자를 열어 본 그는 소스라치게 놀라고 말았다.

"으허헉!"

상자에서는 빨간 글씨로 쓰인 협박장 하나가 나왔다.

「네 가족 지금 미국에 있네?」

동민은 상자를 집어 던지며 저도 모르게 뒷걸음질 쳤다. 순간 그의 뇌리에 현석이 떠올랐다. 그는 급히 현석에게 전화를 걸었다. 그러나 아무리 걸어도 현석은 전화를 받지 않았다.

"혀, 형이 편집실에 있나? 그, 그럴 거야."

동민은 불길한 예감을 애써 누르며 현석의 사무실로 달려갔다. 하지만 사무실은 비어 있었다.

"집에서 쉬나 보다. 형이 많이 피곤했나 보네?"

애써 마음을 진정시키며 현석의 집으로 갔다. 오늘 안에 그의 얼굴을 봐야 할 것만 같았다.

동민이 현석의 집 근처에 도착해 보니 경찰차들이 몇 대 서 있고, 경찰도 꽤 여러 명이 주위를 둘러싸고 있었다. 서늘한 느낌이 동민의 등골을 훑고 지나갔다. 그는 가까이에 있는 경찰 한 사람을 붙잡고 물었다.

"저, 무슨 일입니까? 제가 기자인데요."

"저 빌라에서 자살 사건이 있었습니다."

"호, 혹시 101호인가요?"

'제발 아니길!'

동민의 애타는 바람에도 경찰의 입에서 나온 말은 그의 기대를 산산조각 내 버렸다.

"네, 맞습니다. 어떻게……?"

"죄송합니다. 거기 집주인이 제 친구입니다. 좀 들어갈게요!"

동민은 사람들 사이를 비집고 현석의 집으로 들어갔다. 과연 현석의 집 안에 경찰 몇 명과 현석이 있었다. 현석은 한쪽 구석에 처박힌 채 하염없이 울고 있었다. 동민이 경찰을 붙잡고 다급히 물었다.

"저는 기자고 저분 친구인데요, 무슨 일이 있었던 겁니까?"

"저분의 아내가 극단적인 선택을 하신 것 같습니다. 아이도 실종 상태고요."

동민의 시선이 현석에게로 향했다. 울고 있는 현석에게 경찰 한 사람이 무심한 어조로 물었다.

"혹시 선생님 부부 사이가 안 좋으셨습니까?"

"으흑, 아니에요! 저희 사이는 좋았다고요! 아무 문제도 없었단 말입니다."

경찰은 한숨을 푹 쉬며 자리를 떠났다. 그때 동민이 현석에게 다가갔다. 동민을 본 현석이 덥석 동민의 팔을 잡으며 매달렸다.

"우리 정환이! 정환이가 사라졌어! 경찰한테 아무리 이야기해도 나를 안 믿어! 오히려 나를 의심해!"

동민이 알기에도 현석과 아내의 사이는 매우 좋았다. 게다가 아이 역시 얼마나 끔찍하게 아꼈는지 모른다. 아무리 제1 용의자는 주변인이라지만, 현석은 거기에 해당할 사람이 아니었다.

"우리 마누라는 저런 짓을 할 사람이 아니야. 얼마나 밝고 착한 사람이었는데. 최근에 특별히 힘든 일도 없었다고."

그러나 현석이 아무리 주장해도 경찰은 눈에 보이는 증거만 가지고 판단할 뿐이었다.

"집도 깨끗이 정돈돼 있고, 친필 유서도 있고요. 상흔을 봐도 이건 자살이 맞습니다."

결국 경찰은 단순 자살로 사건을 종결지었다.

'내가 계속하자고 꼬드기지 않았다면…… 그냥 멈췄으면…….'

동민은 엄청난 죄책감에 괴로워했다. 그러나 한번 떠난 현석의 아내는 돌아오지 않았다. 그는 죄책감과 책임감 때문에 현석의 곁에서 장례식까지 함께 치렀다.

힘든 시간을 보내고 집에 돌아와 보니 또 상자 하나가 와 있었다. 꺼림칙했지만 열어 보지 않을 수 없었다.

"헉!"

상자 안에는 미국에 거주 중인 동민의 아이가 다니는 학교 이름과 살고 있는 주소가 적힌 종이가 나왔다. 단지 그것뿐이었지만, 그게 말하는 요지는 너무나 분명했다.

'이제 와서 현석 형한테 그만두자는 말을 어떻게 해…….'

현석은 아내의 장례를 치르면서 독기를 품게 되었다. 어떻게든 그놈들을 잡아서 똑같이 만들어 주겠다며 이를 갈고 있는 현석에게 자신의 가족이 위험하게 됐으니 그만두자는 말을 입 밖으로 낼 수는 없었다. 동민은 며칠간 잠도 못 자며 고민했다.

고민에 고민을 거듭한 동민은 그래도 현석에게 말이나 꺼내 보기로 했다. 잠시 비겁자가 되는 길을 택한 것이다.

Rrrrrrr—

몇 번이나 전화를 걸었지만, 현석은 전화를 받지 않았다. 불안해진 동민은 현석의 사무실로 찾아갔지만, 사무실도 비어 있었다. 문도 잠그지 않아 들어가 보니 사무실 벽에 그동안 수집한

자료며 제보받은 내용 등이 인쇄된 종이가 빼곡히 붙어 있었다. 그 모습에서 동민은 광기마저 느꼈다. 하지만 현석에게는 달리 다른 선택지가 없기도 했다.

"형……."

동민은 무거운 마음으로 현석의 집으로 찾아갔다. 벨을 눌렀지만, 인기척이 없었다. 무심코 문손잡이에 손을 얹었는데 문이 잠겨 있지 않았다.

'……!'

뭐라 설명할 수 없는 싸한 느낌이 동민의 등골을 훑고 지나갔다.

'제발, 제발, 제발……!'

문이 열리고 동민의 눈앞에 보인 것은 마치 오래되어 썩은 열매처럼 흐무러진 채 늘어진 현석의 모습이었다.

"으아! 형!"

동민이 울부짖으며 현석의 시체로 다가갔다. 시체 곁에는 작은 상자가 하나 놓여 있었는데 안을 들여다본 그는 순간 구역질이 치솟았다.

상자 안에는 누가 봐도 어린이의 것으로 보이는 손가락과 발가락, 발목 등이 담겨 있었다.

"우리 애 발목에 이런 특이한 점이 있어."

평소 아이 자랑을 하며 보여 준 사진의 발목에도 특이한 모양의 점이 있었다.

그제야 모든 것이 이해되었다. 현석은 미친 듯이 백방으로 아이를 찾아다녔지만, 이 상자를 받고는 모든 희망을 놓아 버리고 결국 자신도 세상을 버린 것일 테다.

동민은 제정신이 아닌 상태로 경찰에 신고하고 회사에도 사건의 전말을 보고했다. 동민에게 취재를 강요했던 상사는 일정 부분 책임을 느끼는지 동민에게 유급휴가 처리해 줄 테니 좀 쉬다 오라고 했다. 그러나 동민은 끝내 죄책감을 이기지 못하고 퇴사한 후 가족이 있는 미국으로 도망치듯 떠나 버렸다.

공교롭게도 그즈음을 기점으로 사이비 종교에 관한 보도는 조금씩 사라지기 시작했다. 이후 신문이든 방송이든 언론 쪽에서는 불문율 같은 이야기가 전해졌다.

"교주와 신도 모두 싹 다 잡아 처넣을 수 있는 거 아니면 기사도 내지 말고, 취재도 하지 마라. 가족의 목숨과 맞바꿀 수는 없지 않은가."

이후 많은 시간이 흐르고 이런저런 경로로 사이비 종교에 관한 프로그램이 오락거리처럼 방송되고 있기는 하다. 그러나 그것의 실체에 대해 알고 있는 사람은 오히려 입을 다문 채 살아가고 있다.

아웃트로

"오늘도 무사히 이야기를 마쳤습니다."

돌비는 헤드폰을 벗으며 천천히 화면을 바라보았다. 사연자의 숨죽인 목소리, 중간중간 꺼지듯 흐르던 말, 그리고 마지막의 긴 침묵. 화면 속 채팅창은 여전히 살아 있었지만, 말수가 부쩍 줄어들었다. 마치 모두가 무언가를 곱씹는 듯, 혹은 조용히 그 여운에 잠겨 있는 듯했다.

투둑, 투둑.

창밖에 내리던 비는 여전히 그치지 않았다. 유리창에 부딪히는 빗방울 소리는 아까보다 더 촘촘해졌다. 마치 누군가 문밖에서 조용히, 끊임없이 두드리는 듯한 소리. 돌비는 잠시 그 소리에 귀를 기울였다.

"밖에는 아직 비가 오고 있습니다. 이럴 때면 괜히 문이 잘 잠겼나 한 번 더 확인하게 되죠. 여러분도…… 창문 꼭 닫으셨죠?"

그는 여느 때처럼 장난스럽게 웃어 보였지만, 눈빛은 진지했다. 방 안의 조명은 점점 어두워지고 있었다. 모니터 불빛만이 얼굴을 밝게 비췄다.

"무섭다는 건, 어쩌면 우리가 아직 '정상'이라는 증거일지도 몰라요. 아무렇지 않게 넘길 수 없는 그 감정, 그 떨림…… 그게 우리를 사람답게 만들죠."

짧은 침묵이 흐른 뒤, 그는 천천히 말을 이었다.

"오늘의 이야기가 누군가에겐 단순한 괴담일 수 있겠지만, 누군가에겐 아직 끝나지 않은 현실일지도 모릅니다. 기억해 주세요. 지금 이 순간에도, 어떤 이들은 그날의 밤을 여전히 건너고 있다는 것을요."

시계를 흘긋 본 돌비는 슬며시 모자를 눌러썼다. 시청자들과의 작별 인사를 준비하는 손길이 조금 느렸다. 모니터 한쪽 구석에서 아직 남아 있는 채팅들이 눈에 들어왔다.

「오늘도 잘 들었습니다. 무서운데…… 이상하게 따뜻했어요.」

「사연자분, 부디 평안하시길…….」

「돌비님, 늘 감사합니다. 다음 방송 때 또 만나요.」

돌비는 조용히 고개를 숙였다. 그리고 나직한 목소리로 마지막 한마디를 남겼다.

"긴 밤이네요. 하지만 무사히 지나갈 거예요. 무섭다면…… 그건 아직 우리가 이쪽 세계에 있다는 증거니까요."

그는 마지막으로 마우스를 클릭하며 조용히 속삭였다.

"그럼, 여러분…… 오늘도 편안한 밤 되세요."

조명이 완전히 꺼졌다. 방 안엔 다시 어둠이 내려앉았다. 그리고 어딘가, 또 다른 사연이 조용히 돌비의 메일함을 향해 발신되고 있었다.

'이건…… 정말로 제가 겪은 일입니다.'

돌비콩포라디오 더 레드

1판 1쇄 발행 2025년 7월 30일
1판 2쇄 발행 2025년 8월 13일

지은이 돌비
펴낸이 김영곤
펴낸곳 (주)북이십일 아르테

인생명강팀장 윤서진 **인생명강팀** 박강민 유현기 황보주향 심세미 이현지
디자인 표지 강경신 **본문** 푸른나무디자인
마케팅 이수진 이현주
영업팀 정지은 한충희 남정한 장철용 강경남 황성진 김도연 이민재
제작팀 이영민 권경민

출판등록 2000년 5월 6일 제406-2003-061호
주소 (10881) 경기도 파주시 회동길 201(문발동)
대표전화 031-955-2100 **팩스** 031-955-2151 **이메일** book21@book21.co.kr

ⓒ 돌비, 2025
ISBN 979-11-7357-391-0 03810

(주)북이십일 경계를 허무는 콘텐츠 리더

21세기북스 채널에서 도서 정보와 다양한 영상자료, 이벤트를 만나세요!
인스타그램 instagram.com/jiinpill21   페이스북 facebook.com/jiinpill21
            instagram.com/21_arte   facebook.com/21arte
포스트   post.naver.com/21c_editors   홈페이지 book21.com
            post.naver.com/staubin   arte.book21.com

- 책값은 뒤표지에 있습니다.
- 이 책 내용의 일부 또는 전부를 재사용하려면 반드시 ㈜북이십일의 동의를 얻어야 합니다.
- 잘못 만들어진 책은 구입하신 서점에서 교환해드립니다.